KB045745

릴리에게, 할아버지가

릴리에게, 할아버지가

케임브리지 대학 노교수가
손녀에게 보내는
삶에 대한 28통의 편지

앨런 맥팔레인 지음
이근영 옮김

RHK
알엔에이치코리아

아비의
미안한 마음을
조금이라도
알아준다면

내게는 올해 대학 신입생이 된 딸이 있다. 그 아이는 태어나면서부터 지금까지 나에게 많은 선물을 주었다. 살면서 그다지 이룬 게 없는데, 딸아이를 낳은 것은 참으로 잘한 일이라는 생각이 든다.

그런데 어느 날 문득 생각해보니 아비로서 나는 아이에게 해준 것이 별로 없었다. 아내에게 그 이야기를 하니, 아내는 그저 혀를 끌끌 찼다. 이제 미국으로 가면 잘 보지도 못할 텐데, 이 미안함을 어떻게 전할까. 무작정 아이를 앉혀놓고 이야기를 해볼까도 생각했지만, 무슨 이야기를 어떻게 해야 좋을지 엄두가 나지 않았다. 그러다 아이에게 해주고 싶은 이야기를 편지로 전하면 어떨까 하는 생각에 이르렀다.

그러던 차에 마치 운명처럼 전부터 알고 있던 편집자가 전화를 했다. 대뜸 번역을 맡아달라고 하는데, 바로 이 책이었다. 내가 쓰려는 이야기와 일맥상통하는 부분이 있어 번역을 하겠다고 나섰다. 번역을 마치고 나니 이 일을 맡기 참 잘했다는 생각이 든다.

저자는 인류학자이자 역사학자로 케임브리지 대학에서 30년 이상

학생들을 가르쳐왔으며, 세계 곳곳을 돌아다니면서 접한 다양한 문화를 나름의 눈으로 통찰하여 수많은 책을 낸 사람이다. 그래서 많은 사람들이 궁금해하는 삶의 폭넓은 주제들에 대해 다양한 역사적 시기와 서로 다른 사회를 자유자재로 넘나들며 해석하고 설명할 수 있는 안목을 갖고 있다. 책을 번역하면서 인류의 역사와 다양한 문명을 꿰뚫어보는 저자의 깊은 통찰력과 지혜에 탄복할 수밖에 없었다.

딸아이에게 인생에 대한 나의 어설픈 경험담을 늘어놓기 전에 이 책을 만난 게 다행이다 싶었다. 내 딴에는 인생은 이런 것이고, 세상은 이러니 너는 이렇게 인생을 살았으면 좋겠다는 말을 전하려고 했는데, 그런 이야기는 함부로 할 게 아님을 깨달았기 때문이다. 그러니 이 책은 나에게 여러 가지로 고마운 책이다.

저자가 말한 것처럼 인생을 살아가는 지혜를 타인에게 들려준다는 것은 쉽지 않은 일이다. 사랑하는 사람의 미래에 도움이 됐으면 좋겠다는 바람을 담고 있을 때는 더욱 그렇다. 누구도 한 사람의 인생을 대신 살아줄 수 없는데 어떤 길은 가라하고, 어떤 길은 가지 말라고 말하는 게 쉬운 일이겠는가.

그럼에도 저자가 이 책을 쓴 이유는 할아버지로서 손녀딸 옆에 있어

주지 못하는 때가 조만간 올 것에 대비하기 위해서다. 자신이 곁에 없더라도 사랑하는 손녀딸을 지켜주고 보살피고 싶은 할아버지의 사랑이 이 책을 쓰게 만든 것이다. 분명 저자는 자신의 수많은 인생 경험과 지식 중에서 전하고 싶은 내용을 간추리는 데만도 많은 시간을 보냈을 것이다. 편견이나 아집이 있을 수도 있으니 새겨들으라고 당부하는 대목에서 그 고민의 흔적과 깊이를 엿볼 수 있었다. 그렇게 어렵게 나온 글이기에 인류가 어떻게 여기까지 왔고 왜 지금처럼 살고 있는지에 대한 해석과 설명이 더욱 가슴을 파고드는지도 모르겠다.

저자는 이 책을 통해 자신의 손녀에게 그리고 우리에게 묻는다. '우리가 왜 지금 여기에서 이렇게 살고 있는지 아느냐'고. 그것을 모르고는 나와 세상을 제대로 알 수 없고, 그러면 내 삶의 주도권을 누군가에게 내어줄 수밖에 없다고 말한다. 그 물음에 답하기 위해서는 이 세상에 어떤 것도 '당연한 것은 없다'는 생각을 가져야 한다. 그는 삶의 가볍고 혹은 무거운 28가지 주제를 풀어가면서 왜 그런 생각이 필요한지를 우리에게 가르쳐준다.

마지막으로 번역하는 동안 내 머릿속을 내내 맴돌았던 카프카의 말을 소개한다. '당신을 물고, 쏘는 책만 읽어라!' 나에게는 이 책이 바로 그런 책이었다. 내 아이에게도 이 책이 분명 '물리고, 쏘이는' 경험이 되리라 생각한다. 그리고 욕심일 수도 있으나 딸아이가 이 책을 읽으며 아비의 미안한 마음을 조금이라도 알아준다면 더 이상 바랄 게 없겠다.

이근영

손녀딸
릴리에게

릴리야, 지구에서 멀리 떨어진 행성의 외계인이 지구를 방문했다고 생각해보렴. 외계인은 '인간의 역사'라는 박물관을 과연 어떻게 생각할까? 네가 만약 지구를 방문한 외계인 입장이라면 어떤 생각이 들까?

아마 방문객은 인간이란 대단히 혼란스러운 존재라고 결론지을지 모르지. 인간은 실제로는 동물에 불과하면서 스스로를 특별한 존재라고 생각하거든. 뛰어난 지능을 갖고 있으면서도 어리석은 생각을 하고 협력하지만 이기적인 게 바로 인간이다.

한편 인간은 놀라운 기술을 바탕으로 거대한 부를 창출해냈으면서도 많은 사람이 처참할 정도로 가난하게 살고 있지. 평화를 사랑하면서도 끊임없이 서로를 죽이고, 평등하기를 원하면서도 끊임없이 불평등을 만들어낸단다. 관용과 이해를 주장하면서도 자신의 신념을 지키기 위해 다른 사람에게 고통을 주기도 하지.

외계에서 온 방문객은 이러한 인간의 모습에 무척 혼란을 느끼면서, '인간은 모순덩어리이며 역설적 존재'라는 말에 공감할 거야. 어쩌면 외계인이 인간을 이해하길 바라는 것 자체가 무리일지도 모르고.

릴리야, 할아버지는 네가 세상을 이해하는 데 조금이나마 도움이 될 이야기들을 해주고 싶다. 혼란스러운 이 세상을 어떻게 받아들여야 할지 몰라 당혹스러워하고 있을 너를 위해서 말이다.

나 또한 너만큼이나 혼란스러웠단다. 솔직히 고백하건대, 가끔은 어떻게 해야 좋을지 모르는 선택의 기로에 서서 누군가 길을 정해주기를 바란 적도 있었다. 그랬기 때문에 어쩌면 이렇게 편지를 쓸 용기를 냈는지도 모르겠다. 물론 내가 영원히 네 곁에 있지 못할 것이므로 지금 네게 편지를 쓰는 것이 중요하다고도 생각했다. 네가 아무리 나를 불러도 대답할 수 없는 때가 분명히 올 테니 말이다.

할아버지는 역사학자이자 인류학자로서 도대체 세상이 어떻게 움직이는지를 이해하려고 평생 노력해왔단다. 그래서 전문적인 책을 많이 쓰기도 했지. 그런데 나이가 들어가니 복잡한 주제를 단순하고 명료하게 이해하고 설명하는 데 관심을 갖게 되더구나.

할아버지는 평생 유럽과 아시아를 여행하고 케임브리지 대학에서 여러 세대에 걸쳐 학생들을 가르치면서, 그리고 과거와 현재의 역사에 대해 읽고 쓰면서 얻어진 생각들을 편지에 담으려고 한다.

가능한 특정한 문제에 대한 개인적인 느낌을 솔직하게 적으려 노력
했단다. 그래서 의도적으로 많은 책을 참고하지 않고 생각나는 대로 적
었다. 내가 경험으로 느낀 바를 그대로 말하는 것이 가장 좋다고 생각했
기 때문이다.

내가 영국인이기 때문에 영국인들의 특수한 경험과 역사에 국한된
내용이 있을 수도 있다. 어떤 사람은 내가 영국 문화의 가치를 너무 높
게 평가한다고 생각할지도 모르겠구나. 그렇지만 그런 부분조차 내가
경험한 행동 양식을 보여주는 것이라 믿는다. 그래서 내가 영국인이기
때문에 가질 수 있는 편견도 그대로 뒀다.

여러 주제로 나뉜 편지이지만 크게 보면 결국 두 가지 질문에 대한
대답이다. 첫 번째는 인간은 어떤 존재인가 하는 문제다. 다시 말해 인
간이 근본적으로 공격적인지 친절한지, 이기적인지 사회적인지, 창조적
인지 멍청한지에 대한 문제지. 두 번째는 우리가 살고 있는 세상은 어떻
게 시작됐고 본질은 무엇인가 하는 문제란다.

우리는 흔히 현재의 세계와 그 안에서 살아가는 우리의 모습을 당연
한 것으로 여기기 쉽단다. 그 안에서 살고 있기 때문이지. 그렇기 때문
에 너 역시 집에서 쓰는 도구와 네가 사용하는 언어, 누리는 부와 자유,

권리 같은 것이 '자연적'이며 '보편적'이라고 생각할지 모른다. 그렇게 생각하지 않는 게 더 어려울 테지. 하지만 사실은 결코 그렇지 않단다.

릴리야, 할아버지는 너 자신의 역사와 문화로부터 충분히 거리를 두었으면 좋겠구나. 그래야 인종주의적이고 성차별적이고 민족주의적인 편견이 오해에서 비롯된다는 사실을 깨달을 수 있단다. 릴리 너는 세계 시민이며 지구상의 다른 모든 사람들과 같은 뿌리를 가졌단다.

이렇게 생각하면 아마 너는 새로운 지식으로 인해 혼란스러울 수도 있고, 네가 마치 거대한 세계라는 놀이판 위에 놓인 말에 불과하다는 생각이 들 수도 있을 것이다. 하지만 릴리야, 너 자신을 다른 사람들의 놀이판 위에서 이리저리 차이는 존재가 되도록 그냥 둬서는 안 된단다.

우리는 쉽게 냉소주의자가 될 수 있다. 세상에 진실이란 없으며, 공정함이란 허구에 불과하고, 현실은 존재하지 않고, 관찰은 모두 철저하게 편파적이며, 모든 이론은 정치적 편견에 사로잡혀 있다고 생각할 수 있다는 말이다.

물론 절반은 옳다. 진리를 발견했다고 주장하거나 올바른 길을 찾았다고 주장하는 사람 또는 삶의 중요한 목적을 찾았다고 주장하는 사람을 의심할 필요가 있다. 그러나 그렇다고 해서 진리나 정의 혹은 목적을 발견할 수 없다거나 추구할 가치도 없다고 생각한다면 의미 없는 인생이 되고 만다.

릴리야, 너는 대단히 특별하고 놀라우며 독보적인 존재다. 지금까지 지구상에 단 한 번도 너와 같은 사람은 존재하지 않았고, 앞으로도 존재하지 않을 거란다. 지구에 존재하는 모든 사람에게 똑같이 적용되는 말이지. 그렇다고 해도 너의 특별함은 결코 줄어들지 않는단다.

다만 너를 둘러싸고 있는 많은 것들이 단지 인간이 발명하고 창조한 산물에 불과하다는 진리를 깨닫는다면 세상을 더 현명하게 바라볼 수 있을 거란다. 특히 야만적인 행동과 편견 뒤에 숨어 있는 무지의 가면을 벗겨낼 수 있을 테지.

세상의 많은 것들이 변화시킬 수 없는 '자연적인 것'이 아니라 인간이 상상하고 창조한 '문화적인 것'이라는 사실을 깨달으면 세상을 더 잘 이해할 수 있고, 나아가 세상을 변화시킬 수도 있다.

릴리야, 나는 이제부터 각 주제별로 너에게 이야기할 거란다. 그러나 겉으로 서로 다르게 보이는 주제라 할지라도 결국은 너와 내가 숨 쉬고 있는 이 세상이 과연 어떻게 움직이고 있는지를 보여주기 위한 것임을 기억하기 바란다.

이 편지를 읽고서 네가 앞으로 나보다 더 많은 것을 이해할 수 있었으면 좋겠구나. 물론 쉬운 일은 아닐 거야. 시인 존 키츠가 말한 것처럼 '어떤 일도 실제로 경험하기 전까지는 결코 현실이 되지 않는다'는 건 분명하기 때문이지. 네가 경험하기 전까지는 사랑이나 굶주림이 어떤 것인지 알기 어려울 거야. 다만 네가 그런 경험을 할 때 이 편지를 곁에 두고 좀 더 큰 맥락에서 현실을 바라보면서 단지 너만이 그런 경험을 하는 게 아니라는 사실을 깨달았으면 좋겠구나. 이 말은 네가 더 현명하게 세상을 볼 줄 아는 사람이 되길 바란다는 뜻이기도 하단다. 그래야만 어떤 편견에도 휘둘리지 않고 당당하게 너의 길을 걸어갈 수 있을 테니 말이다.

한 가지 덧붙이자면, 순서대로 편지를 읽을 필요는 없단다. 가장 관심 있는 물음부터 먼저 읽어보렴. 새로운 궁금증이나 질문이 생기면 혹시 그것과 관계있는 편지가 있나 살펴보거라. 편지를 읽고 나서 관련된 책을 더 읽어보거나 친구들과 이야기를 나눈 뒤에 다시 편지를 읽어보면 전혀 다른 느낌을 얻을 수도 있을 게야.

릴리야, 이 책이 여러 책을 간추린 또 한 권의 책에 불과할지 모르지만 네게 그 이상의 의미가 되기를 바란다. 나는 이 책이 네 지적 성장의 동반자가 됐으면 좋겠구나. 내가 지금보다 더 늙거나 죽은 후에라도 우리는 이 책을 통해서 대화를 나눌 수 있을 거란다.

그리고 마지막으로 너에게 해주고 싶은 말이 있다. 릴리야, 사랑한다. 나는 네가 어떤 인생을 살든 너를 응원할 것이다. 그러니 아무것도 두려워하지 말고 네 날개를 마음껏 펼치렴. 두려워할 것은 두려움 그 자체뿐이란다.

할아버지, 앨런 맥팔레인

차례

옮긴이의 글 5
프롤로그 9

나에 대하여

존재 나는 누구일까? 20

개인 누구의 통제도 받지 않고 살 수 있을까? 31

즐거움 언제나 행복하게 사는 방법은 무엇일까? 41

정신 우리를 보이지 않게 구속하는 것은 무엇일까? 54

놀이 우리는 왜 노는 것을 좋아할까? 71

관계에 대하여

사랑과 결혼 사랑하면 꼭 결혼해야 할까? 84

섹스 섹스는 왜 하는 걸까? 94

폭력 사람이 왜 잔인해지는 걸까? 102

가족 가족 간의 벽은 왜 생기는 걸까? 114

우정 친구란 무엇일까? 127

출산 아이를 꼭 낳아야만 할까? 137

세상에대하여

학교와 조직 왜 쓸모없는 평가와 서류가 늘어만 가는 걸까? 148

신 왜 신은 인간의 고통을 보고만 있는 걸까? 163

돈, 시간, 언어 우리는 왜 그것에 지배당하는 걸까? 175

민주주의 민주주의가 왜 유행하고 있는 걸까? 188

주술 우리는 왜 미신을 믿을까? 201

불평등 왜 누군가를 차별하게 될까? 214

테러 테러리스트는 어떤 사람일까? 226

교육 학교는 왜 엉뚱한 생각을 싫어하는 걸까? 238

전쟁 왜 전쟁을 막지 못하는 걸까? 251

노동 왜 아직도 힘들게 일하는 사람들이 많을까? 263

디지털 시대 어떻게 해야 좀 더 현명하게 살 수 있을까? 276

지식 왜 끊임없이 공부를 해야만 하는 걸까? 291

굶주림 아프리카에서는 왜 4초에 1명씩 굶어죽을까? 303

법 법대로 하는 것이 최선의 방법일까? 311

병 언제쯤 아픈 사람이 없는 세상이 올까? 322

시민사회 자유가 왜 소중한 걸까? 330

인류의 미래 우리의 미래는 과연 어떤 모습일까? 341

추천해주고 싶은 책 349
에필로그 355

나는 누구일까?

누구의 통제도 받지 않고 살 수 있을까?

언제나 행복하게 사는 방법은 무엇일까?

우리는 왜 노는 것을 좋아할까?

우리를 보이지 않게 구속하는 것은 무엇일까?

나에
대하여

○

존
재

나는
누구일까?

"너는 누구니? 너는 어디에서 왔니? 무엇이 너를 지금의 너로 만들었을까?"

내가 이런 질문을 하면 너는 놀라면서 "제가 누군지 할아버지께서 더 잘 아시잖아요"라고 말하겠지. 그래도 내가 대답을 재촉하면 너는 아주 당연하다는 듯 이렇게 말할 것이다. "저는 릴리 비에요. 호주에서 태어난 여자애고요. 부모님이 영국 출신이라 지금은 영국에 살고 있어요. 저는 제가 영국인이라고 생각해요."

네 대답에는 틀린 게 없다. 하지만 네가 조금만 더 깊이 그 문제에 대해 생각해 봤으면 한단다. 할아버지는 학창시절 나 자신에게 다음과 같은 가상의 주소로 편지를 보내곤 했지.

앨런 맥팔레인, 필드 헤드, 호크스헤드, 랭커셔,

잉글랜드, 유럽, 세계, 우주.

이 주소를 보면 내가 그때 이미 스스로를 수많은 사람들 가운데 일부로 생각하고 있었음을 눈치 챌 수 있을 것이다. 나는 앨런이라는 이름을 가진, 맥팔레인 집안의 사람으로, 랭커셔 주에 속해 있는 호크스헤드 마을에 살고 있으며, 내가 사는 주는 잉글랜드 안에 있고, 잉글랜드는 유럽의 일부이며, 유럽은 세계의 한 부분이고, 우리가 사는 세계는 우주의 극히 작은 점이다.

내가 하고 싶은 말은 개인에서 시작해서 세계로 이어지는 이런 연결고리를 통해서 네가 누구인지 한번 살펴보자는 거란다.

너는 어떤 존재일까

너는 네가 '릴리'라는 사람이고, 다른 사람들과 분리된 존재라고 생각하겠지. 물론 대부분의 사람들이 자신을 별개의 존재라고 느낀단다. 특히 네가 살고 있는 영국은 가장 개인주의적인 사회지.

하지만 다른 사회에서는 대체로 가족이 우선이고, 개인들은 가족 속에 묻힌단다. 그런 사회에서는 다른 사람을 고려하지 않고 개인만 생각한다는 것이 불가능하지. '나', '나의'라는 단어는 거의 의미가 없고 '나'라는 존재는 다른 사람들과의 관계 속에서만 의미를 갖는다. 나는 네팔의 한 마을에 오래 머문 적이 있는데, 그곳에서라면 너는 릴리라는 이름으로 불리지 않고 '큰딸'이라고 불릴 것이다. 아이를 낳고 나서는 '누구누구의 엄마'라고 불릴 테고.

그런 사람들과 달리 너는 다양한 잠재력을 지닌 완전한 개인으로 자유를 느끼며 살고 있다. 물론 너도 누군가의 딸이며 훗날 누군가의 엄마가 되겠지만 그런 것들이 너를 규정하는 기준이 되지 않지. 너는 릴리이며, 다른 사항은 그저 너의 일면을 나타낼 뿐이란다. 어쨌든 너는 네가 개별적인 자아 정체성을 갖고 있고 그에 따라 특별하고 개인적인 감정, 권리, 자유 등을 갖고 있다고 가정할게야. 이러한 근본적인 개념은 다른 사회의 많은 사람들이 느끼는 자의식과 비교해보면 대단히 유별난 것이다.

너는 여자일까

너는 자신을 '소녀'나 '여자'라고 묘사한다. 그 말은 네가 남자와 다른 신체적 특징을 지니고 있다는 뜻일 것이다. 물론 사실이다. 하지만 이런 신체적 특징 외에도 우리가 흔히 '성 정체성gender'이라고 부르는, 태어나면서부터 대부분 무의식적으로 습득한 특징을 갖고 있단다. 시몬느 드 보봐르가 '여성은 태어나는 것이 아니라 만들어지는 것이다'라고 지적한 바로 그런 특징 말이다.

너는 보통 남자들보다 더 길게 머리를 기르고, 화장을 하거나 향수를 뿌리고, 핸드백을 들고, 특정한 모양의 옷을 입고, 소녀들을 위한 잡지를 읽고, 군인이나 주식중개인보다 언론인이나 교육자가 되기를 바랄지 모른다. 그것은 자연스럽다거나 유전적인 이유 때문이 아니라 교육의 영향이란다.

어떤 사회에서는 남자가 여자보다 머리를 더 길게 기르고, 여자들이 삭발을 하지. 또 남자들이 화장을 하거나 향수를 뿌리며 치마를 입고 모여 앉아 수다를 떨고, 여자들은 온갖 노동을 한다. 물론 지금은 대부분의 사회에서 그런 구분이 사라지고 있지만 말이다.

어쨌든 네가 '여성'에 '잉글랜드인'이라는 사실을 더해서 생각하면 너는 더욱더 유별난 존재가 된단다. 잉글랜드 여성은 특정한 법률과 관습을 지니며 기독교 사회에 속한 국가에 살기 때문이지. 그러니 네가 생각하는 '여성스러움'은 특별한 역사의 구성물에 불과하다. 예를 들어 오늘날 잉글랜드에서 여성으로 산다는 것은 법 앞에서 평등하며, 자신의 육체를 자율적으로 통제하고, 재산을 소유하고, 투표를 하고, 마음에 드는 남편을 선택할 권리를 지니고 있음을 뜻한다. 그러나 과거에 여성으로 산다는 것은 태어나는 순간부터 이런 권리를 박탈당하는 것을 의미했다.

그러니 너는 그냥 여성이 아니란다. 수천 년 동안 일어난 수없이 많은 사건과 무작위적인 선택으로 구성된 아주 특별한 부류의 여성이지. 네가 인공적으로 만들어진 로봇과 같은 존재라고 말할 수는 없지만, 수많은 무작위적 선택과 변이의 산물인 것은 틀림없단다.

우리는 나이 들수록 의문을 품지 않고,
질문을 하지 않는 경향이 있다.
그러면 살아가는 것이 아니라 그냥 살아지게 된다.
따라서 우리는 끊임없이 물어야 한다.
'나는 누구일까?'라고.

너는 과연 어느 한 나라 국민일까

너는 스스로를 '잉글랜드인', '영국인'이라고 묘사할 것이다. 네가 생각하는 너의 국적은 네 여권에 적힌 대로 영국이지. 그런 생각에는 국민국가Nation라는 개념이 숨어 있단다.

국민국가란 동일한 정치와 언어, 문화, 영토로 묶인 하나의 단위를 말한다. 하나의 국민국가에 속해 있다는 네 생각이 상당히 보편적이고 당연한 것이며, 지구상에 살고 있는 대부분의 사람들이 국민국가에 속해 있다고 생각할지 모르지만 그 생각에 대해 의심해 볼 필요가 있다.

많은 사람들이 국민국가란 지난 200여 년 사이에 만들어진 창조물에 불과하다고 주장한다. 인도나 아프리카 혹은 근동이나 극동 지역에서는 1800년대까지만 해도 국민국가라는 개념을 찾아보기 어려웠지. 물론 제국이나 국가State는 존재했지만 그 사람들에게 '어느 나라 사람이냐?'고 물으면 질문을 금방 이해하지 못했을 것이다. 프랑스나 이탈리아, 독일, 스페인 같은 곳에서조차 사람들은 자신들을 프랑스 사람이나 이탈리아 사람, 독일 사람, 스페인 사람으로 생각하지 않았단다. 그들은 스스로를 브르타뉴 사람이나 가스코뉴 사람, 롬바르드 사람, 바스크 사람 혹은 안달루시아 사람이라고 생각했지. 프랑스에 사는 사람들은 대부분 1870년대 이전까지는 자신들을 프랑스 사람이라고 생각하지 않았다. 유럽 대륙의 다른 곳에서도 비슷했다.

1960년대 후반 히말라야 산맥 지방에서 나와 함께 일하던 고지대 사람들은 카트만두 분지에 사는 사람들만 '네팔 사람'이라고 불렀다. 자신들은 네팔 바깥쪽 마을이나 지역에 산다고 생각했지. 지도에는 고지대 사람들이 사는 곳도 '네팔'이라고 표시돼 있었는데도 말이다.

국민국가란 만들어진 혹은 상상으로 이루어진 공동체에 불과하다. 같은 국민국가에 산다고 해도 서로를 잘 알지 못하며, 모두를 묶어서 '영국인'이나 '프랑스인'이라고 부를 만한 공통점도 별로 없는 경우가 흔하다.

그런데도 우리는 마치 국민국가라는 것이 실제로 존재하기라도 하는 양 다른 나라 사람과 전쟁을 하고 이민자를 차별한다. 역사를 보면 국민국가는 만들어지기도 하고 사라지기도 했다. 그 과정에는 필연적이거나 천부적인 속성은 어떤 것도 없지. 국민국가란 상상으로 창조된 개념에 불과하기 때문에 영국이라는 나라나 프랑스라는 나라도 우리의 상상 속에만 존재한단다.

그래서 어떤 사람들은 국민국가란 한때 유행했던 허구에 불과하며 세계화의 영향으로 국민국가 시대가 곧 끝날 것이라고 말한

단다. 국민국가의 폐해로 고통당한 사람들은 그런 시대가 빨리 와
야 한다고 주장하기도 하지. 한때 피난민 처지였던 아인슈타인은
'국민국가란 소아기적 질병이며 인류의 홍역과 같다'고 했다.

　앞으로 살면서 '영국인'이라는 말이 네게 주는 의미는 계속 변
할 거야. 네가 느끼는 국가 구성원으로서의 정체성도 크게 달라질
테고. 전쟁이 나면 국민으로서의 정체성은 강해질 테고, 유럽연합
에 대한 담론이 지금보다 더 심화되면 정체성은 오히려 약화될 게
다. 그럴 때마다 국민국가란 단지 역사적으로 구성된 상상의 산물
이라는 걸 기억하렴. 이 말은 이스라엘에 살든 북한에 살든 일본에
살든 관계없이 모든 사람에게 해당된단다. 국민으로서의 정체성은
강해지기도 하고 때론 퇴색하기도 한다. 어떤 특정한 국민국가에
'속해 있다'는 의미도 세상이 변하면서 달라지지.

너는 어디에서 왔을까

우리는 자신의 근원과 역사를 창조해내기도 한다. 그래서 주변의
사물을 우리 사회가 발견했거나 최초로 사용했을 것이라는 착각에
빠지곤 하지. 그러나 우리가 알고 있고 사용하고 있는 것들 대부분
다른 문명에서 온 것이란다. 그래서 인류학자인 린턴은 평균적인
미국인을 다음과 같이 묘사했지.

침대에서 잠을 깬다. 침대라는 가구는 근동 지역에서 최초로 만들어졌다. 인도에서 재배되기 시작한 면이나 근동에서 재배되기 시작한 아마로 만든 요를 덮고 잤을 것이다. 인도에서 발명된 옷인 파자마를 벗고, 고대 갈리아족Gaul이 발명한 비누로 얼굴을 씻는다. … 아침을 먹으러 나가기 전에 창문을 내다볼지도 모른다. 창은 이집트에서 발명된 것이다. 밖에 비가 내리면 중앙아메리카 인디언들이 발견한 고무로 만든 덧신을 신고, 동남아시아 사람들이 발명한 우산을 쓸 것이다. … 아침을 먹으러 가면서 신문을 사기 위해 동전으로 계산을 한다. 동전은 고대 리디아 사람들의 발명품이다. … 아침식사는 강철 그릇에 담겨 있는데 강철은 인도 남부 지방에서 처음 만들어진 금속이다. 그가 사용하는 포크는 중세 이탈리아 사람들의 발명품이고 수저는 로마에서 사용하던 것을 변형한 것이다.

이 사람은 이제 겨우 아침식사를 시작했을 뿐이다. 이런 식으로 그는 하루 종일 전 세계의 문화를 만난다. 잠자리에 들 무렵 하루 종일 겪은 전 세계의 문명을 결산하면서 히브라이 족의 신인 하나님에게 인도유럽어로 기도할 것이다. 자신이 완전한 미국인이라는 허구적 사실에 감사하는 기도를.

우리는 모두 과거로부터 만들어진 역사의 산물이다. 잉글랜드는 그중에서도 특히 좋은 예지. 거대한 대륙 옆에 위치한 섬의 일부로, 활발한 무역 활동을 하고 제국을 건설하면서 대부분의 문화를 외부에서 들여왔거든. 최소 18세기까지 잉글랜드의 음악과 미술, 건축과 과학, 지식은 대부분 외부에서 들여온 것들이란다. 영국인의 생활에 대영제국 시대가 미친 영향, 그중에서도 특히 인도의 영향은 이런 점을 단적으로 보여주지. 정원에 심는 식물이나 인조고무, 차, 커피, 면과 같은 다양한 물건이 외국에서 들어와 '영국식 생활방식'의 일부가 됐다.

흔히 '토속적'이라고 알려진 것이 다른 곳에서 수입된 경우는 많아. 현대 일본 역시 많은 것을 중국에서 수입했으며, 현대 중국에도 '일본제'가 많다. 호주와 북미 대륙도 외국 수입품의 집합체이고. 이처럼 우리는 서로 빌리고 모방하고 수입하고 훔친 후에 편리하게도 그 사실을 잊고 산다.

세상에 '원래부터 그런 것'이 정말 있을까

국민국가라는 것이 만들어진 개념에 불과하고 본질적으로 영국적인 것이 없다면, 우리가 어떻게 그런 개념을 만들어내고 받아들이는지 그 과정을 살펴보는 것도 재미있을 것이다. 국민국가는 국기나 국가國歌, 국가의 기원에 대한 신화 같은 정치적 상징물을 통해 만들어진단다. 이런 상징물은 국가가 마치 통일된 단일체인 것처럼 믿게 만들지. 국민국가는 실제 역사를 변형시켜 만들어지기도 한다.

그런 의미에서 국민국가를 만들어내는 기술은 '망각의 기술'이기도 하다. 말하자면 우리를 분리시키는 수많은 것을 잊고 우리를 통일시키는 것에만 집중하는 것이다. 물론 망각을 부정적으로만 볼 수는 없다. 거기에는 '전통의 발명'이라고 알려진 통합된 상징을 만들어내는 긍정적인 요소도 있다.

인간은 공통된 전통과 역사, 행동 양식을 받아들이는 데 익숙하다. 그래서 아주 짧은 기간만 지나도 그런 것들이 오래 전부터 존재했던 것처럼 받아들이지. 예를 들어 이탈리아 시에나 지방의 '팔리오'라고 불리는 말 경주가 600년 동안 끊이지 않고 계속되고 있다고 생각하는 사람이 많다. 하지만 이는 몇백 년 전 중단됐다가 최근에 들어서야 다시 시작된 전통이란다.

케임브리지 대학의 킹스 칼리지에서 크리스마스 전날 밤에 거행하는 '전통적' 행사인 '나인 레슨'도 마찬가지다. 나인 레슨은 영국의 상징처럼 여겨져 전 세계로 생중계되는데, 사실 이 행사가 시작된 것은 20세기 초반이다. 그 행사에 조금 오래된 음악과 가사가 동원되기는 하지만 행사의 형식과 구조는 다분히 20세기적이다. 왕실의 대관식이나 결혼식을 봐도 현재의 목적에 맞도록 상당 부분 수정되고 새로 만들어졌다는 것을 알 수 있지. 다른 나라도 마찬가지다.

이처럼 오래되고, 자연스럽고, 변치 않을 것이라고 여기는 많은 문화는 사실 불과 얼마 전에 의도적으로 만들어진 것이란다. 학교, 가정에서도 이런 사실을 확인할 수 있지. 가령 우리가 어떤 크리스마스 행사를 어느 해에 처음으로 시작했다고 해보자. 그러면 그 이듬해에는 마치 우리가 매년 그 행사를 해온 양 느끼게 될 거야.

어떻게 살아가야 할까

릴리야, 너는 유행이나 질병, 금융 대란이 단 몇 시간 내에 한 나라에서 다른 나라로 퍼져나가는 놀라운 세상에 살고 있다. 너는 인터넷을 통해 사이버 세상을 여행하면서 전 세계의 친구들과 가상 네트워크를 만들 수 있지. 컴퓨터 성능이 18개월마다 2배로 빨라진다는 법칙은 모든 것을 바꿔놓고 있다.

한 마을처럼 변해가는 세상 속에서 살아가려면 무척이나 혼란스러울지 모른다. 그렇지만 나는 그것이 오히려 너에게 도움이 될 것이라고 생각한다. 다른 세계와 다른 문화를 많이 접하면 접할수록 네 삶의 방식이 유일하고 필연적인 게 아니라는 사실을 깨닫게 될 테니 말이다. '세계화'라는 강력한 물결 속에서 독자성을 운운하는 건 시대착오지.

우리는 나이 들수록 의문을 품지 않고, 질문을 하지 않는 경향이 있다. 자신이 배운 삶의 가치를 자연스럽고 당연하게 받아들이기 때문에 생기는 현상이지. 그렇게 되면 어느 순간 살아가는 것이 아니라, 그냥 살아지게 된다. 절대적이고 당연한 가치들만 존재하는 곳에서 능동적으로 자신의 삶을 개척하기란 결코 쉽지 않지.

나는 네가 온전히 너의 삶을 살기를 바란다. 그러기 위해서는 너와 네가 사는 세상을 낯선 시선으로 볼 필요가 있다. 좀 더 객관적인 눈으로 인생을 멋지게 설계하기 위해서 말이다. 그러므로 한 마을이 되어가는 세상을 두려워하지 말고, 마음껏 즐겨라.

○

개
인

누구의 통제도
받지 않고
살 수 있을까?

릴리야, 너는 개인이다. 스스로 행동하고 자신만의 권리와 책임을 갖고 있지. 원하는 종교는 뭐든 믿을 수 있고, 어떤 정당이든 네가 좋아하면 투표할 수 있으며, 능력만 된다면 어떤 직업도 택할 수 있고, 원하는 사람과 결혼도 할 수 있다. 또 돈을 벌면 세금을 뺀 나머지를 모두 가질 수 있다.

　너에게는 아주 당연한 일이지만 어떤 사람들은 앞서 이야기한 일을 할 수 없단다. 그들은 가족이나 마을 공동체 같은 더 큰 집단에 속해 있으며 집단에 생각과 행동을 규제당하지. 심지어 부모나 형제, 사촌들에게 물어보지 않고는 어떤 결정도 내리지 못하기도 한단다. 대신 이들은 공동체 안에서 소속감과 안정감을 느끼며 서로가 아주 가깝게 지내지.

물론 이러한 삶을 사는 사람들도 너처럼 자유로운 개인이 되고 싶어 할지도 모른다. 반대로 너는 자유롭고 독립적인 개인으로서 네 인생을 개척하며 살아가는 데 자부심을 느끼면서도 공동체 안에서만 느낄 수 있는 친밀감과 안정감이 아쉬울 수 있어. 군중 속의 외로운 개인이 느끼는 고립감이 그만큼 크기 때문이다.

네가 놀랄 만한 이야기가 있다. 200년 전까지만 해도 지구상에 지금 너와 같은 개인이 존재하지 않았다는 사실이지. 그렇다면 한 개인이 경제적, 정치적, 종교적, 사회적 힘을 손에 쥘 수 있는 개인주의가 어떻게 갑자기 극적으로 나타나게 됐을까?

이것은 대단히 복잡한 문제란다. 자세하게 해명하기 위해서는 종교적 자유, 민주주의, 근대적 산업 조직의 발생과 같은 다양한 주제를 살펴보아야 하지. 너무 폭넓은 주제를 다루는 대신 개인이 어떻게 큰 가족 집단에서 떨어져 나와 진정한 의미의 '개인'이 됐는지 사회적, 경제적 맥락에서 살펴보자.

왜 가족이 중요해졌을까

로마제국 붕괴 후 서유럽에서 탄생한 사회제도는 봉건제에 기초한 것이었다. 봉건제도란 혈연이 아니라 동맹 파트너의 선택에 기초한 계약 관계지. 5~12세기 이전의 문명은 신분에 기초했어.

하지만 부가 축적되면서 봉건적 계약이 느슨해지고 파괴됐으며 소위 농민 문명이라고 부를 수 있는 것이 다시 등장했단다. 자세한 과정은 대단히 복잡하고 유럽 각 지역마다 다소 상이하지만 생산과 소유 관계에서 다시 가족이 중요해진 것이 큰 역할을 했지. 가족이 집단으로 토지를 소유하기 시작했다는 말이다. 즉 부를 생산하고 소비하는 주체가 가족이 된 것이지. 그것은 진정한 의미에서 귀족과 성직자, 유산계급에 대항할 수 있는 농민 계층의 탄생을 뜻했다.

왜 그렇게 강력한 농민 계층이 생겼을까? 가장 단순한 답은 지배자와 피지배자의 이익에 모두 부합했기 때문이란다. 가족 재산제가 그보다 앞선 제도에 비해 훨씬 더 월등했기 때문이기도 하지. 가족 재산제는 공동체가 재산을 소유하는 형태나 노예제도보다 나은 것이었거든. 앞서 말했듯이 가족중심적인 농민 계층은 농업에 종사하는 사람들이 가족 단위로 토지를 소유할 수 있는 권리를 갖게 되면서 생겨났다. 그 이전까지만 해도 가족은 더 큰 공동체의 일부로 토지 사용권을 갖거나 대지주로부터 얻은 불안정한 소작권을 갖고 있었다. 지주 마음대로 언제든 소작권을 빼앗을 수 있는 불안정한 소유 구조였지.

따라서 농촌 사람들이 일정한 세금을 내고 토지를 소유할 수 있는 기회를 갖게 됐을 때 거부하는 사람은 거의 없었단다. 그들은 토지를 안전하게 소유하고 자식들에게 물려줄 수도 있게 됐지.

이 제도가 시행되자 가족 구성원들은 가능한 생산량을 늘리려고 노력했다. 자신들이 생산한 것을 직접 소유할 수 있었기 때문이지. 그러다 보니 노력과 계획으로 재산이 불어나면 공동체나 멀리 사는 지주가 아니라 자식들에게 혜택이 돌아가는 구조가 만들어졌고 이 과정에서 지배자도 이익을 봤다. 생산량이 늘어나면서 세금이 증가했거든.

땅에 묶인 농민들은 통제하기가 쉬어 지배도 쉬워졌다. 이에 따라 사회의 기초로 가족을 이용하게 됐으며 가장은 가족들의 모든 행동에 책임을 지게 됐다. 그래서 마치 유교나 로마법에서처럼 일종의 가부장적 권위가 성립됐다. 가족의 수장인 아버지가 아내, 동생, 아이들을 모두 거느렸지. 또 지배자와 지방 영주 사이에 세력 다툼이 생기면 강력한 농민 계급이 완충 역할을 했단다.

그러나 이런 발전에는 문제도 있었다. 우선 시간이 지나고 인구가 늘어나면서 농민의 형편이 나빠졌지. 가족의 재산을 계속해서 늘어나는 자손들에게 분배했기 때문이다. 또 가족을 떠나는 사람은 없는데 생산량이 증가하지 않아 구성원 각자에게 돌아가는 몫이 줄어들었어. 결국 농민의 생활은 자기 먹을 것 정도만 생산하는 수준으로까지 떨어졌다. 19세기 중반 대기근이 일어나기 100년 전쯤 아일랜드의 상황이 그러했지. 1789년 프랑스 대혁명이 일어나기 전까지 프랑스도 수백 년 동안 그런 상황에서 벗어나지 못했단다.

엎친 데 덮친 격으로 영주들이 상황을 더욱 악화시켰다. 권력과 통제 수단이 증가하자 영주들은 움직이지 못하는 농민들에게서 더욱더 많은 것을 착취했거든. 세금과 지대를 높인 것이다. 처음에는 소출의 10퍼센트 정도에서 시작된 것이 몇백 년이 지난 후에는 전체 소출의 절반에 이를 정도였지.

농민 문명은 상업 발전을 비롯해 여러 가지 발전을 가로막았다. 가족 구성원은 점점 늘어나고 지배자나 영주들은 갈수록 더 많은 것을 요구했지. 그렇다고 농민들이 땅을 떠나거나 새로운 생산 활동에 뛰어들 수도 없는 노릇이었어. 다른 일을 할 자본이 없었거든. 농민들은 더 열심히 일하고 비용을 줄이는 것이 유일한 해결책이라고 여겼다.

처음에는 농민 계층의 증가가 농민과 지배자 모두에게 이익이 되는 듯이 보였단다. 하지만 시간이 지나면서 차츰 문제점이 드러나기 시작하더니, 결국 수많은 농민들이 빈곤 상태에서 헤어날 수 없는 지경에 이르렀지.

빈곤 문제가 심각해지자 가족 구성원 가운데 한 개인에게 소유권을 주어 더 극단적으로 소유권을 조각내는 방법이 생겨났단다. 이에 따라 가족의 역할은 작아지고 개인이 사회생활의 주체가 되기 시작했지.

개인 vs 공동체

많은 사람들이 과거에는 진정한 의미의 공동체가 존재했었다고 생각한다. 공동체가 먼저 있었고 개인이 나중에 등장했다고 말이다.

사람은 사람에 기대어 살지만
한편으로 자기만의 인생을 살기도 한다.
그 사이에 어떤 균형이 필요한 걸까?
누구의 통제도 받지 않고 사는 게 가능할까?

물론 한 사람이 태어난 곳에서 결혼하고 죽음까지 맞이하는 마을이 있다. 이를 거주 공동체라고 한다. 또 마을 사람들이 조상 대대로 살아오면서 결혼이나 친척 관계로 얽혀 있는 마을도 있을 수 있는데, 흔히 혈연 공동체라고 부르지. 그런 곳에는 대개 마을의 법칙과 관습, 원로, 마을회의가 존재한단다. 또 '우리는 여기에 속한 사람이고 당신은 외부인이다'라는 정서도 존재하지. 아주 극단적으로 중국의 시골 마을처럼 거의 모든 사람이 같은 성씨를 갖고 있는 경우도 있다.

1968년 처음으로 네팔의 한 마을을 방문했을 때 나는 진정한 의미의 혈연 공동체를 직접 봤다. 많은 사람들이 그 마을에서 태어나 평생을 살았지. 마을 안에 친척들이 살고, 그중 몇 가족은 몇 대째 그곳에 살고 있었다. 심지어 결혼해서 마을을 떠난 여자들까지도 자신들의 마이타maita*에 강한 유대감을 간직하고 있었단다.

우리는 흔히 19세기까지는 사람들이 자연적, 혈연적 공동체 안에 살았고, 그 후에 혁명적인 변화가 일어나 결사체association**가 등

* 친정 마을
** 일정한 목적을 이루기 위하여 인위적으로 만들어진 사회유형. 맥키버가 사회유형 분류에서 결사체association와 공동체community로 나눈 데서 비롯됐다 – 번역자 주

장했다고 생각한다. 결사체란 한 곳에서 태어나 다른 곳에서 교육 받고, 또 다른 곳에서 결혼하는 등 죽기 전까지 여러 이유로 수없 이 옮겨 다니며 만들어내고 참여하는 현대 사회의 조직을 이르는 말이지. 실제로 현재 우리들은 대도시는 물론이고 시골 마을에서 도 공동체에 살고 있지 않다. 친척과 가까이 사는 경우도 거의 없 다. 또 대부분의 경우 이웃에 사는 사람들과도 특별한 감정을 공유 하지 않은 채 산다. 이처럼 19세기 이후 도시가 성장하고 직업이 변하면서 군중 속에서 뿌리 없이 떠돌아다니며 공동체에 속하지 않는 외로운 개인이 만들어졌다고 생각한다. 과연 그럴까?

물론 과거가 현재보다 더 밀접한 세계였을 것이라는 뿌리 깊은 신화에는 진실도 있단다. 내가 30년 전 케임브리지 근처의 한 마을 에 갔을 때 그곳 사람들은 서로를 잘 알고 있었으며 어느 정도 공 통된 정서를 갖고 있었지. 그곳에서 아주 오래 산 가족도 있었고. 옆집에 살던 부부는 그곳에서 태어났는데 다른 곳으로 떠날 마음 이 없다고 했다.

그 후 그 마을은 케임브리지로 출퇴근하는 사람들이 잠만 자는 곳으로 변했단다. 마을의 대장장이는 사라졌고, 작은 상점과 두 개 의 술집과 학교가 없어졌지. 크리켓 회원들과 축구팀을 빼면 현재 그곳에는 공동체의 그림자조차 남아 있지 않아. 그곳에서 내가 본 것이 어쩌면 공동체에서 결사체로 이행하는 과정이었는지도 모른 다. 대학에 출퇴근하기 위해서 그곳에서 살았던 나도 이행에 기여 했을 수도 있고.

하지만 지난 700년간의 잉글랜드 시골 마을의 역사를 살펴보면 '장소와 혈연, 정서를 모두 같이 한다'는 의미의 공동체는 결코 존재하지 않았다. 자유로운 이동성과 해체된 가족제도, 활발한 경제적 교류로 인해 잉글랜드에는 중국, 인도 그리고 대부분의 유럽 대륙과 달리 자연적인 형태의 공동체가 거의 없었지.

따라서 오늘날 우리가 보고 있는 '뿌리 없음'은 최소한 잉글랜드에서는 대단히 오래된 현상이란다. 잉글랜드 사람들은 특이하게도 한 번도 안정감을 주는 진정한 공동체에 속했던 적이 없지. 대신에 친구나 동료, 이웃과 같은 일시적이고 부분적인 결사체에 속해 살아왔다. 덕분에 늘 강한 개인이 되라는 교육을 받으며 자랐다.

개인으로 살아간다는 것

릴리야, 너는 시골 마을에 살고 있고, 채소와 꽃을 기르고, 이스트 앵글리아 지방의 강과 나무를 즐기면서도 농민이 아니며, 자연적인 공동체에 살지도 않지. 이제 네가 그 이유를 어느 정도 이해했으리라 생각한다. 너는 수입의 절반을 도시나 성에 사는 소수의 지배자에게 바치던 이들의 후손이 아니다.

너는 지금 살고 있는 곳에서 태어나지 않았고 그곳에 오랫동안 머무르지도 않을 것이다. 너는 지금도 그렇고 앞으로 결혼을 해도 집안에서 아버지나 남편과 같은 절대적인 남자의 통제를 받지 않

을 것이다. 너는 네 개인의 이름으로 무엇이든 소유할 수 있고, 또 마음대로 팔거나 남에게 줄 수 있다. 또한 부모에게 자동으로 무엇인가를 상속받을 것이라고는 기대할 수 없지. 또한 너는 집을 떠나 네 자신의 집을 가질 것이다. 너는 가족이나 다른 어떤 공동체에도 얽매이지 않고 네 인생을 스스로 개척할 수 있으며 그런 생활이 주는 장점과 단점을 모두 경험할 것이다. 릴리야, 문자 그대로 너는 자유로운 영혼이다.

○
즐
거
움

언제나 행복하게
사는 방법은
무엇일까?

너도 이제 조금은 알지 모르지만 세상은 생각보다 더 혼란스럽단
다. 그래서 우리는 늘 우왕좌왕하며 살지. 그 속에서 실패를 하더라
도 나약해지지 않고 다시 용기를 내어 살아가는 방법은 저마다 다
르다. 할아버지는 그럴 때 기분 좋게 해주었던, 살아 있다는 사실이
기뻤던 순간들을 떠올리며 절망을 이겨낸다.

　너도 잠시 모든 것을 비우고 주위를 둘러보렴. 너를 기분 좋게
해주는 것이 무척이나 많다는 사실에 놀랄 것이다. 나는 그중 내가
발견한 감각의 즐거움에 대해 말하려고 한다.

　감각은 인간이 위대한 업적을 이룰 수 있게 해준 요인 중 하나
다. 물론 감각은 우리를 유혹하고, 잘못 길을 들게 하기도 하며, 우

리를 마비시키기고, 자유와 창조의 길에서 벗어나게 만들기도 하지. 때론 예술 형식이나 요리법처럼 감각을 즐기기 위해 만들어낸 기술이 어느 순간 빠져나오기 힘든 관습으로 바뀌어 우리를 속박할 수도 있다. 그렇다고 해도 감각의 즐거움을 포기할 수는 없다.

후각이 주는 즐거움

릴리야, 지금은 5월 하순이란다. 정원은 만개한 인동덩굴 꽃과 조금씩 사라져가는 라일락 꽃, 막 피기 시작한 노란 장미 향기로 가득 차 있지. 녹차 향기를 맡고 있자니 너와 정원에서 함께 했던 많은 시간이 떠오르는구나. 아마 오늘 저녁에는 양파와 탄두리치킨 냄새가 집안에 진동하겠지.

　신들은 꽃이나 귀한 향, 제물로 바친 동물이 타는 냄새를 맡고 감동을 받는다고 한다. 개나 호랑이처럼 발달된 후각을 가진 건 아니지만 인간 역시 냄새를 통해 큰 기쁨을 얻지. 사랑하는 사람의 향기나 방금 깎은 잔디의 향, 장작 타는 냄새 같은 것 말이다. 냄새는 다른 시간과 공간, 다른 사람과 함께 한 추억을 상기시키는 즐거움도 준다. 나는 어떤 풀냄새를 맡으면 교토의 '철학자의 길'이나 히말라야의 여름날 베란다가 떠오른다.

　냄새는 때로 우리에게 위험을 감지할 수 있도록 해준다. 예를 들어 상한 고기나 배설물의 역겨운 냄새는 뭔가 잘못됐다는 신호가 되지.

어떤 문화권은 후각이 다른 곳에 비해 유난히 더 발달했단다. 특히 일본이 그렇지. 『겐지 이야기』라는 11세기 일본 소설을 보면 냄새를 알아맞히는 놀이를 하는 장면이 자주 등장한다. 사람들은 겐지가 풍기는 독특한 냄새로 그가 방에 들어오고 있다는 사실을 맞히지. 또 일본의 지배자들은 전통적으로 금이 아니라 귀한 향료를 사서 저장했다. 다른 이야기지만 동방박사들이 아기 예수에게 바친 선물 가운데 금 다음으로 소중한 것이 유향과 몰약沒藥이었단다.

모든 사회와 문명에는 그 나름의 냄새가 있다. 인도나 중국, 남아메리카를 여행하는 즐거움 중 하나는 그곳에서 새롭고 다양한 냄새를 많이 맡을 수 있다는 것이지. 너도 유칼립투스 나뭇잎이나 바닷바람 냄새를 맡으면 네가 어릴 때 생활하던 호주가 떠오를 거야. 대부분의 사람들이 냄새를 통해 어느 순간 자신의 과거로 돌아가지. 풀 향기와 꽃내음, 음식 냄새뿐만 아니라 공기와 흙냄새 혹은 자동차와 버스가 내뿜는 매연까지도 모두 특정한 기억과 연결돼 있기 때문이다.

미각이 주는 즐거움

아주 어릴 때부터 인간은 좋은 맛과 나쁜 맛, 그 중간에 있는 맛을 구분할 수 있단다. 후각은 미각을 증진시키지. 상대적으로 미각과 우리는 시시때때로 절망을 경험한다.
행복은 잠깐이고, 고통은 영원하다는 말도 있다.
행복하게 사는 법은 어쩌면
일상의 절망을 이겨내는 법에 있을지도 모른다.

시각의 관계는 그만큼 분명해 보이지 않지만 한 일본인 친구에게서 일본 음식과 인도 음식의 장단점을 들으면서 그 관계를 분명히 깨달을 수 있었다.

그에 따르면 일본인들은 눈으로 음식을 먹는다. 그래서 식탁과 접시는 물론이고 음식을 아름답고 특이한 색으로 표현할수록 고급 요리라고 생각한다. 그 친구는 나에게 불을 끄고 어둠 속에서 일본 음식을 먹어보라고 권유했다. 일본 음식 맛은 대단히 미묘해서 불을 끄면 거의 맛을 알 수 없다고 한다. 아름답게 표현된 음식은 우리 뇌에서 연상 작용을 일으킨단다. 한마디로 일본 음식은 접시 위의 시詩라고 할 수 있지.

일본인이 보기에 인도 카레는 대단히 무미건조한 음식이란다. 하얀 쌀밥 위에 갈색 소스를 뿌린 것이 전부이고 눈을 즐겁게 하는 요소는 거의 없지. 하지만 만약 불을 끄고 미각과 후각을 동원해서 먹으면 무척 맛있는 음식임을 알 수 있다.

미각의 즐거움은 결코 무시할 수 없단다. 위대한 문명은 모두 음식과 요리를 즐겼지. 그래서 중국 문명의 핵심에는 음식이 있다고 주장해도 결코 과하지 않다. 한편 미국 문화는 상당 부분 햄버거와 코카콜라 같은 음식을 통해 세계로 퍼져나가고 있다. 이탈리아는 다양한 파스타로 유명하고, 동부 지중해 지역은 케밥으로 유명하지. 술로 유명한 문명도 있단다. 잉글랜드는 맥주, 스코틀랜드는 스카치위스키, 일본은 사케로 유명하지. 유럽 남부의 가톨릭 국가에서는 주로 포도주를 마시고. 가톨릭 문화의 포도주는 먹고 마시는 일이 인간에게 일상적인 즐거움을 줄 뿐 아니라 인간이 신에게까지 그 즐거움을 투사한다는 사실을 보여준단다. 사람들은 신도 자신처럼 입을 통해 물질세계를 흡수하는 일을 즐길 것이라 여겼다. 그래서 대부분의 종교에서 포도주와 기장맥주, 정종 같은 좋은 술과 빵, 고기 같은 음식을 제물로 바쳤지.

단순히 위를 채우는 것은 먹고 마시는 즐거움의 일부일 뿐이다. 오히려 먹는 즐거움은 대부분 창조하고 감탄하고 우정을 돈독히 하는 일과 연결돼 있다.

나는 네 증조할머니와 함께 차의 역사와 영향에 대한 책을 쓴 적이 있다. 그 책을 쓰기 전까지는 먹고 마시는 일이 얼마나 중요한지 깊이 깨닫지 못했었는데, 책을 쓰면서 비로소 미각이 우리 삶이 얼마나 깊은 영향을 미치는지, 인간이 얼마나 먹는 것과 관련이 깊은 존재인지 알게 됐지.

한 예로 일본의 경우 약 600년 전에 도입된 다도茶道가 일본인들의 삶에 커다란 영향을 미쳤다. 다도는 도자기와 건축, 그림, 시 등 미적인 모든 것에 영향을 미쳤다. 차와 불교는 뗄 수 없는 관계를 갖고 있기 때문에 종교도 근본적으로 변화됐다. 차 한 잔을 마시는 것은 선禪 명상을 1시간 정도 한 것과 같은 가치를 지닌다. 한편 군벌들은 다도 행사를 통해 서로 만날 기회를 가졌다. 결국 차는 정치에도 영향을 끼쳤고, 수출을 통해 일본 경제 발전에도 큰 기여를 했지. 이처럼 다도는 일본인들의 삶을 크게 변화시켰고, 나중에는 일본의 생활방식을 상징하기에까지 이르렀단다.

한편 아시아 대륙에서는 18세기 초부터 엄청난 양의 차를 잉글랜드로 수출하기 시작했다. 차는 잉글랜드의 거의 모든 것에 영향을 미쳤다. 남자와 여자, 부모와 자식, 상점 주인과 고객의 관계를 바꾸었고, 식사의 종류와 시간까지 바꿨다. 건축과 가구, 도자기, 해운, 항해법도 마찬가지였지.

만약 차가 없었다면 세계는 지금과는 전혀 다른 모습이 됐을 것이다. 사실 차는 그저 하나의 예에 불과해. 설탕과 감자, 담배, 맥주, 쌀 등의 음식과 음료도 모두 인류 역사에 적지 않은 영향을 미쳤다. 앞에서 열거한 것들은 우리의 미각이 얼마나 눈에 보이지 않는 방식으로, 그러면서도 얼마나 강력하게 인간의 문명을 형성했는지를 보여준다.

촉각이 주는 즐거움

너는 어렸을 때 만지는 것을 참 좋아했다. 부둥켜안고 노는 장난감과 정원의 이끼, 모래, 부드러운 자갈 등……. 고양이를 쓰다듬으며 행복한 표정으로 나를 쳐다보던 모습도 기억나는구나.

이 세상의 촉감은 매우 다양하다. 손가락 사이로 흘러내리는 물이나 양털, 비단, 벨벳이 주는 감촉이 서로 다르지. 우리는 이처럼 거의 무의식적으로 환경과 신체적으로 접촉하는 것을 즐긴다. 그러한 즐거움은 브룩이 자신이 사랑하는 것들을 노래한 시에도 잘 나타난다.

> 시름을 달래주는 미온微溫의 홑이불
>
> 남성처럼 거칠게 입을 맞추는 담요
>
> 자유롭게 움직이며 빛나는 머리카락
>
> 푸른 구름덩어리
>
> 날카롭고 무정한 아름다움을 지닌 거대한 기계
>
> 축복을 주는 따뜻한 물
>
> 만지고 싶은 모피

인간이 만지고 느끼는 것을 좋아하는 동물임은 분명하다. 우리는 끌어안고 입 맞추고 문지르고 접촉하면서 큰 즐거움을 느끼지.

청각이 주는 즐거움

인간의 가장 큰 특징 중 하나는 언어를 통해 소리를 만들어내고 해석할 줄 안다는 것이란다. 만약 인간에게 성대가 없었다면 지금처럼 번성할 수 없었을 거야. 각종 소리가 내게 즐거움을 주었지만 그중에서도 시와 음악은 특히 내게 커다란 즐거움을 주었지.

시적 언어와 대중적인 노래가 우리 생활에 얼마나 많은 영향을 미쳤는지는 말로 설명하기 어려울 정도다. 내가 좋아하는 시 구절들은 늘 내 머릿속을 떠나지 않고 있지. '하늘이 수를 놓은 옷이 있다면', '즐거움에 놀라고 바람처럼 조급해서', '이 세상의 영광과 농담 그리고 수수께끼들!', '당신을 여름날에 비교할 수 있을까요?', '그리고 천국의 우유를 마셨다' 같은 수많은 시 구절이 나에게 위안을 주고 내 삶을 풍요롭게 만들어주었어. 감명을 준 문학작품이나 시가 마음속에 없다면 삶은 무척 삭막할 게야.

음악도 마찬가지다. 음악은 감정을 움직이는 힘을 갖고 있지. 흔히 말이 소리에 종속된, 순수한 소리의 세계를 음악이라고 부른다. 거기에는 새소리나 물소리, 가을이 나무 사이로 지나가는 소리처럼 자연의 음악도 포함된다. 그러나 우리에게 특별한 즐거움을 주는 것은 인간이 만든 음악으로 팝, 재즈, 클래식, 소울, 힙합 등 그 종류 또한 무척이나 다양하다.

음악은 의사소통의 한 형식으로 말로 전달할 수 없는 것들을 전한다. 선율과 화음은 우리의 동물적 감각에 직접적으로 영향을 미친다. 음악을 통해 증오, 공포, 환희, 사랑과 같은 강한 감정을 느끼는 것이다. 또한 음악에 취해 어딘가에 갇히기도 하고 자유로워지기도 한다.

그처럼 음악의 힘은 강력하기 때문에 사람들은 신들도 인간처

럼 음악을 좋아할 것이라고 생각하고, 종종 음악을 연주하여 신을
감동시키려 애쓰는 거란다.

시각이 주는 즐거움

인간은 근본적으로 시각적 동물이다. 우리가 자연이나 다른 인간
에 대해 얻는 정보의 약 4분의 3이 눈을 통해 뇌로 전달되거든. 물
론 우리의 시력은 매나 파리처럼 좋진 않지만 눈을 통해 전달된 정
보를 해석하는 뇌가 크기 때문에 실제로 얻는 정보는 더 많단다.
한편 우리는 육식 동물의 눈 즉 전방 시야를 갖고 있으므로 호기심
을 자극하는 아주 미세한 변화까지도 감지할 수 있지.

　시각의 즐거움에 대해 어떤 것을 말할 수 있을까? 많은 것이 있
지만 그림에만 한정해 이야기하려고 한다. 할아버지는 나이 먹으
면서 좋은 그림을 감상하는 것을 더 즐기게 됐단다. 너에게도 그림
이 많은 즐거움을 주었을 거야. 너는 말하기 전부터 그림을 그렸고,
또 카메라로 사진을 찍었지.

　할아버지가 그림 감상을 좋아하기는 하지만 예술의 의미나 역
사에 대해 글을 쓰거나 진지하게 생각하게 된 것은 예상 밖의 일이
었단다. 내가 예술의 역사에 대해 새로운 이론을 제시한 것도 놀라
운 일이었지. 아무튼 나는 어떻게 사실주의와 현실적인 원근법이
르네상스의 미술에서 시작됐는가에 대한 글을 쓴 적이 있단다.

할아버지는 그 글을 쓰기 전 중요한 예술사학자와 비평가들의 글을 읽었단다. 그러면서 발견한 재미있는 사실이 있었지.

그 사실은 이런 것이었다. 아이들이 처음 세계를 볼 때는 있는 그대로를 보지만 점차 어른이 되면서 그때그때의 유행에 따라 세상을 체계적으로 왜곡해서 보게 된단다. 자연히 그림을 통해서 세상을 재현할 때도 왜곡이 나타나기 마련이지. 그러나 1380~1450년 사이 서유럽에서는 맨눈으로 보는 것보다 더 풍부하고 밝은 빛으로 세상을 재현하게 됐단다. 어떻게 이런 일이 일어났고, 세상은 왜 그런 새로운 방식에 매혹됐을까?

할아버지는 유리의 발전에 주목했단다. 유리는 보는 것에 직접적인 영향을 미친 가장 중요한 물질이지. 레오나르도 다 빈치가 말했듯 거울은 화가들의 주인이다. 실제로 다 빈치가 활동하기 약 100년 전부터 서양인들의 시각은 유리 거울로 인해 극적으로 변했다.

유리 거울로 인해 정확한 자화상을 그릴 수 있었고, 세상을 보는 시각도 바뀌었다. 화가들은 자신의 그림을 거울에 비친 것과 비교하게 됐지. 한편 정확한 원근법을 결정하기 위한 실험에 유리로 만든 프리즘과 렌즈를 사용했고, 예술가와 수학자들은 빛과 눈의 작동원리를 이해할 수 있었다. 이런 변화는 세계를 다르게 보는 방법으로 이어졌단다. 상징적이고 비현실적인 예술의 시대를 이끌던 기존의 견해가 무너지기 시작하면서 사실주의와 실제적인 원근법의 시대가 시작된 거야.

너는 나의 가장 큰 즐거움이란다

아이들과 함께 지내는 일은 우리에게 기쁨을 주며, 냉정한 어른들의 합리적인 세계를 잠시 잊도록 도와준다. 물론 자녀는 부모에게 기쁨을 주기도 하지만 때로는 부모들을 지치고 혼란스럽게 만들지. 자식은 부모에게 기쁨만 주기에는 너무 가까운 존재인 것이다.

그런데 내가 아이들에게서 특별한 즐거움을 얻을 수 있었던 까닭은 내가 아이들을 멀리에서도 볼 수 있고, 아주 가까이에서도 볼 수 있는 특별한 위치에 있었기 때문이다. 네팔 아이들은 멀리에서 보면서 즐거웠고, 너는 아주 가까운 곳에서 보면서 즐거움을 느낄 수 있었다.

그 즐거움의 근원이 무엇인지를 설명하긴 쉽지 않단다. 그러나 몇 가지는 분명하지. 우선 아이들의 미소는 너무나 아름답다. 아이는 어른이 생각하지 못할 정도로 총명해서 아이가 어떤 문제를 풀거나 그림을 그리거나 책을 읽는 모습을 보고 있노라면 인간 정신의 위대함에 새삼 감탄하게 된다. 아이들은 창조적이고 활발하며 늘 재미있는 놀이를 개발해내지. 또한 다양한 상상의 세계도 곧잘 만들곤 하고.

너와 네 또래 아이들이 상상의 세계를 만들고 그 안에서 노는 것을 보면서 할아버지도 어렸을 적 내가 꿈꾸었던 상상의 세계로 다시 돌아간단다. 그곳에는 호빗과 이상한 나라의 엘리스가 살고 피터 팬도 살지. 이런 것들은 모두 내 모든 감각에 즐거움을 주며,

나를 잠시나마 다른 삶의 영역으로 이끈다.

내가 앞으로 여러 편지에서 인간의 불행과 공포, 불평등에 대해 얘기하겠지만, 그럼에도 나는 네가 그런 즐거운 시간들을 잊지 않기를 바란다. 우리는 정원을 거닐거나 아이들과 놀이를 하는 시간 속에서 감각을 총동원하여 일상의 절망을 이겨낸다.

그래서 할아버지는 릴리가 헨델의 음악에 맞춰 처음 춤을 춘 순간, 꽃밭에 앉아 해맑게 웃던 순간, 차를 마시던 순간들을 소중하게 간직하고 있단다. 그런 순간들이 있기에 우리의 삶과 우리가 인간이라는 사실은 가치가 있는 것이다.

어쩌면 네게 이 편지를 쓰는 이유도 그런 시간들을 다시 한 번 기억하기 위함인지도 모르겠구나.

○
정
신

우리를
보이지 않게
구속하는 것은
무엇일까?

고등학교에 입학할 때나 대학을 졸업할 때 우리는 일종의 의식儀式을 치른다. 무엇보다 종교에 의식적인 행위가 가장 많지. 인생의 중요한 시점들 즉 출생이나 결혼, 죽음에는 모두 의식이 따른다. 우리는 그런 의식을 치르면서 자신도 모르게 매혹되고 그 힘에 압도된다. 일종의 신성함을 느끼는 것이다. 우리는 알게 모르게 거의 매일 의식을 치른다. 그렇다면 의식이란 무엇이고, 왜 생겨난 것일까? 의식이 우리에게 도움을 줄까 아니면 우리의 정신을 옥죄어 하고 싶지 않은 일을 강제하고 있을까?

우리가 깨닫지 못하는 의식의 힘

인간의 모든 행동은 실상 의식에 가깝다고 할 수 있단다. 표준화되고 반복적이고 형식화된 의사소통 행위 말이다. 인사로 주고받는 악수나 입맞춤이 좋은 예다. 서양에서는 인사로 하는 몸짓이 상당 부분 형식화돼 있다. 그래서 왼손으로 악수를 하거나 코에 입을 맞추면 이상하게 여긴다. 악수는 우정과 신뢰, 애정, 계약 등을 의미하며 사회적 의식의 하나다. 우리의 일상생활은 이렇게 사회적 의식으로 가득 차 있다.

그런데 다른 지역 사람들의 의식은 대부분 이상해 보이기 마련이다. 한 인류학자가 쓴 '나씨레마족Nacirema의 육체적 의식들'*이라는 제목의 가상 탐구 보고서를 읽어보면 우리의 사회적 의식이 다른 사람들에게는 얼마나 이상해 보일 수 있는지 확인할 수 있단다.

그곳 사람들이 매일 행하는 육체 의식 중에 입을 씻는 의식이 있다. 그 의식에 익숙하지 않은 이방인들은 구역질이 난다. 보고에 따르면 그들은 입을 씻을 때 조그만 돼지털 묶음을 일종의 마술 가루와 함께 입 속에 집어넣고 돼지털 묶음을 정해진 형태로 흔든다.

게다가 그곳 사람들은 1년에 한두 번씩 '신성한 입을 가진 사람'을

* Nacirema를 거꾸로 읽으면 American, 미국인이 된다

찾아간다. 신성한 입을 가진 사람은 여러 가지 형태의 송곳과 탐침探針 같은 무시무시한 장비를 갖추고 있다. 그런 도구를 이용해 입 안에 든 악귀들을 쫓아낸다고 하는데, 환자에게 엄청난 고통을 주는 의식이 거행된다. 사람들은 그 의식을 전통적이고 신성하다고 생각한다. 이가 계속 썩어가는데도 불구하고 그들은 매년 빼놓지 않고 신성한 입을 가진 사람을 찾는다.

양치 같은 사회적 의식도 실은 당연한 것이 아니다. 다만 우리가 그것을 당연하게 받아들이고 있을 뿐이지. 미처 깨닫지 못하고 있을 뿐, 의식의 힘이 우리 삶에 미치는 영향은 거대하다. 특히 종교적인 의식은 우리에게 신성함까지 불러일으키며 우리를 압도한다.

예를 들어 가톨릭 성찬식에서 신부가 빵과 포도주를 축복하면 작은 기적이 일어난다. 빵은 예수의 살로 변하고 포도주는 성스러운 피로 변하는 것이다. 단순히 말로만 그런 것이 아니라 실제로 그렇다고 믿는다. 그런 축복 의식을 물질의 속성을 바꾼다는 뜻으로 '성변화聖變化'라고 부른다. 심지어 어떤 가톨릭 신자들은 축복받은 포도주를 현미경으로 들여다보면 포도로 만든 액체가 아니라 예수의 피에 들어 있는 DNA를 볼 수 있다고 믿는다. 이런 의미를 지니는 종교 의식은 물질세계와, 늘 우리 곁에 있지만 평상시에는 볼 수 없는 영적인 세계를 이어주는 다리 역할을 한다.

사람들은 종교 의식을 통해 우리가 사는 물질세계를 변화시킬 수 있다고 믿었다. 정해진 방법대로 어떤 말을 하거나, 북을 두드리거나, 초에 불을 붙이면 영적인 힘이 자동으로 작동한다고 믿은 것이다. 그래서 비를 내리고, 곡식이 잘 자라게 해주고, 동물들의 질병을 막고, 아픈 아이를 치료하고, 영혼을 저승으로 보내고, 여자가 아이를 잘 낳게 하고, 전쟁에서 승리할 수 있게 해주는 종교 의식이 존재했다. 하지만 16세기 서유럽에서 종교개혁가와 과학자들이 그런 믿음을 미신적이고 비과학적인 것으로 치부하면서 대부분의 종교 의식은 사라졌다.

그럼에도 의식의 힘은 여전히 강력하게 우리의 삶을 형성하고 있다. 의식이 힘을 갖는 이유는 인간이 상징과 형식화된 행동에 쉽게 영향을 받기 때문이다. 특정한 상징, 색깔, 기호, 형상을 내걸고 적절한 음악을 연주하면서, 히틀러의 군대처럼 무릎을 굽히지 않고 행진하거나 팔을 똑바로 흔드는 식으로 행동을 통일한다면 개인은, 특히 거대한 군중 속에 있는 개인은 곧바로 세뇌당하고 만다.

이러한 의식은 우리의 행동과 사고를 규정하며, 우리를 특정한 방향으로 유도하는 통로를 제공한다. 의식은 우리의 일상생활뿐만 아니라 꿈에도 많은 영향을 미친다. 때로 의식의 힘을 의도적으로 벗어나려고 노력할 때조차 여전히 의식의 틀 안에 갇혀 있음을 느끼기도 한다.

초기 퀘이커 교도는 모든 종류의 의식에서 벗어나려고 끊임없이 노력했다. 그들은 자신들의 일상생활과 언어, 종교, 심지어는 몸짓에서까지 형식화되고 반복적이며 정형화된 행동을 모두 제거하려고 노력했지. 그들의 예배에는 음악이나 상징물은 물론이고 눈에 띄는 어떤 절차도 없다. 그러나 소박함 그 자체가 일종의 구속이자 강제적인 '의식'이 되고 말았단다.

신화가 존재하는 이유

대부분의 의식은 신화적 내용을 포함한다. 의식 자체가 신화에 기초한 경우도 있고, 의식이 진행되는 동안 신화적인 이야기를 낭독하기도 하지. 의식과 신화는 밀접하게 연관돼 있기 때문에 의식을 이해하기 위해서는 신화를 살펴보아야 한단다.

많은 사람들이 신화에 대해 잘못된 생각을 갖고 있다. 사람들은 흔히 다른 사람의 믿음을 '단순한 신화'라고 표현하지. 이런 표현은 신화는 실제 역사와 다르며 사실이 아닌 것으로 보는 태도에 기인한다. 그래서 '로빈 후드가 존재하지는 않았지만 그가 살았었다는 신화가 있지'라는 식으로 말한다. 사실에 집착하는 과학 문명 시대에 살면서 우리는 신화라는 단어를 근거 없는 믿음 혹은 우리가 공유하지 않는 믿음을 지칭하기 위해 사용한다.

그러나 진실, 사실과 신화가 전혀 다르다고 보는 태도는 중요한 것을 놓치고 있단다. 그런 태도는 모두의 삶을 강하게 지배하는 신화의 역할을 제대로 설명하지 못하지. 신화는 과학적 사실이 아니라는 단순한 기준으로는 평가할 수 없는 특별한 종류의 이야기이며, 평범한 진실의 수준을 넘어서는 것에 대해 말하고자 하는 시도다.

현대 과학을 살펴보면 신화와 사실, 진실의 대립이라는 구분이 더 모호해진다. 많은 우주학자와 천체물리학자가 우주의 기원을 설명하는 이론으로 빅뱅이론이나 초끈이론super-string theory을 믿고 있다. 그런데 이런 이론은 대단히 난해하고 복잡해서 과학적인 실험만으로는 설명이 불가능하다. 사실적으로 진실임을 보여줄 수 없는 이론이란 뜻이다. 그것은 일종의 추측이며 실험적 모델일 뿐이다. 흔히 가장 합리적이고 과학적일 것이라고 여기는 학자들이 내놓은 우주의 기원에 대한 이론이, 증명이 불가능한 넓은 의미의 신화와 비슷하다는 것은 재미있는 현상이다. 그렇지 않니?

이런 예들은 신화에 기원을 설명하는 기능이 있다는 사실을 역설적으로 보여준다. 기독교의 에덴동산 이야기나 일본의 태양여신에 대한 신화, 네팔의 근친상간과 북의 기원에 대한 신화가 대표적인 예다. 이런 신화를 두고 사람들은 사실인지 묻지 않는다. 난해하고 답이 없어 보이는 문제를 생각하는 하나의 방법일 뿐이지.

우리는 아직도 지구상에 인간을 포함한 생명체가 어떻게 생겨났는지 모른다. 우리는 왜 옳고 그름에 대한 생각을 갖게 됐는지도 모른다. 신화는 그런 문제들에 대해 상당히 정교한 설명을 제공한다. 키플링의 『바로 그 이야기들Just So Stories』*에 나오는 '낙타는 어떻게 혹이 생겼나?' 또는 '표범은 어떻게 얼룩이 생겼나?' 같은 이야기가 바로 그런 의미의 신화라고 볼 수 있다. 그런 이야기를 읽

---

* 국내에는 『아빠가 읽어주는 신기한 이야기』로 출간 - 번역자 주

어떻게 하면 자유를 얻을 수 있을까?
그 질문에 답하기 전에 먼저
해야 할 일이 있다.
우리의 영혼을 옭아매는 것들의
실체를 제대로 파악하기.

으면서 우리는 그것이 사실인지 아닌지를 묻기보다 전혀 다른 차
원에서 사물을 이해하게 되지.

신화는 왜 사물이 현재와 같은 상태로 존재하는지에 대해 설명
하거나 합리화한다. 즉 여자는 아담의 갈비뼈로 만들어졌기 때문
에 열등하고, 파시스트는 고대 튜턴족의 후손이기 때문에 우월하
고, 인간이 태초에 아무런 사유재산 없이 살았기 때문에 공산주의
가 승리할 것이라고 말하는 식이지. 이처럼 우리는 수많은 종류의
신화와 함께 살고 있으며 삶의 불평등과 부정, 놀라움과 변화를 정
당화하기 위해 매일 새로운 신화를 만든다.

신화는 세계의 모순, 이해하거나 해결하기 어려운 상황을 설명
하려는 노력이다. '도대체 왜 인간은 동물이면서 동물이 아닌 것처
럼 보이는가?'라는 질문에 대해 신화는 인간이 쉽게 동물이나 흡혈
귀로 변할 수 있다고 말한다. '어떻게 해서 인간은 반드시 죽는 존
재이면서 동시에 영원히 사는 것처럼 보이는가?'에 대해서는 예수
나 아서 왕의 죽음과 부활에 대한 신화와 힌두교의 많은 신화가 나
름대로의 답을 제시한다. 신화는 마치 거대한 삶의 문제에 대해 양
립이 불가능한 모순과 다양한 입장을 드러내놓고서 무엇이 진실인

지를 우리 스스로 결정하도록 만드는 위대한 문학작품이나 연극과 비슷하다.

신화는 탐정소설이나 추리소설과도 비슷하다. 우리는 요정이나 호빗, 해리 포터의 세계, 산타클로스, 네팔의 숲에서 어린아이들의 영혼을 훔쳐간다는 작은 악령 이야기를 믿을 수 있다. 그러나 그것이 문자 그대로 진실이냐는 질문을 받으면 확신을 갖고 답하기 어렵단다. 그럼에도 불구하고 그럴 것 같은 믿음 혹은 반신반의한 믿음의 영역은 무척 넓어서 대부분 이런 식으로 생각하면서 살지. 시나 연극처럼 신화도 우리에게 힘을 미치기 위해 '의심의 자발적인 정지 상태'를 요구한다.

상징을 만들고 그에 지배당하는 인간

상징이란 기본적으로 물질적 혹은 비물질적(소리와 같이) 형태를 통해 무엇인가를 나타내는 것이다. 누군가에게 네가 행복하다는 소식을 전한다고 생각해보자. 우선 네가 웃고 있는 사진을 보내는 것처럼 직접적으로 표현할 수 있다. 이 경우 네가 느끼는 것을 그대로 상징하거나 대변하는 물건을 보낸 것이지. 따라서 사진은 컴퓨터 용어로 많이 쓰이는 위지위그WYSIWYG*의 한 형태다. 사진에서

* 보는 대로 얻는다

는 언어학에서 말하는 기표*와 기의** 사이의 연결이 거의 동일할
정도로 강하다. 그 관계는 직접적이며 명확하다. 원시적인 형태의
그림문자가 이런 식으로 뜻을 전하는데, 그것을 상징적이라고 하
지는 않는다.

　한편 이모티콘을 사용하여 웃는 얼굴을 보낼 수도 있다. 네가
느끼는 행복과 웃는 얼굴의 이모티콘은 분명 연관돼 있다. 하지만
이 경우 네가 표현하려는 행복과 그것을 표현한 방법 사이에는 약
간의 간격이 있다. 자연히 해석의 여지가 생긴다. 네 친구가 선과
점으로 만들어진 이모티콘의 의미, 즉 너의 행복한 기분을 알기 위
해서는 누군가의 도움을 받아야 할 수도 있다. 중국 문자가 이런
식이다. 예를 들어 집을 나타내는 글자는 처음에는 집과 비슷했지
만 시간이 지나면서 상당히 변형됐다. 그러나 이런 표현도 진정한
상징과는 거리가 있다.

　다음으로 쓸 수 있는 방법은 '나는 정말 행복해'라고 쓴 편지를
보내는 것이다. 그런데 글자들을 하나씩 분석해보면 아무런 의미
가 없음을 알 수 있다. '행복해'라는 문자와 행복이라는 감정 사이
에는 어떤 연관도 없다. 문자는 임의적이고 추상적인 상징에 불과
하다. 문자를 읽는 사람이 그 글자를 행복이라는 관념과 연관시킬
수 있는 까닭은 단지 그렇게 해석하도록 배웠기 때문이다.

* 　사진 자체
** 　행복하다는 감정

상징은 임의적이고 추상적인 성격 때문에 힘을 갖고, 우리는 상징을 해석하면서 깊이 영향을 받는다. 박해받던 초기 기독교인들은 벽에 걸린 물고기 그림이 예수를 상징함을 얼른 알아차렸다. 그들은 물고기 그림을 보면서 그리스 문자인 '익투스'*를 떠올렸는데, 그것은 '하나님의 아들이며 구세주인 예수 그리스도'라는 문장의 머리글자를 모은 것이었기 때문이다. 하지만 기독교인이 아닌 사람들에게는 그저 물고기 그림이었을 것이다. 남부 이탈리아에서 어떤 남자가 살해당했는데 무릎에 가시배가 떨어져 있다면 그 지역 경찰관은 마피아의 소행임을 즉시 알아챌 것이다. 영국에서 선거 기간 동안 어떤 집 창문에 푸른색 포스터가 붙어 있으면 그 집 주인이 십중팔구 보수당에 투표할 것이라고 짐작할 수 있다. 그러나 가시배와 마피아 사이에, 그리고 푸른색과 보수당 사이에는 내적 연관이 없다.

모든 문화는 나름대로의 상징을 갖고 있는데, 특히 색이 그렇다. 동양에서는 흰색을 죽음과 연관 짓고, 유럽에서는 검은색을 죽음과 연관 짓지. 중국에서는 붉은색이 제왕을 상징하지만 다른 곳에서는 대개 금색이 제왕을 상징한단다.

많은 사람들이 아프리카에서 갈색과 흰색, 붉은색이 중요한 의미를 지니는 이유에 대해 연구해 왔다. 혹시 그런 색깔이 그들이 가장 중요하게 여기는 동물의 분비물과 우유, 피와 연관된 것은 아

* 물고기

닐까? 그 이유가 무엇이든 색, 소리, 모양은 모두 강력한 의미를 전달한다. 나치가 힘과 증오의 상징으로 만들어버린 십자가 기장은 원래는 동양에서 평화를 의미하던 것이었다.

상징이 이토록 강한 힘을 지니는 이유는 모든 상징에는 모든 사람이 알고 있는 공통의 요소가 있을 뿐만 아니라 그것에 특별한 의미를 덧붙이기 때문이란다. 상징은 여러 가지가 함께 나타날 때 더 강한 힘을 갖지. 상징들이 하나의 의식으로 구성되거나 예술 작품으로 나타나면 우리는 매혹되고 압도당한다. 특히 종교는 우리가 무의식적으로 해석하는 자의적인 상징들을 활용하지.

인간은 상징을 만들어내고 또 상징을 소비하는 존재다. 우리는 음악이나 예술 혹은 수학같이 대단히 추상적인 상징 형태를 통해 심오한 진리를 탐구하고 전달하기도 한다. 그럼에도 불구하고 우리는 상징의 덫에 갇혀 혼란스러워하거나, 그로 인해 길을 잃을 수도 있으며, 상징의 힘에 속아 넘어갈 수도 있다.

금기가 자라나는 곳

상징은 특정한 영역과 연관돼 있으며 그 영역은 금기에 의해 강화된다. 그렇다면 금기란 무엇일까? '금기taboo'라는 말은 폴리네시아 지역에서 비밀과 금지라는 의미로 사용되던 '타푸tapu'라는 용어에서 유래됐단다. 실제로 우리 삶은 우리가 할 수 있는 일과 할 수 없는 일로 나뉘어 있기 때문에 금기는 유용하다. 언뜻 의미도 분명치 않고 설명하기도 어려운 금지 사항을 표현할 때 '금기'라고 말하면 되기 때문이다.

우리는 어떤 것들은 안전하고, 품위 있고, 용납할 수 있고, 깨끗하다고 생각하지만 또 어떤 것들은 위험하고, 상스럽고, 받아들일 수 없고, 더럽다고 생각한다. 물론 이를 나누는 기준은 문화에 따라 다르다. 마찬가지로 금기를 깨는 것에 대한 반응도 문화에 따라 다르다. 대개는 다른 사람의 골을 먹는 일이 금기에 속하지만 누가 권하는데도 골을 먹지 않는 것이 금기에 속하는 사회도 있다. 어떤 사회에서는 늙은 남자가 소년과 성관계를 갖는 것이 금기지만 늙은 남자가 소년을 교육시킬 기회를 활용하지 않으면 오히려 치욕스러운 일이 되는 사회도 있다.

흥미로운 사실은 규정하기 어렵거나 양면적인 인생의 단계나 상태에 특히 많은 금기가 집중된다는 점이다. 즉 탄생, 결혼, 죽음과 같은 인생의 전환점에 대한 금기가 많다. 우리의 육체가 세계와 만나는 지점에 대한 금기도 많다. 수음手淫, 똥과 오줌, 방귀, 트림하기, 침 뱉기 등에 대한 금기가 이에 해당한다.

정통 유대교인이나 집시처럼 자기들끼리 집단을 이뤄 사는 사람들은 특정한 일을 배제하려고 유독 애를 쓰는 경향이 있다. 그들은 어떤 동물의 고기를 먹거나 젖과 피를 섞어 마시거나 잘못된 사람 혹은 잘못된 시간에 성관계를 가져 타락하거나 오염될까봐 유난히 신경을 쓴다. 이런 집단은 가장 강한 의미의 금기를 갖고 있다고 볼 수 있다. 이런 집단에서는 금기를 깼는데 자신을 정화하지 않으면 불행한 일이 닥친다고 믿는다. 그래서 네팔에서는 만약 시체를 만지거나 낮은 카스트의 사람과 접촉했다면 반드시 금을 담갔던 물로 육신을 정화하는 의식을 치러야 한다.

금기의 세계에서는 고의가 아니더라도 금기를 깨면 반드시 벌을 받는다. 근친상간 금기에 이런 요소가 잘 나타나 있다. 근친상간을 범하는 것은 혈통을 혼란시키는 일로 정해진 사회적 영역을 깨는 일이지. 따라서 그 사실을 모르고 있었다고 해도 신은 처벌할 것이다. 마치 오이디푸스가 자신도 모르게 자기 어머니와 결혼했지만 결국 벌을 받은 것처럼 말이다.

그러나 대부분의 경우 우리는 금기라는 단어를 하지 말아야 할 것 정도의 느슨한 의미로 사용한다. 킹스 칼리지에서는 잔디 위를 걷는 것이 금기시된다든지, 길에 침을 뱉거나 공공장소에서 벌거벗고 다니는 것이 금기시된다든지 하는 식으로 말이다. 그런 금기를 깨면 사회적 혹은 법률적인 제재가 따를 수는 있지만 결코 영적인 위협은 없다. 잔디 위를 걷는다고 해서 영혼이 타락하거나 잔디가 타락하지는 않는다. 또 아이들이 병에 걸리거나 키우던 애완동물이 죽지 않는다. 그런 일로 인해 지옥에 가지도 않을 것이다.

우리는 종종 동의하지 않거나 이해하지 못하는 규칙을 깨곤 한다. 그렇다고 해서 특별히 도덕적이거나 영적인 위험을 느끼지는 않는다. 실제로 너와 네 동생은 어렸을 때 내 손을 잡고 킹스 칼리지의 잔디 위를 걸으며(나는 물론 킹스 칼리지의 특별연구원이기 때문에 잔디를 걸어도 되지만) 금기를 깼다는 사실에 즐거워했다.

보통 사람들은 세상이 영적으로 평등하고 균일하다고 여긴단
다. 물론 깨끗한 것과 더러운 것 정도의 차이는 있을 수 있지만 사
물 사이의 경계를 엄격하게 나누지 않지. 그래서 가족 중에 누가
죽었다고 해서 힌두교 장례식에서 하는 것처럼 죽은 사람과 연관
된 모든 것을 태우거나 없애버리지는 않는다. 그러므로 강한 의미
의 금기는 세상이 깨끗한 곳과 깨끗하지 않은 곳, 안전한 곳과 안
전하지 않은 곳 또는 세속적인 곳과 성스러운 곳으로 나뉘어 있다
고 정말로 진지하게 믿는 사람들에게만 통용된다고 할 수 있다.

사람들이 제물을 바치는 심리

신과 대화하기는 대단히 어려운 일이며 신의 도움을 받기는 더욱
어렵다. 신이 일을 하도록 하는 가장 확실한 방법은 선물이나 뇌물
을 바치고 보답하라고 부추기는 것이다.

당연히 선물은 우리가 진심으로 소중하게 여기는 것이어야 한
다. 그래서 가축을 기르는 사회에서는 소나 양, 병아리 같은 소중한
동물을 제물로 바치고, 중동 지역의 유목 민족 사이에서 시작된 기
독교에서는 주로 양을 제물로 바쳤지. 일본처럼 벼를 재배하는 문
화에서는 쌀이나 쌀로 만든 술을 제물로 사용한다.

제물은 두 가지 요소를 지닌다. 하나는 제단 위에 실제로 놓이

는 물질이며, 다른 하나는 그것의 영혼이다. 네팔 사람들은 수탉이 나 양 혹은 들소를 제물로 바치고 그 피를 제단에 뿌린다. 신들은 피를 마시는데, 신이 진짜 섭취하는 것은 제물의 정수 혹은 영혼이 라고 믿는다. 신들이 이런 선물을 받고 흡족하면 그 보답으로 제물 을 바친 인간을 보호해주거나 소원을 들어준다고 생각한다.

기독교에서는 제물이 실제 동물에서 차츰 예수를 상징하는 제 물로 바뀌었다. 그러나 개신교도는 그런 변화를 두고 너무 외형에 치우친 것이라고 반발했단다. 그들은 초를 태우거나 향을 피우거 나 돈을 제물로 바치는 일은 의미가 없다고 보았지. 하나님이 진정 으로 원하는 것은 내적인 제물이라고 생각한 것이다. 그래서 진정 으로 하나님을 기쁘게 하는 방법은 악한 행동을 하지 않는 것이라 는 믿음이 퍼지기 시작했다. 불에 탄 동물이나 동물의 피보다는 선 해지려는 인간의 강한 의지와 복종하는 마음이 더 중요하다고 여 겼던 게야.

이런 식으로 세계 여러 곳에서 종교가 사람들의 마음속으로 들 어가기 시작했다. 물론 그렇다고 해서 제물이 완전히 사라진 것은 아니다. 여전히 많은 사람들이 육체적으로나 정신적으로 도움이 될 것이라는 생각을 하면서 사순절을 지키거나 특정한 일을 회피 한다. 또 채식주의자가 되거나 몸무게를 줄이거나 시간과 돈을 쓰 면서 봉사하는 일은 모두 현대적 의미의 제물이라고 할 수 있다.

의식을 바라보는 법

우리 생활의 대부분은 반복적이고 표준화된 행동 양식을 따른다. 정치나 종교는 종종 인간의 이런 특징을 이용했다. 기도나 정치 선동에 사용되는 언어든 기도하거나 행진할 때처럼 강제적인 몸의 움직임이든 일단 의식의 힘에 사로잡히면 우리의 정신도 구속된다.

물론 의식은 우리에게 자신감을 주고, 우리를 하나로 묶고, 죽음이나 슬픔과 같은 어려운 상황을 헤쳐 나갈 수 있게 도와준다. 결혼식이나 장례식 같은 의식은 사회적인 관계를 재정립할 수 있도록 돕는다. 그렇기에 의식 없는 인생은 생각하기 어렵다. 그런 인생에서는 어떤 행동 양식도 의미가 없을 것이다. 하지만 동시에 우리는 의식의 힘에 치르는 대가에 대해서도 반드시 생각해야 한다.

나는 킹스 칼리지에서 매년 열리는 유명한 성탄절 캐럴 미사 도중 자리에서 벌떡 일어나 전 세계 수천만 사람들에게 자신의 정치적 견해나 인생철학을 밝히는 사람이 왜 없는지 궁금했다. 한순간에 유명해질 수 있는 좋은 기회일 텐데 말이다. 그러나 그 자리에 있어보면 의식의 엄숙함 때문에 기침을 하거나 자리에서 뒤척이는 것조차 어렵다는 사실을 알 수 있다. 의식은 우리의 몸과 마음을 통해 들어와 우리 생활에 자리 잡기 때문에 의식을 통제할 길은 거의 없다. 의식의 힘에서 빠져나오기 힘들다는 뜻이다.

종교의 옷을 입고 있는 형식화된 의식뿐 아니라 사회적인 의식도 그렇다. 중국에서는 문화 혁명 기간 동안에 마오쩌둥을 찬양하는 다양한 의식이 있었다. 사람들은 열심히 그 의식을 지켰다. 아침에 훈시를 듣는 의식과 저녁에 보고하는 의식이 있었는데, 그때마다 수천만에 이르는 사람들이 '마오쩌둥 어록The Little Red Book'을 가슴에 대고 마오쩌둥의 말을 외치곤 했다. 내 중국인 친구들은 그럴 때마다 부끄럽고 회의적인 생각이 들지 않은 것은 아니지만 집단의 압력에 굴복할 수밖에 없었다고 회상했지.

우리가 할 수 있는 일은 의식을 치르면서 조금 뒤로 물러나 의식의 힘에 어떻게 세뇌되고 구속당하는지를 살펴보는 것뿐이다. 그렇다고 크게 낙담할 필요는 없다. 우리가 행하고 또 참여하는 의식을 이해하고 통제함으로써 일정한 자유를 얻을 수도 있기 때문이다.

○

놀이

우리는 왜
노는 것을
좋아할까?

릴리야, 어렸을 때 너는 보물찾기와 이 옷 저 옷 입어보며 노는 것
을 특히 좋아했지. 너는 여동생과 함께 가장假裝 놀이를 하고 놀면
서 자주 환상의 세계에서 살았다.

    너를 보면서 나는 인간을 '호모 루덴스Homo ludens'* 라고 정의한
다는 사실을 떠올리곤 했단다. 물론 다른 동물들도 놀이를 하지만
특히 인간은 놀이 문화를 발전시켰다. 스포츠나 도박, 축구를 좋아
하는 주변 사람들을 보면 너도 수긍이 갈 거야.

    인간의 놀이 문화는 보통 '놀이'나 '스포츠'라고 생각하지 않는

*   놀이하는 인간

여러 활동에서도 드러난단다. 기술로 승부를 내거나 운으로 승부를 내는 놀이도 있고 일대일로 하는 놀이도 있으며, 집단으로 하는 놀이도 있지. 놀이를 할 때는 다양한 도구를 사용하고 복잡한 규칙을 따른다. 각각의 놀이는 서로 다른 방식으로 인간 심리의 다양한 부분을 자극하지.

왜 인간을 '호모 루덴스'라고 부르는 걸까

아이들은 노는 것을 좋아한다. 그렇다고 놀이가 어린이들의 전유물은 아니다. 인간은 근본적으로 호기심이 강하고 놀기를 좋아한다. 경쟁하고 상상하고 투쟁하려는 욕구를 갖고 있기 때문이지. 놀이에는 남을 이기거나 지배하려는 욕망이나 성취감, 위험을 감수할 때 얻어지는 쾌감 등 다양한 요소가 포함돼 있단다.

놀이는 시간과 공간 밖에서 행해지는 일종의 실험이다. 놀이를 하는 개인이나 집단은 동등한 상황에서 시작해 같은 규칙을 따르다가 결국 한편이 다른 편을 물리치지. 놀이는 동질성에서 차이를 만들고 인위적인 갈등도 만들어낸단다. 따라서 이전에는 동등하고 통합됐던 사람들이 놀이를 통해 나뉘고는 하지. 모노폴리Monopoly˙ 놀이에서 운이 좋은 사람은 런던 시내의 요지를 사들

˙ 땅을 독점하는 사람이 승리하는 보드 게임

여 지주로 살 수 있지만, 그렇지 않은 사람은 빈민가에서 살게 되는 것처럼 말이다.

그러나 이런 일은 인도나 아프리카, 중국처럼 사람들이 사회생활에서 공공연한 경쟁을 경시하거나 통제하려는 곳에서는 일어나지 않는다. 질서 있고 표준화된 행동인 의식儀式이 경쟁과 다양성을 억제하기 때문이지. 의식은 불평등한 사회에서 일시적인 평등과 친밀감을 조성하여 사람들을 한데 묶고 동질감을 만들어내거든.

사람들은 특정한 놀이 공간에서 제한된 시간 동안 비정상적이고 때로는 무책임한 행동을 한다. 아주 큰 모자나 하얀 바지 같은 이상한 옷을 입고, 서로 때리고(권투), 밀치고(럭비), 물건을 던진다(크리켓). 국회에서 서로에게 고함을 지르고, 법원에서 상대를 무례하게 대하고, 증권거래소에서 미친 듯이 손을 흔들며 돌아다니는 모습은 놀이와 비슷하다. 이처럼 축구 경기장처럼 실제 놀이가 행해지는 곳 말고도 증권거래소나 국회, 법원같이 현대 사회의 주요한 제도 안에도 놀이와 같은 과정이 있음을 볼 수 있다. 덕분에 사회 전체를 흔들지 않고 변화가 가능한 거란다.

그러나 우리는 특정한 공간에서만 이상하고 비합리적인 행동을 한다. 놀이가 끝나면 사람들은 서로 악수를 하고 다시 친구가 된다. 왜냐하면 모두 놀이에 불과했기 때문이지.

놀이의 역사

16세기 이후 잉글랜드 사람들은 다양한 단체 경기 종목을 세계에서 가장 많이 발명했다. 요즘 사람들이 하는 단체 경기를 보면 대부분 잉글랜드 사람들이 발명하거나 개량한 것들이다. 대표적인 예로 축구와 럭비, 크리켓이 있다.

잉글랜드는 단체 경기뿐만 아니라 경마, 개 경주, 등반, 사냥, 낚시, 사격 같은 놀이의 천국이다. 또 잉글랜드 사람들은 예나 지금이나 다양한 취미 생활을 즐기지. 작가 조지 오웰이 말했듯이 '잉글랜드는 꽃을 사랑하는 사람들의 나라이며 동시에 우표 수집가, 비둘기 사육자, 초보 목수, 할인권 수집가, 다트 놀이꾼, 낱말 찾기 애호가의 나라'이기도 하다. 잉글랜드 사람들만 놀이를 좋아하는 게 아니다. 프랑스, 이탈리아, 네덜란드 사람들도 놀이를 좋아한다.

모든 사람이 놀이나 스포츠, 단체 경기에 대단한 열정을 갖고 있다고 생각하기 쉽지만 얼마 전까지만 해도 이런 현상은 일부 문화나 사회에 국한된 것이었다.

일본의 경우도 마찬가지다. 일본에는 엄숙한 의식의 요소가 담겨 있어 놀이나 경기라고 보기 어려운 것들이 많았지. 다도茶道만 해도 그렇다. 다도는 전적으로 놀이라고 하기도 어렵고, 그렇다고 단순한 취미도 아니며, 완전한 제의祭儀도 아닌, 모든 것을 통합해 놓은 형태다. 다도처럼 예술과 의식, 놀이의 속성을 모두 갖고 있어서 아주 특이한 느낌을 주는 행위에는 주로 끝에 '도道'라는 말이

붙는단다. 무도武道, 검도, 유도 등이 이에 해당하지. 이때 '도'는 길이나 통로를 뜻하는 말로 종교적인 속성을 암시한다. 그런 말이 붙지 않은 스모나 파친코 등도 엄밀한 의미에서 경기라는 느낌이 들지 않지. 스모나 파친코는 한쪽이 다른 쪽과 싸우는 구기 경기와는 무척 다르다.

서양의 경쟁적인 단체 경기가 전 세계로 퍼져나가 보편적인 인기를 얻은 것은 불과 지난 100년 사이에 일어난 일이란다. 지금은 많은 사람이 축구에 열광하고 크리켓에 환호하지만 이런 변화가 최근에야 일어났다는 사실은 단체 경기가 특정한 정치적, 경제적, 사회적 환경에서만 확산된다는 것을 보여준다. 즉 정치적, 사회적 평등이 단체 경기를 발전시키는 원인이면서 동시에 그 결과라고 짐작할 수 있지.

무질서를 야기한다는 이유로 단체 경기를 억압할 수도 있는데, 그 경우 경기 자체가 일종의 정치적 행위로 변한단다. 예를 들어 인도 사람들은 경기를 통해 영국 식민주의자들을 이길 수 있고, 게으르다는 소리를 듣지 않으면서 합법적으로 오랫동안 경기장에 머물 수 있다는 사실을 깨달으면서부터 크리켓에 열광하기 시작했지.

다른 문화에 경기가 소개될 때는 완전히 다른 형태로 바뀔 수도 있다. 그 예로 뉴기니의 트로브리안 제도 사람들은 크리켓 경기의 규칙을 대부분 바꾸었어. 그들은 한쪽 편 선수가 수십 명에 이르며 전쟁할 때 입는 옷을 입고 상대방에게 물건을 던지는 새로운 크리켓 경기를 만들었다. 뉴기니의 또 다른 지역에서는 축구 경기의 규칙을 바꾸었는데, 그곳에서는 양편이 같은 점수를 얻을 때까지 경기를 계속한단다.

과학도 하나의 놀이다

놀이란 새로운 것을 시도하고, 무모한 추측을 하고, 논리적인 방법 대신 직감이나 예감을 따르는 것이란다. 또한 너무 진지하지 않으며 특정한 생각이나 전략에 집착하지 않고, 실험적이며 혁신적인 특성을 갖고 있지.

과학도 마찬가지란다. 유머러스하고 과장되고 말도 안 되는 추측과 실험을 필요로 하지. 과학의 중요한 발전은 전혀 예상치 못한 분야에서 일어나며 정신의 도약을 통해 이루어진다. 너무 진지하고, 논리적이고, 철저하고, 통제된 정신은 새로운 영감을 제공하는 중요한 실마리를 놓치곤 하거든.

유교 학자나 불교 승려는 놀이를 좋아하는 대학생보다 새로운 것을 발견하기 어렵다. 그래서 노벨상을 받은 생물물리학자 프란시스 크릭은 DNA를 발견하는 과정을 다룬 책에 정말로 '정신 나간 탐구What Mad Pursuit*'라는 의미심장한 제목을 붙이기도 했다. 크릭은 그 책에서 DNA를 발견한 사람들의 생각이 믿기 어렵고 무리

---

* 한국에서는 『열광의 탐구』로 출간됐다 - 번역자 주

한 것이어서 대부분의 사람이 농담으로 생각했다고 증언했지.

지식을 추구하는 데 있어 가장 큰 문제는 기존의 이해관계를 위태롭게 한다는 점이란다. 자연의 신비를 밝혀내는 일은 곧 권력을 의미하므로 지배자들을 위협하지. 또 기존의 지식을 파괴하기 때문에 사제들도 위협하고, 게다가 기존의 권력관계를 변화시키므로 권위를 갖고 있는 노인들이나 사회 상류층을 위협한다. 갈릴레이가 태양이 지구를 도는 게 아니라 지구가 태양을 도는 것이라고 말했다가 협박을 당해 공개적으로 자신의 발언을 철회한 것이 좋은 예다.

놀이와 법률, 정치, 경제 등의 핵심적 요소가 한정성*이라고 이야기했던 것 기억하니? 한정성은 과학에서도 역시 중요하단다. 흔히 특이한 탐구를 진행하는 사람들을 마술사나 주술사로 여겨 박해하는 경우가 많았다. 하지만 유럽과 미국의 청교도 지역같이 통제가 약한 지역의 과학자들은 과거에도 박해받을지 모른다는 불안감을 별로 느끼지 않았어. 그래서 부분적으로는 놀이이며 부분적으로는 취미 생활인 연구에 몰두할 수 있었다. 그들은 위대한 상대 즉 자연에 실마리를 감추어둔 창조주에 대항하는 특별한 '놀이'를 진행하면서 신이 자신들의 기술을 인정해주기를 바랐다.

---

* 정해진 공간 안에서 정해진 시간 동안만 규칙에 따라 놀이를 하는 것

놀이를 통해서 배울 수 있는 것들

학교는 특히 놀이를 장려한다. 놀이를 통해 근육이 강화되고 남는 에너지를 소비할 수 있기 때문이지. 단체 경기가 사회성을 증진시 킨다는 믿음도 놀이를 장려하는 이유 중 하나란다. 단체 경기의 핵 심은 조명 받고 싶고 이기고 싶다는 이기적 욕구와, 자기편이 이길 수 있도록 돕는 사회적 욕구 사이에 균형을 찾는 것이다. 사실 사 회생활에서 이런 균형을 잡기란 대단히 어렵다. 언제 공을 갖고 있 어야 하고 언제 공을 넘겨야 하는가 하는 문제는 사회 활동에도 적 용되는 기술이거든. 우리는 경기 규칙이라는 구조화된 환경을 통 해 자기주장과 협동 사이의 균형을 배우곤 하지.

사람들은 놀이나 경기를 통해 상황에 맞게 처신하는 방법도 배 운다. 경기가 진행 중일 때 특정한 규칙을 따르고, 종료를 알리는 호루라기 소리가 나면 더 이상 규칙을 따를 필요가 없는 것처럼 말 이다. 패배를 받아들이고, 나보다 더 나은 상대에게 적의를 느끼지 않는 것 또한 경기를 통해 배우는 기술이다.

우리는 살아가는 데 필요한 기술이나 규칙을 배워야 한단다. 하 지만 창의적인 사고를 하지 못하고 배운 대로만 하면 결코 특별한 사람이 될 수 없지. 그렇다고 정상적인 방법으로 일을 처리하지 않 는다면 어려운 상황에 처할 수도 있다. 그렇다면 어떻게 규칙을 지 키면서 다른 사람보다 뛰어날 수 있을까? 기술과 자신만의 비결, 오랜 기간의 훈련, 다른 사람에 대한 예민한 관찰 등이 필요하다.

인간은 '호모 루덴스'라고
불릴 만큼 놀이를 즐긴다.
왜 그처럼 노는 것을 좋아하는 걸까?
놀이가 가르쳐주는 것은 무엇일까?

노는 것은 왜 재미있는 걸까

인간이 놀이나 경기를 즐기는 이유는 경쟁하고 지배하는 것을 좋아하기 때문이다. 놀이를 하고 남과 겨루고 경쟁에서 이기는 것은 모두 생존에 필요한 기술이다. 그러나 놀이 특히 단체 경기에는 그보다 더 많은 것이 내포돼 있단다. 크리켓이나 축구를 하는 선수들은 함께 뛰고 어울리면서 우정을 쌓아가고 마음을 표현하지. 체스나 테니스도 마찬가지다. 사람들은 정신과 육체를 서로 겨루거나 단체 경기를 하면서 다른 선수와 마음을 나누고 의지하고. 그 과정에서 큰 만족을 얻는다. 그러므로 학교에서 단체 경기를 배우는 과정은 동시에 우정을 배우는 과정이란다.

릴리야, 사람들이 놀이나 스포츠를 구경하는 이유가 뭐라고 생각하니? 스포츠는 성性과 함께 물건을 판매하는 수단이 됐고, 텔레비전의 영향력이 커지면서 관중 동원력이 있는 경기가 엄청나게 발전했다. 이 점은 우리 시대의 커다란 특징 중 하나다.

문명사학자인 멈포드는 현대의 스포츠를 '경기하는 사람보다 관중이 더 중요한 놀이'라고 규정했다. 그들은 여러모로 스포츠 관중이라기보다 연극을 감상하고 예식에 참가한 관중에 더 가깝지.

관중은 감정적으로나 심리적으로 함께 묶인 합창단이 되고, 잠시 동안이나마 일상생활의 걱정에서 벗어난다. 로마 경기장에서 검투사와 맹수의 싸움을 구경하던 로마 관중이나 현대의 투우나 서커스를 구경하는 관중처럼 스포츠 관중은 야유를 하고 환호성을 지른다. 심지어 집에서 텔레비전을 통해 스포츠를 시청하는 사람들도 응원하는 팀의 옷을 입고 맥주를 마시며 마치 경기장에 있는 듯이 행동하지.

관중 속에서 우리는 용감해진다. 소리를 지르고 평소 같았으면 부끄러워서 하기 어려운 말도 하고, 애국심이나 편견, 미워하는 감정을 드러내기도 하지. 물론 개인적으로 하기는 어려운 일이다. 그러니 모든 독재자가 열성적인 지지 군중을 모아 행진을 시키고 노래 부르고 소리 지르게 해놓고 즐거워했다는 사실은 결코 놀라운 일이 아니란다.

대중 스포츠나 개인적인 놀이는 모두 소비 행위다. 현대 사회에서 사람들은 많은 여가 시간을 놀이나 경기로 채운다. 흔히 여유가 생겼음을 그런 식으로 표현하기도 한다. 이는 공개적인 형태로 나타나기도 하고 컴퓨터 오락과 인터넷 게임처럼 사적인 형태로 나타나기도 한다.

사람들은 여가 시간에 다양한 놀이나 경기를 하면서 즐긴다. 축구는 이제 신흥 종교가 됐다. 일부 전쟁을 옹호하는 사람들은 전쟁이야말로 가장 승화된 놀이라고 주장하기도 한다. 전쟁에는 경기의 짜릿함 이외에 죽을 수도 있다는 양념까지 있다는 게지. 물론 대다수 정상적인 사람들은 참호에서 싸우는 것보다 월드컵 대회에서 싸우는 편이 낫다고 생각하지만 말이다.

사랑하면 꼭 결혼해야 할까?

섹스는 왜 하는 걸까?

사람이 왜 잔인해지는 걸까?

친구란 무엇일까?

아이를 꼭 낳아야만 하는 걸까?

관계에
대하여

○ 사랑과 결혼

사랑하면
꼭 결혼해야
할까?

릴리야, 요즘 사람들은 마치 사랑에 중독된 사람들처럼 보이는구나. 사랑이 없는 삶은 상상조차 할 수 없는 듯 사랑에 매달리고, 사랑이 없는 결혼은 미친 짓이나 다름없는 것으로 여기잖니. 하지만 어떤 곳에서는 지금도 부모나 친척들이 정해준 사람과 결혼을 한단다. 그렇다면 사랑은 정말 결혼의 필수 조건일까? 왜 모든 사람들이 그처럼 사랑에 목숨을 거는 것일까?

릴리 너도 소녀로서 '낭만적인 사랑'을 나타내는 상징을 매일 접할 것이다. 영화와 잡지, 텔레비전은 아름다운 사랑 이야기를 날마다 쏟아낸다. 행복하려면 '네게 꼭 어울리는 상대'를 만나야 한다는 말도 자주 듣겠지. 그래서 너는 사랑을 찾는 일에 네 인생을 상당 부분 소비할지도 모르겠구나.

어떤 사회든 사람에 대한 낭만적 집착이나 과도한 사랑, 욕망이라는 감정이 존재한단다. 대개는 이성 간에 이런 감정을 느끼고 성적 성숙기에 도달했을 때 가장 고조되지. 그런데 우리가 이상적으로 여기는 '낭만적인 사랑'의 세계에는 이상한 점이 있다. 바로 사랑의 감정을 느끼는 데 그치지 않고, 낭만적인 사랑이 결혼의 전제 조건이라고 생각하는 것이지.

왜 사람들은 사랑과 결혼을 연결시켜 생각할까

결혼을 하든 물건을 사든 선택은 언제나 힘든 일이다. 정보는 늘 한정돼 있고, 언제나 변수는 많거든. 물건을 파는 사람의 설명이나 직감에 의존해야 한다면 새 컴퓨터와 텔레비전을 사는 일이 즐겁지만은 않을 것이다. 물건은 문제가 있으면 바꾸거나 버리면 되지만 평생을 같이 할 동반자를 선택하는 일은 그보다 훨씬 더 복잡하기 때문에 많은 생각을 해야 한다.

결혼이라는 개인의 선택을 합리화하는 외적인 힘이 필요할 때 격정적인 '사랑'은 좋은 핑계가 된단다. 그에 반해 결혼한 이후의 사랑은 격정적이거나 비합리적일 필요가 없다. 다른 일처럼 냉정하고 계산적이면 되지. 그러다가 관계를 끊겠다는 결정을 할 때는 또 그 신비스러운 '사랑'이 없다는 이유를 들이밀곤 하지.

매우 불확실하고 위험한 선택을 해야 할 때 사랑은 가장 강렬한 힘을 발휘한다. 인생에서 가장 심각하고 중요한 결정을 해야 할 때, 눈먼 사랑은 저항하기 어려운 힘을 갖고 외부에서 끼어든단다. 머리는 혼란에 빠지고 가슴으로 생각하게 되지. 따라서 결혼 전이나 결혼생활 중에 나타나는 낭만적 사랑이란 외부적 힘의 결과라고 볼 수 있다.

사랑하면 꼭 결혼해야 할까

이성에게 끌릴 때 육체적인 관계를 갖고 싶다는 생물학적인 욕구를 느끼는 것은 자연스러운 일이란다. 한 사회가 그 욕망을 권장하거나 혹은 방해하거나 또는 이용하는 방법은 매우 다양하지. 우리의 일반적인 생각과 달리 결혼과 사랑을 분리하여 생각하는 사회도 굉장히 많단다. 그런 사회에서 결혼은 대개 중매로 이루어지며 그렇게 형성된 가족 관계로 사람들을 묶어두고 있지.

인도나 중국, 대부분의 아프리카 지역과 근동의 사회에서는 결혼과 출산이 미래에 대한 가장 근본적인 정치적, 경제적, 사회적 주춧돌이기 때문에 결혼을 당사자들에게만 맡겨두지 않는다. 그리고 자기중심적이고 비합리적인 사랑이라는 감정만으로 누구의 아이를 가질 것인지를 결정하는 것도 어리석은 일로 여긴다. 물론 그곳의 청춘 남녀들도 사랑 노래를 부르고 성관계를 갖기는 하지만, 결

누군가는 결혼이 사랑의 완성이라고 얘기한다.
또 다른 누군가는 결혼이 사랑의 무덤이라고 말한다.
분명한 사실은 그들 모두 사랑과 결혼을
연결시켜 생각한다는 것이다.
사랑하면 꼭 결혼해야 할까?
사랑만 하고 살 수는 없을까?

혼만큼은 가족 내의 연장자나 전문적인 중매쟁이가 주선한단다. 그런 사회에서 결혼을 할 때는 복잡한 경제적 교환이 이루어지고, 신랑과 신부는 집단 사이의 교환물이 되지. 이 경우 결혼은 양측 연장자 세대의 관계를 기초로 성립된다. 개인적인 감정은 결혼에서 아무런 역할도 하지 못해. 결혼 당사자가 언제 누구와 결혼할 것인지 결정하는 게 아니라 다른 사람들이 결정을 대신해주는 경우가 흔하거든.

이런 사실을 알고 있던 나조차 네팔에서 충격을 받은 적이 있단다. 친구에게 내일 뭘 할 건지 물었는데 친구는 내일 결혼한다고 답했지. 나는 축하한다고 말하면서 왜 미리 그런 얘기를 하지 않았느냐고 물었다. 그러자 그는 부모가 그날 아침에야 결혼이 정해졌음을 자신에게 알려줬다고 대답했다. 신부가 예쁘고 착하냐고 묻자 그는 한 번도 본 적이 없어서 모른다고 말했단다.

결혼제도 자체가 없는 나라도 있다

릴리야, 네가 놀랄 만한 이야기가 있다. 내가 최근에 방문했던 중국 남서쪽에 사는 한 종족은 수백 년 동안 아예 결혼이라는 제도 없이 살고 있었다. 어쩌면 너는 새로운 현상이라고 생각할지 모르지만 결코 새로운 얘기가 아니란다.

그곳 남자들은 1년의 반 정도는 인도로 물건을 옮기기 위해 집을 비운다. 그 사이에 여자들이 집안일을 모두 떠맡아 하지. 이런 상황이다 보니 오래 전에는 결혼제도가 있었는지 모르겠지만 어느 사이엔가 완전히 사라지고 없었다. 남자아이는 열세 살이나 열네 살이 되면 여자 짝을 찾는다. 그때부터 남자아이는 밤이 되면 여자 짝의 집을 찾아가 잠을 자고 아침이면 자기 집으로 돌아가지. 이런 생활이 늙을 때까지 계속되는 거야.

그러다 보니 집 구조 또한 특이하다. 집 중앙에 한 명의 늙은 여자와 그 집안에서 태어난 어린아이들이 함께 머물지. 중앙을 기준으로 한편에는 돼지와 소를 키우는 곳이 있고 다른 한편에는 많은 침실이 있는데, 남자 짝이 있는 성인 여성들을 위한 방이다. 남자들은 여성들의 방에서 밤을 보낸다. 새벽이면 여자 친척의 집으로 돌아가 식사를 하고 일을 한다.

그곳에는 재산이나 상속 문제가 없단다. 여성이 가장인 집단과 그 안에서 태어난 아이들이 집과 땅을 소유하고 있기 때문이지. 남자와 여자의 관계가 끝나면 아이는 어머니와 함께 지내고 생물학적인 아버지는 아이 양육에 아무런 책임을 지지 않아도 된다. 결혼식이라는 절차도 없고, 결혼이라는 말도 없으며, '매제'나 '동서'처럼 결혼으로 맺어지는 인간관계를 칭하는 용어도 없다.

서인도제도와 카리브 해 지역, 그 밖의 많은 지역에서 볼 수 있는 여성 중심적 가족제도도 이와 비슷하다. 대개는 여성이 집에 머물면서 아이를 키우고, 남성은 짧은 기간 동안 동거하다가 떠난다. 여자는 동거하는 동안 생긴 아이를 낳고 기른단다. 그렇게 여러 명의 남자와 동거를 하고 아이를 낳지.

어떤 사람들은 이런 생활방식이 남자들의 빈약한 경제적 지위 때문에 생긴 것이라고 해석한다. 아니면 노예제도의 잔재나 여성을 통해 혈연관계가 이어지던 초기 아프리카 가족제도의 유물이라고 해석하는 사람들도 있지. 그 이유가 무엇이든 여성과 남성이 짧은 동거를 하고, 여성이 아버지가 같지 않은 아이들을 한 집에서 키우는 이런 생활방식이 점차 널리 퍼져나가고 있다.

그런데도 사람들은 왜 결혼을 하는 걸까

과거에는 독신으로 살기가 쉽지 않았다. 아직까지도 베네수엘라의 야노마모족 사람들은 지저분하고, 밥을 제때 먹고 다니지 못하고, 자주 아픈 남자는 틀림없이 혼자 사는 총각이라고 생각한다. 아내가 없는 남자는 제대로 된 사람으로 대접받지 못한다.

한편 스물다섯 살이 넘도록 시집을 가지 못한 처녀는 가난하고 보호받지 못하며 가족의 수치로 여기는 사회가 많다. 단적으로 말해 사람들은 아이를 갖는 축복을 포함해 인생의 여러 즐거움을 맛보기 위해 결혼을 해야만 했다. 결혼이 여성에게 평생 동안의 노동과 출산 그리고 육체적, 정신적 학대를 의미했음에도 불구하고 말이다.

그런데 잉글랜드는 특이하게도 아주 오랫동안 독신자들에게 관대했고, 심지어는 독신을 장려하기까지 했다. 케임브리지 대학의 킹스 칼리지에서 특별연구원 생활을 했던 내 선배 교수들은 무려 400년 동안이나 결혼을 하지 않고(결혼을 하면 연구원 자격을 박탈당했다) 하인들의 도움을 받으며 살았다. 17~18세기 잉글랜드에 살았던 사람 가운데 4분의 1가량은 한 번도 결혼한 적이 없었다. 결혼은 그야말로 선택 사항이었다. 자녀의 결혼을 기쁘게 받아들이는 부모도 많았지만 당황스럽고 실망스러운 일로 받아들이는 부모도 꽤 많았다. 어떤 경우든 결혼은 결국 본인들이 결정할 문제였지.

그런데도 잉글랜드 사람들은 왜 결혼을 했을까? 기독교 사회가 결혼제도 밖에서 갖는 성관계를 심각한 범죄로 인식했다는 점이 하나의 원인일 수 있다. 아울러 '낭만적 사랑에 대한 열정'이 있어야 사람들을 지속적인 관계로 묶어둘 수 있다고 생각한 까닭도 있었다.

낭만적 사랑이라는 이상이 만들어낸 제도화된 비합리성이 아니었다면 합리적이며 이윤을 추구하는 개인들은 결코 고정된 관계

안에 안주하지 않았을 것이다. 또한 부부가 아이를 양육하기 위해 서도 '낭만적 사랑'이라는 이상이 필요하지.

결혼이 선택 사항이 되고 있다

오늘날 여성들은 지속적인 관계나 결혼생활에서 벗어나려고 하고 있다. 삼십대나 사십대가 될 때까지 결혼하지 않고 아이도 낳지 않는 젊은 여성의 수가 늘고 있지. 그들은 좋은 직업을 가지고 있으며 풍족하고 편안하게 살고, 결혼을 해서 아이를 낳고 남편을 돌보면서는 편안한 생활을 할 수 없다고 생각한다. 결혼을 일종의 희생이나 감금이라고 여기는 것이다. 그런 의미에서 현재를 사는 많은 여성들은 왜 혼자 살아야 하는가가 아니라 도대체 왜 결혼을 해서 아이를 낳아야 하는가를 궁금해 한다. 자신을 가장 사랑해 줄 영혼의 동반자를 꿈꾸지만 특별한 사람이 나타나지 않는다면 굳이 결혼해야 할 필요를 느끼지 못하는 거란다.

우리 부모 세대나 그 이전 세대는 사회적 압력 때문에 결혼을 했다. 사람들에게 따돌림 당하거나, 인생의 실패자로 낙인 찍히거나, 선반 위의 재고품 취급을 받느니 결혼하는 편이 나았다.

그러나 지금은 그렇지 않다. 릴리야, 이제는 너처럼 아름다운 여자들도 남자친구를 평생의 반려자로 삼지 않을 수 있다. 그렇게 함으로써 남자들과 평등하게 경쟁하는 독립적이고 야심 있는, 그

렇지만 세상 속에서 다소 외롭게 존재하는 새로운 여성의 물결에 동참하는 것이다. 그래서 어쩌면 '도대체 누가 남자를 필요로 하지?'라는 말이 네 신조가 될지도 모른다.

그럼에도 우리가 낭만적 사랑을 꿈꿀 수밖에 없는 이유

사회가 관료적이고 합리적일수록 역설적이게도 충동적이고 비합
리적인 감정이 사회 중심에서 넓게 퍼져나가는 경향이 있단다. 낭
만적 사랑이 바로 그 증거지. 비합리적이고 무조건적인 낭만적 사
랑을 통해 지극히 관료적이고 합리적인 사회의 핵심에서 탈출하고
싶은 욕망이 자라난 게야.

낭만적 사랑은 아무 의미도 없고 차가운 세상에 의미를 부여한
단다. 사랑은 자율적인 개인들로 구성된 외로운 군중 속에서는 찾
을 수 없는 타인과의 지속적인 관계를 가능하게 만들거든. 사람들
은 사랑을 통해 타인과의 분리를 극복하고, 끝없이 선택해야 하는
삶에서 휴식을 얻지. 또한 짧게나마 모든 의심과 불안을 떨쳐 버릴
수 있는 힘을 얻기도 하고.

무엇인가를 소유하고 싶다는 욕망은 재산을 축적하고 싶다는
자본주의적 욕망과 잘 맞아떨어진다. 그래서 현대 소비 사회는 물
건을 팔기 위해 일부러 낭만적 사랑을 이용하는데 이 판매 전략은
사랑을 문화의 최고점에 올려놓은 것처럼 보이게 만든다. 그래서
사람들은 사랑을 자유의 약속이자 인생의 진정한 의미이며, 천국
에 들어가는 것으로 여기기까지 한다. 오늘도 외로운 사람들은 차
가운 세상에서 살아갈 의미를 얻기 위해 사랑을 찾아 나선다. 그렇
기에 낭만적 사랑이 사회가 만들어낸 허구에 불과하다고 아무리
역설해 봐야 소용없는 것이지.

○ 섹스

섹스는
왜 하는 걸까?

릴리야, 사실 너에게 성에 대해 말해야 하는지 잘 모르겠다. 네가 내 손녀여서 그런지 좀 망설여지는구나. 그러나 성에 대해 대단히 궁금해 할 나이임이 분명하기 때문에 말하는 것이 좋겠다고 생각했다.

　혹시 불편한 생각이 든다면 내 강의를 듣는 케임브리지 대학의 신입생이라고 생각해라. 나는 매년 신입생들을 상대로 학생들의 성행위와 성적 태도에 대해 간단한 설문조사를 한다. 자신의 생활을 더 넓은 맥락 속에서 생각하게 만들어주고 싶기 때문이지. 또 내가 자라면서 느꼈던, 그리고 분명 신입생들도 느꼈을 성에 대한 죄의식을 없애주려는 의도도 담겨 있다.

섹스에 앞서 염두에 두어야 할 것들

효과적인 피임법이 발견되기 전까지는 결혼하지 않은 상태에서 성관계를 맺는 것이 죄를 짓는 일이었을 뿐 아니라 실제로도 위험한 일이었다. 특히 여성들에게는 커다란 위험이 아닐 수 없었지. 만약 의도하지 않은 아이를 갖게 될 경우 그 여성의 앞날은 막막하기만 했다. 사생아를 낳는 일은 극도로 수치스러운 일이었기에 정신병원에 갇히기도 했으며, 평생 몸을 팔고 살아야 하는 나락으로 떨어지는 경우도 허다했다.

그러나 지금은 많은 것이 변했다. 성 문제를 다루는 좋은 책들도 많고, 선생과 부모를 비롯해 네 주변 사람들이 나보다 더 좋은 말을 해 줄 수 있을 것이다. 가장 중요한 것은 네가 혹시라도 후회할 결정을 했다면 가능한 한 빨리 너보다 더 경험이 많은 사람들과 상의해서 해결책을 찾는 것이란다.

성관계에 대해 또 하나 말하고 싶은 게 있다. 사람들은 성을 아주 오랫동안 인간 경험의 정점으로 여겨왔다. 성적 관계는 우리의 오감을 한데 묶어 지상에서 흔히 경험하기 힘든 행복한 순간을 체험하게 해주기 때문이지. 인생에서 그런 순간을 체험해보지 못한다면 그것도 무척 슬픈 일일 것이다.

그러나 성 문제에 대해 깊이 생각한 사람들은 성관계가 진정으로 만족스럽기 위해서는 그것이 반드시 더 폭넓은 관계의 일부여야 한다는 점을 강조해 왔단다. 성관계는 그 자체로 목적이 돼서는 섹스에 대해 말하기를 꺼리는 건 옳지 않다.
섹스에 관한 기본적인 지식을 갖추는 것이
당연하며, 나아가 왜 사람들이 섹스를 하고
싶어 하는지도 알아야 한다.
그래야만 충동의 노예가 되지 않을 수 있다.

안 되며, 다른 사람과 나누는 의사소통의 한 부분이어야 한다는 것이지. 신뢰와 책임, 깊은 우정의 맥락 안에서만 성관계의 짧고 파편적인 경험을 넘어설 수 있다는 뜻이다.

한 가지 더 염두에 두어야 할 것은 어떤 사회에 살고 있느냐에 따라 성에 대한 가치관이 상당히 다를 수 있다는 점이란다. 예컨대 일본에서는 성관계를 먹고 마시고 일하는 것과 같은 육체의 단순한 기능으로 여긴단다. 그래서 성은 그 자체로 즐거운 일이며 부끄럽게 여길 이유가 전혀 없지.

그러나 서양에서는 성이 종교와 밀접하게 관련된다. 사람들은 하나님이 우리의 정신뿐만 아니라 육체의 순결도 중요하게 생각한다고 여겼지. 그래서 서양 작가들의 자전적 작품을 읽어보면 그들이 성에 대해 얼마나 많은 죄의식을 갖고 있었고, 그 때문에 얼마나 많이 갈등했는지를 엿볼 수 있다. 이런 전통은 성을 공공연하게 찬양하는 인도와 중국, 일본의 문학이나 예술 전통과는 매우 다르다.

결국 문제는 균형이다. 너도 알다시피 음료수나 차, 옷, 화장품을 파는 사람들은 성의 힘을 이용해 우리의 마음을 사로잡으려 한단다. 텔레비전과 다른 매체들이 성이라는 주제에 얼마나 집착하는지도 꿰뚫고 있을 게지. 어쩌면 네가 하는 이야기의 많은 부분 또한 성에 대한 것일지도 모른다. 어쨌든 성을 이용하는 다양하고 지속적인 압력에 신중하게 대처할 줄 알아야 한단다. 그리고 네 육체를 단순히 성적 도구로 취급하려는 어떤 시도에도 저항할 수 있어야 해.

또한 성에 대해 반여성적인 편견을 갖고 있는 보수적인 기독교 문명의 잔재에 대해서도 신중하게 대처해야 한다. 기독교는 성을 여전히 부끄러운 것이라고 말하고 있지만 인간은 성적 동물이며, 인간의 생존은 성관계에 달려 있고, 성관계는 분명 즐거운 일이란다. 많은 사람들이 사랑을 성으로 표현한다는 사실을 받아들인다면 결코 네 육체의 성적 욕구를 한탄하거나 저주할 필요가 없다.

그러나 다른 여러 가지 이유 때문에 여전히 균형을 찾기란 쉽지 않다. 남자와 여자는 다른 면이 있는데, 성에 대한 욕구도 언제나 같지는 않거든. 만약 그런 문제로 어려움에 빠지게 된다면 부끄럽다는 이유로 갈등을 감추지 말고 네 엄마, 아빠와 솔직하게 상의했으면 한다.

밥 딜런이 말한 것처럼 시대는 변하게 마련이다. 성적 해방은 내가 살면서 본 가장 거대한 사회 변화였지. 할아버지가 남자 기숙학교에 다니던 시절에는 여자들에게 말을 거는 것조차 금지됐단다. 믿을 수 있겠니? 그런데 지금은 내가 머물던 기숙사 건물이 여학생 기숙사로 변했다. 사회적 금기들이 완화되고 더 효과적인 피임 방법이 등장하면서 새로운 즐거움을 누릴 수 있게 됐고, 성관계의 결과에 대한 불안감도 많이 줄어들었다.

그러나 이런 상황은 새로운 문제를 야기할 수도 있다. 이제는 성관계를 갖지 않기가 오히려 어려워졌고, 에이즈 같은 새로운 위험이 우리를 끊임없이 위협하고 있기 때문이다.

동성애는 본능일까

우리는 인생의 한때 동성에게 육체적으로 끌리는 경험을 한단다. 통계자료만 봐도 많은 사람들이 동성애자로 분류된다. 그럼에도 불구하고 동성애에 대한 태도는 여전히 부정적이다. 현재 서구에서는 남자 10명 중 4명 이상이 오르가즘까지 이어지는 동성애 경험을 한 적이 있으며, 성인 남자 20명 중 1명 정도가 동성애자라고 한다. 한편 미국 여성 5명 중 1명이 다른 여성과 육체적 관계를 가진 적이 있으며, 약 절반 정도는 상당히 깊은 감정적 관계를 가진 경험이 있다고 한다.

고대 그리스 같은 과거의 일부 문명에서는 성인 남자와 소년 사이의 관계가 남자와 여자보다 더 깊어질 수 있다고 생각했단다. 그래서 성경이나 그리스의 위대한 고전을 보면 성인 남자와 소년의 사랑을 묘사한 부분을 심심찮게 볼 수 있지.

그러나 많은 사회에서는 아주 오랫동안 동성 간의 관계를 변태적이고 대단히 사악한 것으로 여겼다. 또 부자연스럽고 수치스러우며 위험하다고 생각했다. 동성과의 관계 때문에 감옥에 간 오스카 와일드의 경우가 대표적인 예다. 지금도 상황은 다르지 않단다. 하지만 어떤 사람들은 선천적으로든 환경에 의해서든 분명 이성보다는 동성에 끌리는 성향을 갖고 있다.

최근에는 유럽과 미국에서 동성 간의 결혼을 둘러싼 문제가 논란의 대상이 되고 있다. 동성 간의 결혼이 결혼의 진정한 의미를 훼손시킨다고 생각하는 사람들이 여전히 많기 때문이지. 그럼에도 동성 간의 결혼을 허용하는 나라가 갈수록 늘고 있다. 정말 대단한 변화다.

섹스는 꼭 결혼을 전제로 해야 할까

역사를 돌이켜보면 한 남자가 여러 명의 부인을 두거나 한 여자가 여러 명의 남편을 두는 결혼 형태가 종종 있었다. 그리고 남자와 여자가 서로 여러 명의 배우자를 두는 결혼 형태도 존재했지. 물론 일부 지역처럼 남편이나 부인을 한 명만 둘 수 있는 곳도 있었단다. 특히 기독교에서는 결혼한 뒤에 배우자 외의 다른 사람과 절대 성관계를 갖지 못하도록 했다. 요즘에는 아주 낡아빠진 말처럼 들리는 간통도 그런 전통에서는 매우 심각한 범죄 행위였다.

결혼한 부부 사이에만 성관계를 허용하는 사회에는 대부분 이중적 기준이 존재한다. 그 기준이란 남자들은 외도를 할 수 있지만 여자들이 외도를 하면 심각한 문제로 여기는 것이지. 많은 가톨릭 국가와 이슬람 국가, 인도, 중국, 한국의 전통 사회가 그랬단다. 간통을 하다가 들킨 여성은 쫓겨나거나 돌에 맞아 죽기도 했지만 남자들은 훨씬 관대한 처벌을 받았다.

섹스는 과연 몸이 하는 것일까

지금으로부터 500년 전에 이미 철학자 몽테뉴는 인간의 문화가 얼마나 다양한가를 깨달았다. 몽테뉴에 따르면 어떤 나라에서는 결혼할 때 신랑보다 먼저 신부를 사귄 모든 남자를 결혼식에 초대한다. 그러나 결혼하고 난 후에 신부는 반드시 정조를 지켜야 하지. 남성들의 공창公娼이 있고, 남성들끼리 결혼하는 사회도 있다. 어떤 곳에서는 아버지가 자기 아이들을 혹은 남편이 아내를, 손님에게 대가를 받고 제공하기도 한다. 심지어 남자가 아무런 죄의식 없이 어머니와 성관계를 맺고, 아버지가 자기 딸이나 아들과 관계를 맺을 수 있는 나라도 있다고 한다.

실제로 인류학자들은 몽테뉴가 말한 일들이 일어나는 사회를 찾아냈다. 그보다 더 낯설고 기괴해 보이는 다양한 변형도 발견했고. 그렇다면 도대체 성이란 무엇일까?

이상하게 들릴지 모르지만 성은 육체적이며 동시에 정신적인 일이다. 성관계를 하고 싶은 강한 욕구는 당연히 생물학적인 것이지. 그러나 성적 관심을 일으키고 흥분하게 만드는 대상은 매우 다양하다. 예를 들어 어떤 형상의 곡선이나 눈의 움직임 혹은 부드러운 살결과 같은 것들도 충분히 성적 흥분을 일으킬 수 있단다. 그렇게 되면 전혀 생각지 못한 곳에서 정신이 몸을 통제할 수 없는 상황이 발생하기도 하지.

그런 이유로 중세 교회에서는 미사 중에 여성들에게 반드시 머리카락을 감추도록 했다. 지금도 일부 지역에서는 여성이 얼굴이나 신체를 가려야 한다. 남의 눈에 띄지 않도록 여성을 아예 격리시키는 곳도 있었다. 과거 한국의 상류 사회에서는 여성을 담장 안에 가두었다. 그래서 여성들은 담 밖을 보기 위해 그네나 널뛰기 같은 놀이를 개발하기도 했다. 또 중국의 전족纏足처럼 여성의 발을 불구로 만들어 돌아다니지 못하게 만드는 사회도 많았다. 남성들의 성적 욕망이 불러일으키는 것을 애초에 막기 위함이었다.

그러나 그런 일들이 남성들의 성적 욕망을 정말 가라앉혔는지는 의문이다. 물론 한 가지 분명한 사실은 있다. 성적 욕구는 매력적인 것과 매력 없는 것을 구분하는, 눈에 보이지 않는 정신 작용에 종속돼 있다. 그런 면에서 성욕은 식욕과 매우 비슷하지. 어떤 사람은 스테이크를 좋아하고 어떤 사람은 야채를 좋아하는 것처럼 사람마다 성욕을 느끼는 대상을 제각각이란다.

그러므로 일반적인 법칙은 존재하지만 어떤 것에 성적 매력을 느끼는지는 대단히 자의적일 수밖에 없다. 그래서 인류학자인 폭스는 성은 머릿속에 있다고 주장하기도 했다.

○

폭력

사람이 왜
잔인해지는 걸까?

릴리야, 오늘은 조금 무거운 이야기를 하려고 한다. 텔레비전이나 신문을 보면 우리가 살고 있는 세상에서 거의 매일같이 강간이나, 살인, 동물 학대, 배우자 구타, 아동 학대 같은 폭력이 일어나고 있음을 알 수 있다. 너는 아마도 잔인하기 그지없는 일련의 행위를 접하며 인간이 원래 그렇게 폭력적인 동물인지 묻고 싶을 것이다.

고대 중국의 유학자 순자苟子는 사람은 태어날 때부터 본성적으로 악하다고 주장했다. 인간은 본성이 악하기 때문에 그냥 내버려두었다가는 공동체를 구성하여 살 수 없으며, 따라서 교육을 통해 인위적으로라도 선하게 만들어야 한다고 말했지. 그것만으로 불충분하다면 처벌을 통해서라도 통제해야 한다고 했다.

군이 그런 주장을 예로 들지 않더라도 인간의 폭력성은 역사의 현장 곳곳에서 발견된다. 2차 대전 당시 전쟁에서 세균무기를 쓰기 위해 인간을 상대로 생체실험을 강행한 일본의 잔혹 행위, 혈통을 보존한다는 구실로 수백만의 유대인을 학살한 독일의 홀로코스트 등 이루 셀 수 없는 폭력이 인류사에서 반복됐다.

누구도 폭력으로부터 자유로울 수 없다

인간의 삶과 떼려야 뗄 수 없는 불가분의 관계인 폭력. 폭력이란 과연 무엇일까? 인간은 폭력 없이 살 수 없는 존재일까? 그렇다면 폭력이 내재된 인간의 삶에서 우리는 어떻게 대처해야 할까?

영어로 '폭력Violence'이란 단어는 과도한 육체적 행위를 지칭한다. 특히 다른 사람이 원하지 않고 필요로 하지 않는 육체적 힘을 말하지. 여기서 다른 사람이 '원치 않는다'는 점이 중요하다. 어린아이를 안을 때, 의사가 진료 활동을 할 때, 놀이를 할 때 우리는 육체적인 힘을 사용하잖니? 그렇지만 그런 힘은 폭력이라고 부르지 않아. 그러나 다른 사람의 의지와 관계없이 얼굴을 주먹으로 때리거나 치아를 부러뜨리거나 상대의 동의 없이 끌어안는 행위는 폭력이라고 볼 수 있지.

프랑스어에서 폭력이란 단어는 훨씬 더 넓은 뜻을 갖는단다. 거기에는 육체적인 폭력은 물론이고 상징적인 폭력symbolic violence도 포함되지. 따라서 언어, 건축, 몸짓, 미술, 정부 정책, 계급, 성차별 등 다양한 부분에서 나타나는 상징적 폭력도 폭력에 해당된다. 릴리야, 킹스 칼리지 교회당에 가본 적 있니? 그 건물은 그 안에 들어서는 사람들에게 일종의 존경심을 거의 강제로 느끼게 만들더구나. 그 거대한 건물은 방문객들이 경외감을 느끼도록 설계됐다. 그런 건축물은 물리적인 힘을 사용하지는 않지만 개인의 의지나 이해관계와 상관없이 행동하게 만드는 압력을 행사하고 있지. 이처럼 더 넓은 의미의 폭력에 대해 살펴보자.

폭력에 대한 편견

폭력이 없는 인간관계를 찾아보기는 어렵단다. 예를 들어 부모들은 물리적인 힘은 아니더라도 상징적 폭력을 사용해 자식들을 가르치지. 부모는 자식들에게 입 다물고 부모 말에 복종하라고 명령한다. 또한 선물을 주거나 지나친 애정 표현을 하거나 죄의식을 유도하는 간접적인 폭력을 통해 자식들을 통제하기도 한다.

부모의 위협이나 칭찬 뒤에는 언제나 힘이 담겨 있다. 그 힘은 부모 자식 간의 관계에 내재된 불평등의 한 요소이며, 언제라도 적절한 범위를 벗어나 과도하거나 부적절하게 '남용'될 수 있어. 균형을 찾기가 대단히 어려운 문제다.

그런데 많은 사회에서 부모와 자식 관계는 처음부터 불평등해

모든 생명체는 존재 그 자체만으로도 존중받아야
마땅하다. 하지만 우리는 때로 다른 생명체를
함부로 대한다. 심지어 폭력을 떳떳하게 행사하는
경우도 있다. 인간이 원래 잔인한 걸까?

서 육체적 혹은 상징적인 폭력을 힘의 '남용'이라고 생각하지 않는
다. 고대 로마와 중국에서는 아버지의 권력이 절대적이어서 자식
이 말을 듣지 않으면 죽일 수 있었고, 아내가 복종하지 않으면 때
릴 수 있었다. 또 어떤 사회에서는 여자 형제가 불륜을 저질러 가
족의 명예를 더럽히면 가족들은 의무적으로 그녀를 죽여야 했다.
'진짜 남자'라면 당연히 폭력을 사용해야 한다고 여기는 사회도 있
었지.

　하지만 요즘 들어 근본적인 변화가 일어났다. 가족 내의 불평등
을 심각한 문제로 바라보게 된 것이지. 학교와 집에서 모든 종류의
체벌을 금지하는 법을 도입하기 위해 계속 논의 중이며, 폭력을 줄
여야 한다는 데 공감하는 의견이 늘고 있다는 것이 그 증거란다.

　그러나 사회 전반적으로는 폭력이 계속해서 증가하고 있다. 강
도, 살인, 강간과 같은 강력 범죄도 늘어나고, 텔레비전과 신문도
폭력적인 이미지로 가득 차 있지. 그래서 언제 어디서 폭력의 희생
자가 될지 모른다는 불안감이 날로 커지고 있다.

　그런데도 사람들은 폭력에 대한 오해를 버리지 못하고 있다. 그
오해란 과거에는 가족 내의 폭력이 흔했지만 현대 사회로 오면서
폭력이 점차 줄어들고 있다고 믿고 있는 것이지. 하지만 사실은 그

렇지 않다. 초기 수렵·채집 사회에서는 사람들 사이의 폭력이 거의 없었다. 아직 문명화되지 않은 네팔의 한 마을만 봐도 그렇다. 3년 동안 그곳에 머물면서 내가 목격한 육체적인 폭력 행위는 딱 한 번뿐이었다. 그것도 아주 잠깐 동안 한 가족 내에서 일어났다. 그 일을 제외하고는 한 번도 아이들끼리 때리거나 부부끼리 폭력을 사용하는 모습을 보지 못했거든. 대신 위협, 소리 지르기, 뇌물 주기 같은 상징적인 폭력은 드물게 사용했다. 그곳 사람들은 아주 어릴 때부터 점잖게 지속적인 압력과 제안으로 자신의 뜻을 관철시키는 생활을 하고 있었다.

그에 비해 소위 문명화된 사회에서는 폭력성이 대단히 강하다. 그러나 네팔의 한 마을이 시사하듯이 폭력은 결코 당연하거나 자연스러운 것이 아니다. 그렇기에 우리는 폭력을 줄이고 서로에게 고통을 주지 않기 위해 노력해야 한단다.

'우리'라는 말이 불러오는 광기

인종적이고 종교적인 폭력은 인류 사회에 수천 년 동안 존재해 왔다. 아프리카 후투족과 투치족 사이의 살육이나 인도에서 주기적으로 발생하는 이슬람교도와 힌두교도 사이의 폭력 사태, 코소보와 발칸 반도에서 일어나는 참상을 보면 서로 다른 종교적, 인종적 집단 사이의 폭력이 갈수록 심각해지는 시대에 살고 있다는 느낌을 지울 수 없지. 그렇지만 20세기 초반의 아르메니아 대학살이나 2차 대전 중의 유대인 학살을 생각해보면 사실 역사 속에서 그런 집단 간 폭력은 적지 않은 일이었단다.

서로의 차이를 이해하고 잘 지내는 것처럼 보이던 사람들이 하루아침에 철천지원수가 돼 서로에게 엄청난 잔혹 행위를 벌이는 현상은 정말 안타깝고 이해하기 어려운 일이다. 사람들이 인종이나 종교를 통해 '우리'라는 의식으로 함께 묶이면 곧바로 다른 사람을 몰아내는 경계선이 만들어진다. '우리'는 인간이고 우리가 아닌 '그들'은 인간 이하의 존재가 돼버리는 것이지. 그때부터 '우리'는 '그들'을 동물처럼 마음대로 죽이고 고통을 주는 것을 당연시하게 된단다. 서로 차를 마시며 정답게 이야기를 나누던 이웃들이 갑자기 돌변해 서로를 악마처럼 여기고 이웃집 딸을 겁탈하고 이웃집 아들의 손을 자르는 게 정상적인 일이 되는 거야.

릴리야, 인간은 길들이기 매우 쉽고 암시에 빠지기 쉬운 동물이다. 물론 인간이 갑작스럽게 분출되는 천성적인 적대감을 가지고 있는 것은 아니다. 또 사람의 차이라는 것도 격한 감정을 일으키거나 엄청난 문제가 될 정도로 크지 않다. 그러나 히틀러나 스탈린, 무솔리니와 같은 선동가가 집단 선동을 하고 정치적인 환경의 변화에 따라 감정을 조작하면 공포감이 조성되고, 평범하고 관용적이던 사람들까지도 광기를 띠게 된다. 가족과 공동체를 보호하고, 악이라고 규정한 것에 복수를 하려는 본능이 불타오르지. 그러면 몇 시간 사이에 친구가 적으로 변한단다.

이는 똑같은 웃음이라도 주인공이 마녀나 이방인이라고 생각하면 미소가 아니라 냉소로 보이는 심리와 같다. 만약 누군가 이런 몹쓸 상황이 불붙기 전에 미연에 방지할 수 있는 '인종적, 종교적 증오를 해소하는 장치' 같은 것을 고안해내면 인류에 큰 도움이 될 것이다.

가장 큰 폭력 집단, 국가

국가는 폭력 사용을 독점하고 있는 조직이다. 국가적 폭력에는 두 가지 형태가 있지. 첫 번째 형태는 다른 국가에 대한 것으로 전쟁이라고 부르며, 두 번째는 자국 시민에 대한 조직적 폭력으로 거의 모든 국가가 행사한다. 국가는 전체주의적 건축 양식이나 선전선동을 통한 사고 조작, 민족주의적 음악과 같은 상징적 방법을 통해 두 번째 폭력을 행사한다. 동시에 처벌이나 법률로 자유인과 갇힌 사람을 구분하기도 하지.

국가가 범죄자를 감금하는 정책은 시대에 따라 그 정도가 달랐다. 대부분의 전통 사회는 사람들을 가두어놓는 데 드는 비용을 감당할 수 없었다. 그래서 수족을 절단하거나, 갤리선에서 노를 젓거나, 바퀴를 돌리거나, 농장이나 노동수용소에서 노동을 하는 형벌에 처했다. 노예로 만드는 경우도 있었지. 풍요로운 사회만 많은 시민을 교도소에 감금하거나 사형수를 구속해 놓을 수 있다. 미국은 전체 인구의 200명 중 1명을 교도소에 가두어놓았다. 그 사실은 미국이 대단히 풍족한 사회라는 반증이다. 물론 그만큼 미국이 잔인하고 상상력이 부족한 나라라고 비웃는 사람도 있겠지만.

어쨌든 현대 국가가 범죄를 다루는 태도를 보면 시간이 지날수록 감금된 인구가 늘어날 것이다. 범죄의 원인을 찾거나 범죄자를 사회 속에서 다시 살게 하는 일보다 격리시키는 방법이 덜 귀찮은 일이기 때문이지. 그런 이유로 영국의 수형 인원도 끊임없이 늘어나고 있으며, 점차 민영화되고 있는 교도소의 수입은 날로 증가하고 있다. 또 '범죄에 강력하게 대응할 것'을 주장하는 정치인들의 인기도 높아지고 있다.

하지만 릴리 네가 기억해야 할 사실이 있다. 범죄를 예방하는 데 힘쓰지 않고 범죄자를 처단하는 것에 몰두하는 일은 인간의 잠재력을 낭비하는 일이며 공정하지 못한 일이다. 이제 국가는 거대한 감금 기계가 돼가고 있다. 높은 담으로 둘러싸인 저택에 살면서 감시카메라와 경비원을 동원해 집을 지키는 사람들이 늘고, 중무장한 경찰도 증가하고 있다. 어쩌면 현대 국가는 감시국가로 변할지도 모른다. 폭력에 맞서 싸우기 위해 또 다른 폭력을 사용하고 있는 것이다.

인간은 왜 다른 동물에게 잔인할까

릴리야, 인간의 DNA 중 98퍼센트는 침팬지와 같다. 그럼에도 불구하고 인간은 자신들이 특별한 생명체이며 기독교 신학에서 주장하듯이 스스로를 우월한 존재라고 상상하지. 인간의 그런 터무니없는 믿음은 다른 동물을 대할 때 특히 많은 문제를 일으킨다.

동물을 대하는 인간의 태도에서 일관된 양상을 찾기는 쉽지 않다. 초기 사회에서는 인간과 동물이 상당 부분 교차된다는 믿음이 강했다. 당시 사람들은 인간은 동물로, 동물은 인간으로 변할 수 있다고 생각했다. 이는 수많은 신화에서 확인할 수 있다. 심지어 인간의 영혼을 가진 동물이 등장하기도 하지. 그러나 동물이 가축화되기 시작하면서 인간에게 가까운 동물과 먼 동물이 나뉘기 시작했다.

수천 년 동안 인간과 동물은 분리돼 있으면서도 동시에 상호의존적인 관계를 유지해 왔다. 일부 종교는 인간과 닮은 신이 다른 종種을 모두 창조했다고 믿었지. 기독교 신화에 따르면 하나님이 어느 날 인간과 동물을 만들었다. 그리고 에덴동산을 만들어 동물로 가득 채운 다음 인간에게 그곳을 지배할 권리를 주었다. 동물은 인간 마음대로 할 수 있는, 처음부터 인간과 다르게 만들어진 존재였다.

그런데 인간과 동물 사이에 커다란 간극이 있다는 생각은 19세기 중반 찰스 다윈이 등장하면서 무너졌단다. 그는 여러 종의 진화 과정을 밝히면서 인간은 모든 종을 포함하는 진화의 나무에서 최근에 뻗어난 가지 중 하나에 불과하다는 사실을 증명했지. 그 이후 우리는 인간과 동물 사이에 얼마나 많은 유사점이 있는지를 나날이 깨닫고 있다. 인간과 동물을 구분 짓는 중요한 단서라고 여겼던 여러 가지 가정도 하나둘 사라지고 있고. 마치 인간처럼 도구를 사용하고, 농담을 하며, 간단한 형태의 언어를 사용하고, 자의식을 갖고 있는 동물도 있으니 말이다.

동물도 인간처럼 생각하고 느낀다는 사실이 밝혀지면서 동물에 대한 인간의 애정과 동정심이 커지고 있단다. 채식주의를 옹호하거나 동물 학대를 반대하는 조직이 증가하고 있잖니. 하지만 그들의 활동은 문제의 극히 일부만 다루고 있다.

오늘날 특정 동물과 어류를 대량 사육하고 인공 양식하는 방법을 보면 인류 역사상 그 어느 때보다 동물을 심하게 착취하고 체계적으로 학대하고 있다. 우리는 여전히 동물과 인간의 유사성을 외면한 채 고래, 돼지, 소, 닭 같은 동물을 괴롭히고 도살하여 먹고 있지. 스테이크나 소시지, 햄버거, 닭튀김을 먹을 때 우리는 동물들이 처한 상황에 대해 거의 모르고 있거나 관심이 없다. 인간과 완전히 다른 종이 지구에 나타나 인간을 좁은 우리에 가두고 강제로 먹이를 먹이고 담즙을 짜내고 요리를 해서 먹는다고 생각해보렴. 그런 일이 실제로 벌어지기 전까지는 인간이라는 동물이 다른 동물을 먹는 풍습을 없애기 위해 진지하게 노력할 사람이 많지 않을 것이다.

　　인간은 진퇴양난에 처해 있다. 인간은 필요한 단백질의 대부분을 다른 동물로부터 얻는 육식 동물이다. 따라서 인간이 변할 것이라고 상상하기는 어렵다. 그러나 의지만 충분하다면 인간이 다른 동물에게 가하는 고통을 줄일 방법을 찾을 수 있을 게야.

인간은 폭력적일 수밖에 없을까

지금까지 살펴본 바에 따르면, 우리는 지구상의 다른 모든 종과 마찬가지로 인간도 어쩔 수 없이 폭력적이라는 사실에 직면하게 된다. 인간은 자연과 다른 인간을 약탈하지 않고는 생존할 수 없다. 불교나 기독교의 퀘이커 교도들은 모든 폭력을 거부하고 평화 속에서 살 것을 맹세한다. 물론 숭고한 이상이다. 그러나 우리는 숨쉬고 걸을 때마다 다른 창조물을 파괴하고 있다. 따라서 폭력 자체가 문제라기보다는 그 정도와 의도가 문제지.

퀘이커 교도와 자이나 교도는 인간을 포함한 모든 생물에게 고통을 주지 않으려고 애쓴다. 심지어 자이나 교도는 너무 작아서 잘 보이지도 않는 곤충에게조차 고통을 주지 않으려고 노력한다. 그런 사람들은 고의적으로 폭력을 행사하는 사람들과 완전히 다르다.

릴리야, 너도 앞으로 고기를 먹거나 달팽이를 죽인다면 네가 하는 일이 무엇인지, 혹시 폭력은 아닌지 생각해보아라. 인간이 필연적으로 폭력적이라는 사실에 네가 동조한다 하더라도 폭력의 정도와 의도는 분명히 네 선택이기 때문이다.

○

가족

가족 간의 벽은
왜 생기는 걸까?

가족은 우리에게 반드시 필요한 존재다. 특히 현대 사회에서는 가족의 보살핌이 없으면 생존한다는 것이 거의 불가능하다. 그럼에도 불구하고 가족과의 관계가 원만한 사람은 많지 않다. 고마움을 느끼면서도 어떤 이유에서인지 가족과 잘 지내기가 쉽지 않지. 릴리야, 왜 그런지 생각해본 적 있니? 도대체 가족이란 무엇일까? 왜 우리는 가족과 많은 부분에서 충돌하는 걸까? 개인이 가족 안에서 편안함을 느끼고 불화 없이 사는 것은 불가능한 일일까?

릴리야, 엄마 아빠와 말다툼하고 여동생과 싸웠던 때를 떠올려보렴. 실망도 하고 화도 많이 났을 것이다. 그러면서 후회도 하고 불안감도 느꼈을 것이다. 너를 키워준 엄마, 아빠에게 깊은 사랑을 느끼면서도 때로는 증오심을 느꼈을지도 모른다. 어쩌면 벌써 '아이들은 처음에는 부모를 사랑하지만 시간이 지나면서 부모를 심판하고, 대부분 부모를 용서하지 않는다'는 오스카 와일드의 말에 공감하고 있을지도 모른다.

반면 너희 엄마 아빠는 미국 대통령 지미 카터의 어머니 릴리안 카터의 말에 공감할 수도 있겠구나. '나는 우리 아이들 모두를 사랑하지만, 그중 몇은 마음에 들지 않는다.' 왜 부모와 아이들은 서로가 애증의 감정을 가질까?

가족 간의 벽은 왜 생기는 걸까

서양의 많은 나라에서 부모들은 아이가 개별적인 개인으로 성장하도록 태어나면서부터 독립적으로 키우지. 아이는 부모와 떨어져 제 침대나 요람에서 잠을 자고 규칙적으로 젖을 먹는다. 원할 때마다 늘 젖을 먹을 수 없으며 심각한 상황이 아니라면 운다고 돌봐주는 사람도 없다. 여러 가지 면에서 자립할 수 있도록 아이를 키우는 게지. 마지막 과정은 때가 돼 아이가 부모의 집을 떠나는 거고. 과거에는 어린 나이에 남의 집 하인이나 도제가 돼 집을 떠났지만 지금은 대학에 가기 위해 혹은 다른 도시에서 일하기 위해 집을 떠난다.

그때부터, 때로는 그때를 대비해서 아주 일찍부터 아이는 독립적인 경제적, 종교적, 정치적, 사회적 존재가 된다. 마침내 아이는 완전히 '다 자란' 개인이 돼 직업을 갖거나, 결혼을 하거나, 여행을 가거나, 물건을 사는 등 인생에 있어 중요한 결정을 스스로 내린다.

이러한 서양의 방식은 부모와 아이 모두에게 자유를 준다. 그러나 그 자유는 상당한 중압감일 수도 있다. 때로는 아이가 자라는 과정에서 세대 간 갈등을 유발하는 요인이 돼 서로에게 심각한 상처를 입히기도 하지.

생각해보렴. 아이는 자신의 부모나 형제자매, 친척들과 관계없이 성장해야 한다. 하지만 그 과정이 너무 빨라도 안 되고 너무 늦어도 안 돼. 또한 부모와 학교는 아이를 양육하고 보호하고 가르쳐야 하지만 그 과정에서 너무 과도한 압박을 가해서는 안 된다. 이 모든 과정은 결국 아이를 자유롭고 독립적인 존재로 만들기 위한 거란다. 한편 부모는 지나친 사랑으로 아이를 과도하게 의존적으로 만들어서도 안 된다. 그러면서도 아이를 보호하고 지원해야 하지. 이처럼 아이를 키우는 일에 있어 균형을 잡기란 어려운 일이란다. 힘겹게 균형을 잡아가는 과정에서 때로 부모와 아이 사이에 불편한 긴장이 생기거든.

한편 아이의 입장에서 보면, 자유롭게 행동하는 것을 배워야 하며 동시에 가족 구성원의 의견이 모두 일치하지 않을 수 있음을 받아들여야 한다. 이처럼 서로 다른 의지가 충돌하는 경우에 아이는 부모의 권위를 따르거나 부모를 떠날 수밖에 없다. 그 과정에서 부모나 아이 모두 상처를 입거나 실망감을 느낀다. 소설가인 안소니

파월은 이런 실망감을 다음과 같이 표현하기도 했다. '부모들은 아이들에게 때때로 상당한 실망을 안겨준다. 부모들은 아이들의 기대를 충족시켜주지 못한다.'

부모와 자식＝긴장 관계?

부모와 자식 간에 긴장과 갈등 관계가 형성되는 것은 어쩔 수 없는 일일까? 그렇지 않다.

　개인주의적인 사회가 아닌 경우 혈연과 결혼을 통해 이루어진 관계를 중심으로 생활을 꾸려나가는 것은 대단히 효율적인 방법으로 받아들여진다. 그런 사회에서 정치적인 활동은 전부 가족 집단에 기초해 이루어지지. 또한 누구와 다툼이 생기거나 복수할 일이 생기면 서로 돕는다. 아마존 정글의 야노마모족과 수단의 누에르족 같은 씨족 사회가 대표적인 예다. 현재 중국의 많은 지방에서도 이런 일이 벌어지고 있으며 과거 인도도 그랬다. 그 상황에서 국가란 별 의미가 없다. 결혼조차 정치적 결합의 수단으로 이루어진다. 또 가족관계를 통해 일자리를 구하며 함께 일하는 사람도 가족관계를 중심으로 구성된다. 돈이나 사업, 시장 경제 같은 비인간적인 세계는 그 가장자리에만 존재할 뿐이다.

　그런 사회에서는 종교 활동도 가족을 중심으로 이루어진다. 사람들은 조상을 공경하고, 자녀가 자신을 행복한 내세로 보내줄 것으로 생각하지. 또 사회생활도 대부분 가족 중심적이다. 가족만이 진정으로 믿을 수 있는 대상이라고 생각하기 때문에 가족 구성원이 일과 놀이의 동반자이고 동료이자 가장 가까운 친구다. 또한 가족은 새로 태어난 구성원을 환영한다. 어린 생명은 세월이 지나면서 성적으로 성숙해지고 결혼을 하고 늙어서는 봉양을 받다가 땅에 묻힌다.

물론 그렇지 않은 사회도 많단다. 가족을 개인적 차원에서만 유의미하게 받아들이는 사회에서 가족은 정서적 휴식처의 의미가 크지. 이런 사회에서 정치적 연대나 종교적 믿음, 직업, 우정은 가족과 관계가 없다. 가족은 이런 선택에서 하나의 구성 요소에 불과하다.

이런 가족 형태는 대단히 유동적인 자본주의적 산업사회에 적합하다고 여겨지며, 19세기의 산업혁명과 도시화의 결과로 전통적인 사회가 파괴되면서 생긴 거라고 믿는 사람들도 많다. 그러나 역사학자들의 연구에 따르면 개인주의적이고 유연한 가족 형태가 사실은 아주 오래된 기원을 갖고 있다고 한다. 친척 관계를 따지는 방법이나 사용하는 용어, 상속제도, 동거 형태, 가족 간 권리 관계 등에서 그 증거를 찾을 수 있다. 가령 잉글랜드에서는 지난 1000년 동안 가족이 사회의 기초가 된 적이 없었다. 따라서 대단히 오랜 세월 동안 잉글랜드의 가족제도는 자유로운 성인이 되고 싶다는 욕망과, 가족과 친밀하고 싶고 가족에 기대고 싶다는 욕망 사이의 긴장을 안고 유지됐지.

사람 사이의 벽은 서로에게 고통이다.
하물며 인생을 살면서 가장 가깝고 고마워야 할
가족 간에 벽이 생기면
그 고통은 이루 말할 수 없다.
의도적으로 가족들과 담을 쌓는 것도 아닌데,
왜 자꾸만 그런 일이 벌어지는 걸까?

최근 들어 이런 가족 형태는 증가하고 있단다. 따라서 우리 사회에서 일어나는 부모와 자식 간의 문제는, 대부분 우리의 개성 때문이 아니라 우리가 지금 살고 있는 개인주의적인 사회의 특수한 가족제도 때문에 생겨났다고 볼 수 있지.

그렇다면 부모와 자식 간의 긴장 관계를 어떻게 해결할 수 있을까? 인류는 다양한 해결법을 시도해 왔단다. 우선 네가 살고 있는 잉글랜드를 예로 들어보자. 아주 오래 전 잉글랜드의 부모들은 어린 자녀를(어떤 경우에는 일곱 살밖에 안 된 아이를) 남의 집으로 보내 그 집에서 키우게 했단다. 이 모습을 보고 이탈리아와 프랑스 여행객들이 무척 놀라워했지. 부모가 돈이 많으면 자식을 수습기사나 궁녀로 보냈고, 가난한 부모는 자식을 급사나 도제로 보냈다. 잉글랜드의 부모들은 충격으로 입을 다물지 못하는 여행객들에게 이렇게 설명하곤 했다. "혈연관계가 아닌 사람이 오히려 부모가 하기 어려운 훈육을 더 잘할 수 있습니다."

할아버지도 비슷한 교육을 받았단다. 나는 부모님이 인도에 계시는 동안 여덟 살 때부터 열여덟 살이 될 때까지 기숙학교를 다녔지. 그때 내게 규율을 가르쳐준 사람은 할아버지와 할머니였다. 당시 부모님이 내게 해준 것은 가끔씩 와서 마치 당신들이 할아버지와 할머니인 것처럼 깊은 애정을 표현한 게 전부였다.

부모와 자식 간의 긴장을 완화하기 위해 고안해 낸 또 다른 방법으로 이런 것도 있다. 부모가 자식들을 죽을 때까지 '아이'로 여기며 함께 지내는 것이다. 그래서 19세기 아일랜드의 일부 지방에서는 부모가 50대를 훌쩍 넘은 남자도 '아이'라고 불렀다. 자녀를 이렇게 부르는 것은 가족 중에 누가 권위를 갖고 있는지가 분명해진다는 장점이 있다. 여기서 아버지는 왕과 같은 존재다. 반면에 아이는 어른이 돼서도 자신을 책임질 줄 아는 성숙한 시민이 되기 어렵지. 이런 제도에서 독립적인 개인이 되기 위해 택할 수 있는 유일한 방법은 집을 탈출하는 길뿐이다. 인도와 중국, 아일랜드에 사는 많은 사람들이 그랬단다.

하지만 이는 말처럼 쉬운 일이 아니다. 당장 집값이 올라가면 자식들은 어른이 될 때까지 독립하지 못하고 부모 집에서 함께 살 수밖에 없다. 막상 집을 탈출했다 하더라도 부모가 나이 들어 경제적으로 어려워지면 자식이 노부모를 자신의 집으로 모셔오거나 노부모 집으로 이사를 가야만 하지.

그런 상황은 피곤한 갈등을 일으킬 수 있다. 현대 사회의 기본적인 이상인 개인주의적이고 평등한 관계와 충돌하기 때문이지. 가족 내에서 불가피하게 위계질서를 만들어내거나 자식에 대한 사

랑이나 부모에 대한 사랑, 자기애自己愛나 자긍심 사이에 긴장을 일
으키기도 하고.

결혼의 의미

우리의 가족제도는 결혼을 한 두 남녀가 아이를 낳는 것에서 출발
한단다. 그런데 최근까지만 해도 기독교적인 결혼이란 '한 남자와
한 여자가 평생 동안 이어가는 자발적인 결합'으로 정의돼왔어. 그
러나 이런 결혼관은 이미 100여 년 전 법적으로 이혼하고 다른 사
람과 재혼하는 것이 가능해지면서 무너지기 시작했지. 여전히 '죽
음이 우리를 갈라놓을 때까지'라는 선서가 결혼식에 남아 있기는
하지만 '평생 동안'이라는 결혼의 의미는 퇴색됐고, 남자와 남자가
결혼하거나 여자와 여자가 결혼하는 동성결혼을 받아들이기 시작
했다. 그렇다면 우리가 알고 있는 전통적인 결혼에 남아 있는 것은
무엇일까?

　인류학자들은 다른 사회의 결혼 양식을 분석하면서 특정한 지
역을 벗어나면 서구의 전통적인 결혼관을 적용하기 어렵다는 사실
을 오래 전에 발견했단다. 한 남자가 여러 여자와 결혼하거나 한
여자가 여러 남자와 결혼하는 사회가 버젓이 존재하고, 이혼과 재
혼이 매우 쉬워서 결혼이 평생은 고사하고 장기간 이어지지 않는
경우도 흔하지.

누에르족처럼 동성애자가 아니어도 같은 성과 결혼하기도 하고 죽은 사람과 결혼하는 경우도 있다. 어떤 종족들은 사회적 지위를 줄 수 있는 높은 직책의 사람과 결혼한 뒤 다시는 그 사람을 만나지 않고 다른 사람과 살면서 아이를 낳는 결혼을 한다. 또 다른 사람의 팔이나 새끼손가락과 결혼하거나 바위, 나무 따위와 결혼해서 재산권이나 특별한 권리를 얻는 예도 있다.

이런 여러 가지 결혼 양식을 모두 포함시키려고 노력하다 보면 결혼의 정의는 갈수록 길어질 수밖에 없다. 결국에는 정의가 너무 복잡해져 무의미해지고 말지. 그러므로 결혼은 서로가 상대방에게 부여한 특정한 권리와 의무의 결합 정도로 생각하는 것이 좋을 듯하다. 성적 동반자나 아이를 낳는 사람, 가정에서의 동업자, 집 밖에서 돈을 버는 사람 이런 식으로 말이다.

도대체 누가 엄마일까

최근까지만 해도 우리는 이 질문에 대한 답이 명백하다고 생각했다. 남자와 여자가 성관계를 가지면 아이가 잉태되고 태어난다. 그 남자와 여자는 생물학적인 부모다. 그들이 결혼을 하거나 그와 비슷한 종류의 법적인 관계를 맺고 함께 살면 그들은 아이의 사회적 부모가 된다.

그런데 시험관 아기와 인공 수정, 대리모代理母, 복제 등이 가능해지면서 상황은 무척 복잡해지고 있다. 정자를 기증해 나를 잉태시킨 낯선 사람과 나의 관계는 무엇일까? 돈을 받고 나를 잉태하고 낳아서 내 가족에게 넘긴 사람과 나의 관계는 무엇일까?

여기까지만 해도 관계되는 사람이 많아야 네 사람이기 때문에 각자가 일정한 의미에서 '아버지'나 '어머니'라고 충분히 주장할 수 있다. 그러나 이보다 더 복잡한 상황이 생기면 현재의 법으로는 그와 관련된 권리와 의무를 해결하기가 어렵다. 따라서 개인들은 사회적인 합의나 규범이 존재하지 않는 상황에서 새로운 관계와 범주, 용어를 스스로 만들고 그에 적응해야 하지.

만약 이런 상황에 직면해서 고민 중인 사람들에게 다음과 같은 이야기가 도움이 될지도 모르겠다. 인공수정이 시작되기 훨씬 전부터 그런 상황에 대처하는 기발한 방법을 개발해 온 사람들에 대한 이야기란다.

앞서 말한 북아프리카의 누에르족은 반드시 아이를 가져야 하며 혈연관계는 오로지 부계 혈통만을 따른다. 그렇다면 가족 안에 남자아이가 없는 경우는 어떻게 할까? 그들은 딸에게 재산을 주어 다른 여성과 결혼하게 한단다. 그렇게 새로 들어온 '신부'는 다른 남자와 성관계를 하여 임신을 하고, 신부를 사온 딸은 신부가 낳은 아이들의 사회적 아버지가 되지. 누에르족 아이들에게 아버지가 누구냐고 물으면 당연히 사회적 아버지인 그 여성을 가리킨단다. 다시 말해 생물학적인 아버지와 사회적 아버지가 분리돼 여자 아버지가 존재하는 것이다.

'영혼 결혼'도 있다. 영혼 결혼이란 죽은 남자의 영혼과 살아 있는 여자가 결혼하는 것이지. 여자는 다른 남자와 성관계를 갖고 죽은 영혼의 아이를 낳는다. 그러면 죽은 남자의 가족들은 여자에게 보상을 해준다. 따라서 임신 당시에 아버지가 죽었다고 해도 부계 혈통이 계속 이어지지. 이것은 현재 논의되고 있는 냉동 정자를 둘러싼 논란에 대한 모델의 하나가 될 수 있다.

아버지는 누구일까

요즘 영국에서는 결혼한 사람들 중 3분의 1 정도가 이혼을 하거나 재혼을 한다. 또 많은 사람이 동거를 하면서 아이를 낳지만 결혼은 하지 않는다. 이런 상황은 곤란한 문제를 만들어낸다. 우리의 인생에서 중요한 그런 사람들을 도대체 뭐라고 부르면 좋을까?

내가 네 할머니와 재혼했을 때 네 엄마는 겨우 여덟 살이었다. 네 엄마에게는 이미 '아빠'라고 부르는 다른 사람이 있었다. 그렇다면 네 엄마가 나를 뭐라고 불러야 했을까?

나를 '앨런'이라고 부르기는 너무 딱딱하다고 생각했는지 네 엄마는 나를 '앨리'라고 불렀다. 그러다 그 호칭이 너무 짧다고 생각했는지 '앨리 발리'라고 바꿔 부르더구나. 나중에 네가 말을 하기 시작하자 네 엄마는 너에게도 나를 '앨리 발리'라고 부르라고 시켰다. 너는 그것을 '아야 바야'로 바꿔 부르다가 또 너무 길다 싶었는지 다시 '바야'로 바꿨다. 너는 나를 늘 그 이름으로 불렀지. 그러니까 나는 '바야'라는 이름으로 네 엄마의 생물학적인 아버지와 구분된 것이다.

그렇지만 네가 다른 사회적 배경을 갖고 있었다면 아마 상황은 상당히 달랐을 것이다. 현재 잉글랜드의 많은 지역에서는 아이의 엄마와 현재 살고 있는 사람을 '아빠Dad'라고 부르고, 아이의 생물학적 아버지는 그냥 이름을 부른다. 네 엄마가 했던 것과는 정반대로 말이다.

가족을 어떻게 받아들여야 좋을까

개인과 가족과의 관계는 성장하면서 의미가 다양하게 변화할 수 있단다. 가령 부모를 좋은 것을 모두 제공해주는 권위의 상징으로 여기다 시간이 지나면 적대감이나 조롱의 대상으로 여기곤 하지. 운이 좋으면 늙어서 손주들이 좋아하는 할아버지나 할머니가 될 것이다. 아이들의 경우도 마찬가지다. 처음에는 부모에게 즐거움을 주지만 곧 반항적인 괴물로 변한다. 그러다가 행복한 경우라면 손주들이 사랑하는 할아버지나 할머니가 될 것이다.

한 가지 분명한 것은 부모가 아이들에게 무조건적인 사랑과 복종을 요구할 수 없다는 점이다. 또 아이들도 부모가 한없는 사랑을 주고 끊임없이 보호해주리라고 기대할 수 없다. 사랑은 자기희생과 관용에서 비롯되거든. 부모가 아이들에게 너무 많은 것을 기대하지 않고 자신이 이루지 못한 바를 아이들을 통해 대신 이루려는 마음을 버려야 사랑할 수 있다. 아이들 입장에서 보면, 나이 먹는다는 것이 무엇을 의미하는지 그리고 나이를 먹으면 얼마나 외로워지는지를 이해해야 사랑할 수 있다. 그래야만 다음과 같은 포모 인디언 노인의 조롱에서 벗어날 수 있을 것이다.

> 우리에게 가족은 모든 것이었다.
> 그런데 지금은 아무것도 아니다.
> 우리는 점점 백인들처럼 변하고 있는데,
> 노인들에게는 좋지 않은 일이다.
> 우리에게는 양로원이 없었다.
> 노인들은 중요한 사람으로 대접받았다.
> 노인들은 현명했기 때문이다.
> 백인 노인들은 모두 바보였음이 분명하다.

○

우
정

친구란
무엇일까?

친구는 우리 인생에서 대단히 중요하단다. 그래서 친구를 사귀는 즐거움도 크지. 그러나 친구란 가족이나 친척과는 달리 인위적으로 만들어지는 관계이기 때문에 깨질 수도 있다. 도대체 친구는 어떻게 만들어지고, 우정이란 어떻게 유지되는 것일까? 흔히 남자와 여자는 친구가 되는 것이 불가능하다고 하는데 그 말이 맞을까?

진정한 친구를 갖는다는 것

우리는 '우연히' 가족도 만나고 이웃도 만난다. 그들은 우리가 선택한 사람이 아니다. 또한 대개 동등한 사람도 아니다. 친척이라면 부모나 나이 많은 형제처럼 윗사람이거나 아니면 아랫사람이다. 다른 계급에 속한 사람이라면 태어날 때부터 우리보다 우월하거나 열등하다. 그런 관계에서 우정이 생긴다면 대개는 균형 잡히지 않은 우정일 가능성이 높다.

그에 반해 결코 자신의 목적을 위해 이용하지 않는 진정한 친구를 갖는 것은 전혀 다른 일이란다. 삶에서 필요한 것들은 대개 비인격적인 관료제도나 법이 뒷받침하는 판매자-구매자 관계 속에서 얻어진다. 그러므로 이해관계 없는 우정은 생존을 위해 인간관계를 조작하지 않아도 되는 상황에서만 누릴 수 있는 일종의 사치이다. 우정이란 동등한 사람들이 많고, 사람들의 이동이 잦아서 새로운 잠재적 친구를 자주 만날 수 있는 환경에서 많이 생긴다.

그런데 잉글랜드에서는 가족이나 후원제도가 사람들을 묶는 역할을 하지 못했고, 낭만적 사랑은 한 번에 한 사람과만 나눌 수 있었다. 그렇다면 우리 사회에서 사람들을 묶어준 것은 무엇이었을까? 그것은 바로 우정이다. 그래서 네가 그렇게 많은 시간을 친구를 사귀는 데 바치는 게지. 너의 행복과 성공은 상당 부분 잠깐 혹은 오랫동안 유지되든 상관없이 얼마나 많은 친구를 가지느냐에 달려 있단다.

진정한 친구가 있다면
그것은 인생의 커다란 축복이다.
하지만 그런 축복을 누리는 자는 그다지 많지 않다.
무엇이 이런 슬픈 현실을 만드는 걸까?

우정이란 무엇일까

우정의 본질은 평등이다. 만약 후원제도처럼 서로의 힘이 불균형 상태로 발전하면 언젠가 그 우정은 깨진다. 또 우정은 호감과 관심, 느낌과 생각의 공유에 기초해야 한다. 누군가에게 호감을 갖고 좋아하는 것은 누군가를 사랑하는 것과는 다르지. 사람들은 부모나 형제를 사랑하지만 좋아하지는 않는다고 말하잖니? 흔한 일이다. 호감과 사랑이 모두 중요하지만 같은 것은 아니거든. 어쨌든 공통점이 전혀 없고 나눌 것도 없는 가장된 우정은 결코 오래가지 못한다.

우정은 정적이지 않다. 우정은 마치 강물과 같아서 어떤 방향으로건 흐를 때만 의미가 있지. 따라서 언제나 발전하고, 변화하고, 넓어지고, 새로운 경험을 흡수해야 한다. 우정 뒤에는 함께 하는 활동이나 욕구가 있어야 한단다. 세상에는 수없이 많은 사람이 있는데 왜 하필 어떤 특정한 사람과 시간을 보내겠니? 그 이유는 그 사람과 함께 있는 것이 즐겁고, 재미있고, 그 사람에게 기댈 수 있기 때문이지. 친구들과 놀이나 경기를 할 때 이런 점이 가장 잘 드러난다.

우정은 속임수를 쓰거나 계산적이어서는 안 된다. 즉 '인간을 목적으로 대해야지 수단으로 대해서는 안 된다'는 가장 중요한 윤리법칙을 따른다. 만약 네 친구가 너를 이용한다는 느낌이 든다면 그 우정은 언젠가 끝나고 말지. 진정한 사랑이나 아름다움을 사고팔 수 없듯이 우정도 돈으로는 사고팔 수 없단다. 어떤 목적을 위해 누군가의 정신이나 육체를 빌릴 수는 있지만 우정은 그럴 수 없다.

결국 우정이란 평등한 두 사람이 오랫동안 서로에게 호감을 갖는 상태다. 남자와 여자, 어른과 아이 사이에도 우정이 존재하지. 심지어 아내와 남편도 반려자이면서 동시에 친구가 될 수 있다. 오래 전부터 친구인 부부가 많다 보니 역사학자 파워는 '중세에는 결혼한 친구들이 많았다'고 말했을 정도란다. 애완동물과도 친구가 된다. 소설가 엘리엇은 '동물은 정말 싹싹한 친구다. 질문도 하지 않고 비판도 하지 않는다'고 말했지. 그런 의미에서 보면 애완동물은 돈으로 살 수 있는 유일한 친구다. 물론 돈으로 산 동물 친구도 인간 친구처럼 존중해주어야 하지.

우정은 저절로 만들어지지 않으며 지속적으로 관심을 두지 않으면 유지할 수 없어 노력이 필요하다. 릴리야, 친구는 나무와 같단다. 조심스럽게 심고 다듬고 보호해야 하지. 그러나 친구는 결코 배타적인 소유물이 될 수 없다.

인생을 살면서 가장 어려운 일이 친구를 잃는 일임을 너 역시 배우게 될 것이다. 우정으로 인해 가족관계나 연인관계에 갈등이 생길 수도 있어. 그럼에도 우정은 모든 인간관계 중 가장 심오한 관계란다.

친구와 우정을 나누는 방법

친구와 의사소통하는 최고의 형태는 침묵이다. 놀랍지 않니? 친구와의 관계에서는 말하는 것 이상으로 말하지 않은 것이 중요할 때가 많단다. 진정한 우정은 말하지 않아도 정보가 전달될 때 존재한다고 할 수 있지. 행간을 통해 간접적으로 말하는 거야.

이렇게 소극적인 의사소통이 중요한 이유는 말로 하는 적극적인 의사소통보다 훨씬 더 친밀함이 요구되는 것이기 때문이다. 의사 전달자와 수신자 사이의 거리가 멀수록 의사소통은 더 직접적이고 명확해야 한다. 두 사람 혹은 몇 사람 사이에 공유하는 것들이 많을 때만 소극적인 의사소통이 가능하지.

언어 행위는 기본적으로 말하는 사람과 듣는 사람이 있어야 하기 때문에 힘의 한 표현이라고 말할 수 있다. 의사소통 내용이 노골적이고 명시적일수록 받아들이는 사람의 자유 의지나 판단이 개입되기 어렵지. 흔히 군대에서 사용하는 분명한 명령이 최악의 예다. 명령은 강제적이고 구속적이며 복종을 요구한다.

그러나 친구 사이에는 간접적이고 소극적이고 암시적인 의사소통 방법을 많이 쓰기 때문에 서로의 생각을 자유롭게 교환하며 감정이 상하지도 않는다. 또 결론을 스스로 도출해 낼 기회를 제공한다. '이런 점을 생각해보면 어떨까'라는 식의 접근법은 다른 사람의 영역을 침해하지 않으면서 합리적인 개인 간의 계약처럼 상대방이 자신의 의지로 행동을 결정할 수 있도록 해준다. 따라서 친구에게 부탁을 할 때는 '이렇게 해라'라고 말하는 대신 '혹시 이렇게 해줄 수 있는지 궁금하다'고 말하는 것이 옳다.

이런 방식은 자유롭고 독립적인 개인이 서로를 사귈 때 반드시 필요하다. 선진화되고 개방되고 균형 잡힌 사회에서는 설득과 부탁이 최선의 방법이지. 이런 사회에서 사람들은 노예가 아니며 피후원자도 아니다. 독립적인 사람과 우정을 만들기 위해서는 아주 점잖고 우회적인 방법만 사용해야 하며 결코 힘을 동원해서는 안 된다. 그러니 친구를 사귈 때 상대방이 너의 우정을 거절하거나 다른 우정을 만들 수도 있음을 늘 기억해야 한다.

우정의 기초

우정은 존중과 예의에 기초한다. 그 존중과 예의는 밀접함에 근거하지만 동시에 일정한 거리를 두어야 하지. 이때 거리 두기는 타인의 개별적 주체성, 이를테면 개별적인 욕구와 필요 그리고 그 사람의 사회적 공간social space을 인정한다는 뜻이란다.

어떤 사람이 자신의 목적을 위해 나의 시간과 공간, 욕망을 강제로 침범한다고 치자. 그것은 육체적 학대 못지않은 심각한 폭력이다. 그만큼 개인을 둘러싸고 있는 사회적 공간은 대단히 중요하다. 그것은 우리를 정의하는 개인주의적 개념의 핵심이기도 해.

사회적 공간은 상징적이고 눈에 보이지 않는 측면이 있으며 주로 몸짓, 태도, 말 등을 통해 드러난다. 사회적 공간은 동시에 물리적인 것이기도 해서 사람들 사이의 신체적 거리를 통해서도 관찰할 수 있다. 용납이 가능한 신체적 거리는 사람들 사이의 친밀함과 평등함 정도에 따라 달라지지.

극단적인 예로 카스트 제도에서 볼 수 있는 '접촉 불가능'한 관계가 있다. 상류 계층 사람이 평민을 만지기를 꺼려 일정한 거리를 유지하는 경우도 있다. 또 다른 극단적 경우는 일부 씨족 사회와 농경 사회에서 볼 수 있다. 그곳에서는 집단 내 사람들 사이에 사회적, 물리적 거리가 거의 없다. 서구인들이 보기에 불안할 정도로 사람들이 너무 가깝게 서거나 앉는다. 그들은 오히려 서구인들이 너무 거리를 둔다고 생각하지.

개인의 사생활이나 개별성 혹은 아무리 친밀하다고 해도 침범할 수 없는 영역을 보호해줘야 한다는 생각이 없는 사회도 있다. 할아버지가 네팔의 한 마을에 머물 때였다. 그곳에서는 누구나 문을 늘 활짝 열어놓았지. 그러다 보니 사람들은 내가 머무는 집에 들어와 내가 하는 일에 일일이 참견했다. 일부러 내가 개인적인 시간을 갖기 위해 마을 밖으로 산책을 가도 으레 따라나섰다. 벌판에 있는 화장실에 혼자 가는 것조차 쉽지 않았다.

이런 특수한 경우를 제외하면 나와 가깝든 멀든 모든 사람과 비슷한 신체적 거리를 유지하는 게 일반적이다. 사람들은 이 절충 법칙에 따라 너무 가깝지도 너무 멀지도 않게 거리를 두지. 그러다 보니 초대하지 않은 사람이 사적 공간에 불쑥 침입하면 이상하게 생각하거나 위협을 느끼는 거란다.

사적 공간이란 이처럼 미묘한 절충의 문제이며, 시대가 변하면서 달라진다. 20년 전이었다면 여자 친구나 아는 여자의 볼에 입맞춤하는 것을 매우 이상하게 여겼겠지만 현대 유럽에서는 널리 퍼진 관습이지. 할아버지는 지금도 어떻게 해야 좋을지 망설일 때가 많지만 말이다.

또 과거에는 친구와 만나고 헤어질 때 흔히 악수를 했다. 그런데 요즘에는 도대체 언제 악수하고 언제 포옹해야 좋은지 확실치 않다. 간단히 보이는 악수조차 사실은 아주 섬세한 기술이다. 악수는 우정과 평등을 상징한다. 다시 말해 손을 뻗어 악수를 청하는 것으로 관계 맺기를 시작하려는 것이다. 그러나 동시에 악수를 하려고 손을 내밀면 상대방은 그 이상의 행위를 하고 싶은 욕구를 갖지 못하게 된다. 그래서 악수는 '우리 친구로 지냅시다. 그렇지만 거리를 유지하고 서로의 독립성을 존중합시다'라고 말하는 경직된 몸짓이기도 하단다.

이처럼 각 사회마다 개인의 사회적 공간에 대한 인식에 있어 조금씩 차이가 있다. 그럼에도 진정한 우정을 바란다면 우정의 기초가 존중과 예의임을 기억해야 한다. 그리고 진정한 존중과 예의

는 다른 사람의 사회적 공간을 존중해 거리를 유지하면서도 관심
을 보이는 것임을 알아야 하지.

인생에서 친구가 필요한 이유

친구는 마치 자석과 같단다. 서로 끌리지만 너무 가까워지면 다시 떨어지려고 할 수도 있지. 그렇기에 발레나 무용처럼 균형을 잡는 기술이 필요해.

우정은 자생적인 동시에 노력을 필요로 한다. 행복처럼 전혀 예상치 못한 가운데 찾아오며 억지로 얻을 수도 없거든. 우정은 흔히 다른 것에 관심을 갖다가 부수적으로 얻어지는 경우가 많다.

인간은 사회적인 동물이어서 사랑하고 사랑받기를 좋아한다. 좋은 친구들 사이에서 편안함을 느끼는 것은 특별한 즐거움이지. 우정은 바쁘고 개인주의적인 삶에서 느끼는 외로움을 극복하는 데도 큰 역할을 한단다. 우정을 통해 우리는 더 이상 섬이 아니라 대륙의 일부가 된다. 우리는 친구를 통해 자신을 마주하며, 친구가 어려울 때 도와주면서 남을 돕는 기쁨도 얻는다.

할아버지는 릴리와 진정한 친구로서 정원을 걷고, 박물관을 방문하고, 그림 형제의 동화를 읽었던 시간들을 영원히 간직할 것이다. 너와 내가 각자 혼자였다면 그런 즐거움은 결코 없었을 게지.

○
출산

아이를 꼭
낳아야만 할까?

릴리야, 너도 언젠가 결혼하고 싶은 상대를 만나겠지. 결혼하면 아이를 낳을 것인가 말 것인가를 놓고 선택해야 하는 상황에 한번쯤은 놓일 것이다. 물론 그 문제는 전적으로 네 자유 의지에 달려 있단다. 아이를 낳아도 되고 낳지 않아도 된다.

하지만 할아버지는 네가 특히 그 문제에 대해 깊이 생각해보고 신중한 결정을 내리기를 바란다. 네 엄마와 아빠도 신중한 고민 끝에 너를 낳았지. 그래서 너를 처음 보았을 때 네 엄마와 아빠는 기쁨의 눈물을 흘렸고, 지금까지도 너를 무척 사랑한단다.

네가 만약 나에게 아이를 낳는 게 좋을지 묻는다면 나는 이제껏 사람들이 어떤 이유로 아이를 낳았는지에 대해 이야기해주고

구나. 왜 아이를 낳는지를 알면 네가 좀 더 현명한 판단을 내릴 수 있을 것이라고 생각하기 때문이다.

인간이 아이를 낳는 까닭

사람들은 가족 구성원이 많으면 많을수록 외로움과 고립감이 그만큼 덜하다고 말한다. 특히 사회 환경이 불안정할수록 가족이 유일한 보호막이므로 실제로 자식이 많을수록 좋다. 그러다 보니 아이를 많이 낳은 여성과 가족은 공동체에서 차지하는 지위도 높아진다.

이런 이유가 아니라도 경제 생산이 인간의 노동력에 의존하기 때문에 자식이 많을수록 더 좋다. 또 사람들은 질병이나 사고, 가축 도난과 같은 심각한 일이 발생했을 때 보통 가족에게 의지한다. 그러므로 자식에 대한 투자는 인생의 여러 가지 위험에 대비해 보험을 드는 것과도 같다. 그것은 남이 언제라도 훔쳐갈 수 있는 돈을 저축하는 것보다 훨씬 더 안전한 보험인 셈이다.

가족 구성원은 특히 연금이나 사회보장이 부족한 곳에서는 노년에 대비한 보험으로 필수적이다. 그런 환경에서 형제나 자녀가 없는 사람은 노년에 생활하기가 무척 어렵기 때문이다. 대가족은 그런 이유 때문에 생겨나지.

대부분의 사회는 혈통을 중요하게 생각하며 조상의 보살핌으로 자신들이 잘되는 것이라고 믿는다. 사람들은 그에 대한 보답으

아이를 낳는 것은 복잡한 사회적 문제들과
연결돼 있다. 어떤 문화권에서는 여성이
결혼을 하고 출산을 하는 것이 당연시 되지만
어떤 문화권에서는 그렇지 않다.

로 제사를 지내고 조상을 기리는 사당을 짓는다. 이런 상황에서 후
손이 없어 대가 끊기면 모든 것이 무너지고 만다. 그래서 중국인들
은 "선조와 가족에 대한 효성의 부족은 세 가지로 나타나는데, 그중
에서도 가장 심각한 것은 아이를 낳지 않는 것이다"라고 말했단다.

그 외에도 아이들이 주는 즐거움과 생물학적 충동, 성관계에서
얻는 쾌감도 아이를 낳는 이유다.

여성들이 아이를 끊임없이 낳아야 했던 이유

과거에는 많은 아이들이 태어나다가 또는 어릴 때 죽었단다. 또 여
성들은 해산을 하다가 사망하고, 남자들은 일을 하다가 혹은 전쟁
터에서 목숨을 잃었지. 이렇게 예측 불가능한 일이 많은 상황에서
는 누구나 가능하면 많은 아이를 가져야 한다는 중압감에 시달린
다. 그러다 보니 여성들은 대개 성적으로 성숙했을 무렵이나 그 이
전에라도 결혼을 해서 아이를 낳아야 했으며, 적당한 후계자가 없
는 경우에는 친척의 아이를 입양하기도 했다.

수천 년 동안 이런 압력은 거의 모든 사회에서 공통적인 것이

었다. 과거에는 아이를 많이 낳기도 했지만 그만큼 아이들이 많이 죽었지. 운이 좋아 신생아가 늘어나는 때도 있었지만 곧 전쟁이나 기근, 질병으로 다시 줄어들었다. 이런 위기에도 불구하고 가족과 사회는 계속해서 더 많은 아이를 낳아 생존을 유지해 왔다.

그런데 사람들은 위기에 대비해 후손을 과도하게 생산했기 때문에 위기가 왔다는 역설적인 사실을 잘 인식하지 못했다. 출산율만큼이나 사망률이 높았던 이유는 다음과 같다.

새로운 곡물이나 새로운 기술을 통해 자원이 늘어나도 인구가 급격하게 증가하면 그 혜택이 곧바로 사라진다. 그런 상황에서 한 가족이나 개인이 할 수 있는 일은 그리 많지 않았지. 정치적 동맹, 사회적 지위, 경제적 생산, 종교적 성취 같은 것들이 모두 얼마나 많은 가족을 거느리고 있느냐에 달려 있었기 때문이다.

한편에서는 노동 인구가 늘다 보니 값싼 노동력이 많이 생겨 결국 가축과 같은 대체물을 몰아냈고, 가축이 제공하던 우유와 고기를 곡물로 대체하면서 식량의 질이 떨어졌으며, 육체는 갈수록 쇠약해졌다. 들판에서 일할 아이들이 더 많이 필요해진 게야.

시간이 지나면서 상황은 더 악화됐다. 자연적 장애물을 극복한 인간의 모든 성취가 인구 증가로 이어지기 때문이다. 인구가 증가하면 곧바로 정치적 위험과 질병으로 사망률이 높아졌다. 그런데 이런 상황에서도 연장자와 성직자는 구원받으려면 많은 자손을 남겨야 한다고 설교했다.

출산율이 왜 낮아졌을까

어떤 사람들은 출산율이 점차 낮아지는 이유에 대해 다음과 같이 설명한다. 먼저 높은 출산율과 높은 사망률이 어느 정도 균형을 이룬다. 그러다가 다음 단계로 사망률이 극적으로 떨어진다. 그리고 상당 기간 인구가 증가한 후에 출산율이 줄어든다. 그러면 출산율과 사망률이 다시 한 번 낮은 수준에서 균형을 이룬다.

이 설명은 다소 조악하지만 그럴 듯하다. 개발도상국의 경우 깨끗한 상수도 설치나 예방접종과 같은 외적 요인을 통해 사망률을 상당히 낮출 수 있다. 그러면 아이들의 생존율이 높아지지. 일정 기간 그런 경험을 하고 나면 사람들은 후계자를 갖기 위해 불필요하게 많은 아이를 낳을 필요가 없다는 것을 깨닫고, 점차 출산율이 낮아진다.

한편 17~18세기 노르웨이와 스위스, 잉글랜드 같은 일부 유럽 지역에서는 자연적인 수준의 출산율을 기대하기 어려웠다. 대부분의 여성이 출산 가능한 나이보다 8년 내지 10년 후에 결혼했기 때문이다. 아예 아이를 낳지 않는 사람들도 있었다. 그렇다고 당시에 의학이나 위생에서 큰 변화가 있었던 것은 결코 아니었는데도 그런 일이 일어났단다.

꼭 아이를 낳아야만 할까

릴리야, 아이를 낳는 것은 복잡한 사회적 문제들과 연결돼 있단다. 어떤 문화권에서는 여성이 결혼을 하고 출산을 하는 것이 당연시되지만 어떤 문화권에서는 그렇지 않지. 네가 살고 있는 잉글랜드만 해도 그렇다. 잉글랜드에서 결혼과 출산은 이해득실의 문제였지. 또한 결혼과 사랑, 이이들도 별개의 것이었어. 왜 그렇게 됐는지를 설명하기는 쉽지 않지만 생물학적인 욕구를 권력(정치), 부(경제), 영적 지위(종교)와 연결하는 방식이 다른 곳과는 달랐기 때문인 것으로 보인다.

만약 그 모든 것들이 밀접하게 연관돼 있는 상황이었다면 그것들을 재생산하기 위해 아이를 낳는 일도 당연히 강조될 수밖에 없었을 것이다. 그러나 연관성이 적으면 개인들은 스스로 아이를 가질 것인지 말 것인지를 결정할 수 있다. 개인의 선택에 따라 아이를 낳아도 되고 안 낳아도 되는 것이다.

그런 면에서 보면 잉글랜드는 그런 연관성이 대단히 희박한 사회였다. 인도와 중국을 포함한 대부분의 사회는 정치와 경제, 사회, 종교가 가족 관계에 기초를 두고 있었다. 그런데 잉글랜드는 각 영역이 철저하게 분리돼 있었다.

우선 잉글랜드의 정치와 법률 제도는 앵글로색슨 시대부터 지금까지 가족이 아니라 왕의 신민이라는 사람들 사이의 추상적 관계에 기초하고 있다. 그래서 정치적, 법률적 안전은 혈연이나 출생이 아니라 계약 관계가 보장해 왔다. 그러므로 법적, 정치적 안전을 위해 굳이 아이를 낳을 필요가 없었다.

한편 경제적으로도 아이를 가져야 할 필요성이 별로 없었다. 원래 아이를 키우고 교육시키고 결혼시키는 데는 많은 시간과 돈이 드는 법이다. 그런데 잉글랜드에서는 노후에 아이들에게 기대거나 투자한 돈을 돌려받을 길이 없었다. 그러므로 노후를 위한 대비책으로 아이를 낳을 필요가 있다는 말은 잉글랜드와 상관없었지.

경제 활동이 가족 노동에 의존하고 있지도 않았다. 중국이나 인도, 유럽의 지중해 지역 사람들은 대개의 경우 부모, 결혼한 장남 혹은 가족 전체가 가족 기업을 함께 소유하고 운영했다. 잉글랜드에서는 필요한 노동력을 대부분 가족이 아닌 시장 원리에 따라 구했다. 같은 마을 주민이나 일용 잡부, 하인을 고용해 필요한 노동력을 채운 게야. 그래서 가족 경제에 이바지할 노동력을 확보하기 위해 아이를 많이 낳을 필요가 없었다.

종교도 마찬가지였다. 물론 가족 기도도 있었고 부자들 사이에는 가족 교회도 있었지만 대부분의 사람들은 특히 16세기 종교개혁 이후에는 종교를 극히 개인적인 일로 여겼다.

게다가 잉글랜드 사람들이 믿던 기독교 종파는 일반적으로 죽은 선조와의 관계를 부정한다. 선조를 기리는 추도식은 기억과 감사의 의미를 가질 뿐이고, 선조가 특별한 축복을 주거나 재앙을 내릴 수 있다고 생각하지 않았지. 그러다 보니 중국처럼 선조에게 죄를 짓지 않기 위해서라도 후손을 낳아야 할 이유가 없었고, 화장할 때 장작더미에 불을 붙일 아들이 없다고 해서 천국에 가지 못한다고 생각하지 않았다. 또한 기독교는 금욕을 높은 가치로 여긴다. 그러다 보니 성관계를 갖고 아이를 낳는 것은, 필요할지는 모르지만 영광스러운 일과는 거리가 먼 일이었단다. 결혼과 성을 가능한 멀리하는 것이 가장 좋은 선택이라고 여겼다. 결국 잉글랜드의 경우 정치, 경제와 마찬가지로 종교 또한 개인에게 아이를 반드시 낳아야 한다는 압력을 주지 않았다고 볼 수 있다.

아이를 낳기 전에 고려할 요소들

지금까지 살펴봤듯이 사람들이 아이를 낳는 이유는 생각처럼 단순하지 않다. 아이를 낳는 데는 시대에 따라 상황에 따라 많은 이유가 복합적으로 작용하지.

만약 노동력에 대한 수요가 늘고 보수가 좋은 직업이 늘어나면 18세기 후반의 잉글랜드에서처럼 일시적으로 출산율이 증가할 수 있다. 사람들이 결혼하고 아이를 낳을 '능력'이 된다고 여기기 때문이다. 여러 가지 면에서 아이를 낳는 것은 집을 사거나 은행 대출을 얻는 일과 같다. 경제적으로 안정돼 있으면 자신감이 생기면서 집을 살 때처럼 아이를 낳는 일도 매력적으로 보인다는 말이다.

그러나 경제 상황이 나쁘거나 아이 대신 물건을 원하는 상황이라면 출산율은 떨어진다. 소비주의는 결혼한 부부에게 아이보다는 새 차나 해외여행을 선택하도록 권유한다. 여자들은 아예 결혼을 하지 않겠다고 결심할 수도 있고, 결혼을 하거나 아이를 낳더라도 가능하면 그 시기를 뒤로 미루려고 할 것이다.

아이에 대한 잉글랜드식 태도는 현재 개인주의와 소비주의, 자본주의라는 커다란 묶음의 일부분이 돼 전 세계에 퍼져나가고 있다. 그래서 지금은 자기가 기껏해야 하나 혹은 둘 정도의 아이를 낳을 '능력'이 된다고 생각하는 사람이 많단다.

왜 쓸모없는 평가와 서류가 늘어만 가는 걸까?

왜 신은 인간의 고통을 보고만 있는 걸까?

우리는 왜 그것에 지배당하는 걸까?

민주주의가 왜 유행하고 있는 걸까?

우리는 왜 미신을 믿을까?

왜 누군가를 차별하게 될까?

테러리스트는 어떤 사람일까?

학교는 왜 엉뚱한 생각을 싫어하는 걸까?

왜 전쟁을 막지 못하는 걸까?

왜 아직도 힘들게 일하는 사람들이 많을까?

어떻게 해야 좀 더 현명하게 살 수 있을까?

왜 끊임없이 공부를 해야만 하는 걸까?

아프리카에서는 왜 4초에 1명씩 굶어죽을까?

법대로 하는 것이 최선의 방법일까?

언제쯤 아픈 사람이 없는 세상이 올까?

자유가 왜 소중한 걸까?

인류의 미래는 과연 어떤 모습일까?

세상에
대하여

○

학
교
와 조
직

왜 쓸모없는
평가와 서류가
늘어나는 걸까?

릴리야, 너는 가끔씩 이런 생각을 할지도 모른다. 왜 그렇게 많은
시험을 봐야 하고, 도무지 쓸모없어 보이는 평가를 받아야 할까. 만
일 네가 성인이 돼 어떠한 조직에 들어간다면 그런 의문은 더욱 커
질 것이다. 하루에도 수없이 제출해야 하는 형식적인 보고서와 너
를 귀찮게 하는 사소한 규칙들, 비효율적인 보고 시스템, 거기에 하
는 일이라곤 다른 사람들에게 뭔가 지시하는 게 전부인 사람들(흔
히 관료라고 불리는)이 너를 괴롭힐 것이기 때문이다.

어쩌면 너는 너를 둘러싼 온갖 관료적 형식주의 속에서 질식할
것 같은 느낌을 받을지도 모른다. 하지만 분명히 세상에 이유 없이
존재하는 것은 없단다. 그렇기에 불필요해 보이는 관료제를 제대

로 이해하고 그를 현명하게 받아들일 필요가 있다.

과연 관료제는 사라지는 것이 더 나은 온갖 형식의 집합체일까? 관리자들은 정말 무의미한 존재일까?

문명의 가장 훌륭한 도구, 관료제

전통적인 사회는 선조들의 전통적인 지혜를 구현하고 있다고 사람들이 믿고 따르는 지배자가 통치했다. 그래서 무조건적인 복종이 당연했고, 권력의 중심은 권위와 함께 대대로 이어졌다. 왕과 추장, 성직자는 모두 이런 종류의 권위를 갖고 있었다.

때로 '전통적 권위'는 한 개인의 열정이나 통찰로 만들어진 창조적 혼란의 시기에 잠시 동안 무너지기도 했다. 부처나 예수, 칭기즈칸, 크롬웰, 나폴레옹, 마오쩌둥 같은 사람들이 어떻게 '카리스마적' 권위를 만들어낼 수 있었는지는 여전히 의문이다. 하지만 분명한 것은 카리스마를 가진 지도자들의 존속 기간은 짧았다는 사실이다. 카리스마를 가진 지도자는 언젠가는 죽는다. 물론 마르크스나 성 베네딕트의 후계자가 지도자의 모범이나 규칙을 따라 조직을 만들 수도 있다.

그러면 세 번째 유형의 권위가 생긴다. 숙련된 공무원들이 공정한 규칙과 기준을 정하고 유지하는 관료적 권위다. 사실 관료제라는 말을 문자 그대로 풀이하면 '서류가 보관된 장소의 권력'이라는 모든 것이 어딘가에 속해야 한다.
그래서 규칙이 점점 늘어난다.
본질적으로 비교할 수 없는 것을 비교해야만 한다.
그래서 평가가 갈수록 늘어난다.
학교와 조직은 그렇게 성장해간다.

뜻이란다.

역사는 이처럼 서로 다른 종류의 권위 사이에 일어나는 긴장의 역사로 해석할 수도 있다. 서로 다른 권위는 하나가 다른 하나를 대체하기보다는 함께 공존해 왔다. 카리스마 있는 선지자는 관료 구조에 의존하고, 공무원들은 정치가의 카리스마에 의존하는 식으로 말이다.

그런데 어떤 곳에 국가나 교회, 도시 같은 복잡한 조직이 발전하기 시작하면 곧바로 조직을 관리하는 사람이 필요해진다. 모든 사회적 활동이 규칙과 관리를 필요로 하지. 만약 관리할 규칙이나 심판, 감독이 없다면 어떤 경기도 치를 수 없고, 어떤 예술작품도 공연할 수 없고, 어떤 지식도 전승할 수 없으며, 어떤 물건도 만들수 없을 것이다. 학교와 병원, 법원, 도서관, 대학, 공장, 국회 등이 모두 규칙을 필요로 하고 관료제를 필요로 한다. 만약 관료제가 없다면 우리의 삶은 무질서 속으로 빠져버릴 것이다. 따라서 관료제는 문명의 가장 훌륭한 도구라고 할 수 있지.

조직은 어떻게 성장할까

관료제의 목적은 합의된 원칙에 따라 모든 경우에 똑같은 규칙을 적용하는 것이다. 이때 정실, 참되고 올바름이나 부패, 감정적 권력 다툼, 후원, 가족적 연대 등은 모두 배제된다.

관료제의 장점은 많은 사람들에게 매력적인 체계를 만들어준다는 것이다. 관료제가 효율적으로 운영되면 우리의 삶을 편안하게 해줄 효율적인 건강 관리 프로그램과 교통 통제 정책, 경제체제 등을 만들어낼 수 있으며 관료들은 협박, 뇌물 등의 부패나 혈연, 지연 등 당파적 영향에 맞설 수 있다.

관료제는 혁명이나 사회 붕괴, 극단적 행동을 막는 강력한 방어제가 되기도 한단다. 그뿐만 아니라 한정된 자원을 보호하고, 더 평등하게 부를 분배하고, 강한 자로부터 약자를 보호할 수도 있지. 시인인 포프는 다음과 같이 말했다. '바보들끼리 다양한 정부 형태를 놓고 다투도록 내버려두어라. 가장 잘 관리되는 정부가 최선의 정부다.'

국가가 관료제를 통해 모든 것을 통제하려는 욕구는 강해질 수밖에 없다. 국가는 중앙집권적 관리를 통해 사람들을 통제하고 권력을 넓히려고 할수록 자연히 국가의 가장 중요한 통치 수단인 관료도 늘어난다. 관료의 수를 늘리고 관료의 통제를 늘릴 필요성이 생기는 것이다.

그런데 일부 국가에서는 중앙집권화 된 관료조직을 통한 통제보다는 일반인들의 규제나 규칙에 대한 접근성을 높여 국가의 효율성을 높이고 사회를 더 평등하게 만들려고 시도했다. 이는 주로 특권이나 특별대우 철폐, 불평등에 반대하는 운동 등을 통해 나타나는데, 그런 일이 실현되려면 모든 것이 평등하게 같은 수준에 있어야만 하지. 그러나 공산주의 사회에서 보듯이 계급을 철폐하려는 노력은 결국 막강한 관리 계급과 아무도 믿지 않는 부적합한 제도만을 만들어내고 말았다. 옛 소련을 정치국Politburo이라는 조직이 철저하게 지배한 것은 결코 우연이 아니란다.

관리자가 늘어나는 이유

관료제가 공고해지는 한 가지 이유는 관료 자신의 권력과 부를 증가시키려는 욕망 때문이다. 조직의 모든 일처리 과정은 특정한 업무를 만들어내며, 각각의 업무는 조직에 속해 있는 관료들에게 일종의 '생태적 공간'을 제공하지. 부하직원이 전혀 없거나 적을 경우 권력이나 월급, 지위가 낮을 수밖에 없으므로 관료들은 부하 직원의 수를 늘리려고 한다. 따라서 관료의 수는 가능한 자원을 모두 소비할 때까지 급격하게 늘어난다.

관리자라는 바이러스가 학교나 대학, 법원, 병원 같은 새로운 숙주에 전파되면 곧 번식과 분열, 재분열을 해서 새로운 관리자만 처리할 수 있는 또 다른 일거리를 만들어낸다. 또 목표와 척도, 사명 진술서라는 전문 용어를 동원해 자신의 권위를 높이지. 이런 식으로 관리자는 자신이 일하는 분야에 대해 특별한 지식이나 기술이 없다는 약점을 보완한단다.

관리자는 강의를 하거나 수술을 하거나 학생을 가르칠 수 있는 기술이 없다. 또 내용에 대해서도 거의 모른다. 그러나 그들은 지방 정부와 어떻게 협업해야 하는지, 외부의 다른 관료 집단을 어떻게 다루어야 하는지를 안다. 또한 돈을 거둬들이고, 위험을 최소화하고, 규칙을 일반화하고, 개인적인 행동이나 주관적 판단에 내재된 부패의 가능성을 피하는 교육을 받지.

관료제도가 갈수록 비대해지고 강력해진다는 사실은 쉽게 확인할 수 있다. 주변을 둘러보렴. 대학과 병원, 경찰 같은 조직에서 요구하는 정보가 끊임없이 늘어나고, 새로운 규칙을 도입할 필요성이 늘어나면서 중앙 담당부서가 처리해야 할 일이 너무 많아졌다. 그래서 관리자들은 이런 일을 처리하려고 새로운 자리를 만들고 일부 업무를 하부로 위임했다. 그러나 하부에서도 다시 일이 늘어나 새로운 일자리를 더 만들었다. 이런 일은 하부에서 다시 하부로 내려가면서 계속 반복된다.

이런 현상은 관료제도를 분석한 파킨슨의 역작에 잘 드러난다. 1914년 영국 해군은 62척의 주력함을 갖고 있었는데, 해군본부에서 2,000명의 관료들이 그것을 운영했다. 그런데 1928년 주력함이 20척으로 줄었음에도 불구하고 해군본부에는 무려 3,569명의 직원이 있었다. 배의 숫자는 67퍼센트 수준으로 줄었는데 관료 수는

75퍼센트나 늘어났단다. 거대한 해군이 육지에 생겨난 셈이었지.

관리자가 늘어나면 일이 줄어들고 업무 효율성이 높아질 것이라는 생각은 마치 컴퓨터가 언젠가 인간의 일을 줄여주고 종이가 필요 없는 사무 환경을 만들 것이라고 믿는 것과 같단다.

조직은 서랍이 달린 책상과 같다

관료제는 대단히 효율적이고 효과적인 체제다. 관료제는 원래 조직이란 서랍이 달린 책상과 같다는 생각에서 시작됐지. 모든 것이 어딘가에 속해야 한다. 정돈되지 않은 것이나 중간 범주에 속하는 일은 허용될 수 없다.

가장 이상적인 상황은 모든 것을 책상 위에 동일한 수준으로 올려놓는 거란다. 모든 것에 동등하고 보편적인 기준을 적용해야 하지. 판단을 흐릴 수 있는 개인적 상황이나 재량권이 개입돼서는 안 되며 모든 것은 비교 가능해야 한다. 질적인 것은 비교할 수 없으므로 모든 것을 무게나 질량 등 측정 가능한 형태로 단순화해야 한다.

관료제는 수집한 정보를 다시 사용할 수 있도록 정리하는 규칙도 만들어내는데, 대개는 위계位階적인 저장 체계가 만들어진다. 일반 원칙을 먼저 정립하고, 모든 개별적인 경우가 나름의 위치를 찾을 때까지 잘게 쪼개는 거지. 관료제는 어떤 종류이든 규칙 위반

을 용납하지 않는다. 왜냐하면 위반은 부패로 여겨질 수 있기 때문이다.

한편 관료제는 가능한 규칙을 많이 만들고, 모든 종류의 상황에 대한 대비책을 만들고, 집단 안에 있는 개인이 지나친 재량권을 행사하는 것을 통제함으로써 성장한다.

관료제는 권력이 중앙집권화 되는 경향이 있다. 가능한 체계의 상부에서 모든 결정을 하고 권력의 하향 위임은 되도록 피하게 되는 거지. 자칫 일관성을 해치고 원칙 없는 예외를 낳을 수 있거든. 만약 같은 조직 안에 있는 부서들의 행동이 다르면 부패로 간주하지. 관료제에서는 모든 규칙이 위에서 아래로 내려오는 것과 마찬가지로 역할도 위계적으로 조직돼 있다. 따라서 모든 중요한 결정은 조직 상부에 있는 관리자의 승인을 받아야 한다.

왜 관리자들은 모든 것을 평가하려고 할까

관료제의 강점 중 하나는 철저한 평가 제도란다. 관료들은 모든 것을 측정 가능한 양으로 변화시켜 목록을 만들지. 이는 일상생활에서도 쉽게 발견할 수 있는 일이다. 학교에서는 갈수록 시험의 종류를 늘리면서 시험이 학생과 학부모, 학교에 모두 이익이 된다고 말한다. 시험 결과는 목표를 얼마나 달성했는지 측정하고, 본질적으로 비교할 수 없는 것을 비교하기 위해 사용된다. 병원과 대학, 그

외 많은 조직에서 이런 일이 일어나고 있다.

평가하려는 시도 중에서 가장 흥미로우며 최근 대단히 발전하고 있는 것이 미래의 위험을 평가하려는 것이다. 흔히 '위험 관리'라고 부른다. 수많은 사람과 조직이 위험을 측량하고 특화하고, 위험을 줄일 수 있는 이론을 만드는 데 평생을 바치고 있다. 그런 사람들의 말을 들어보면 인생이란 것이 원래 위험으로 가득 찬 것이기 때문에 엄청난 주의가 필요하며, 위험 관리는 필수다.

현대 관료제가 이용하는 또 다른 기술은 모든 일에 흔적을 남기는 이른바 '감사증적audit trail*'이다. 정의는 구현해야 할 뿐 아니라 구현되는 것처럼 보여야 한다는 옛말이 이제 모든 관리 체계에 적용되고 있다. 단순히 가르치거나 시험을 치르는 일만으로는 부족하게 된 거야. 모든 과정을 기록으로 남겨서 감사를 받을 때 서류상에 분명하고 바르게 흔적이 남아 있어야 한다. 모든 것을 계산해야 하고 모든 것에 대한 영수증이 있어야 한다는 재무 원칙이 삶의 모든 분야로 확대됐다고도 볼 수 있다.

심지어 연구 감사, 법률 감사, 병원 감사 등 온갖 종류의 감사를 가르치는 곳도 생기고 있다. 군대에서는 '움직이면 경례를 하고, 움직이지 않으면 페인트칠을 하라'는 말이 있다. 그와 비슷하게 관료 제도에서는 '예측하기 어려우면 위험을 평가하고, 결과가 남는 일

---

* 감사 때 전표 등을 장부로 옮겨 적은 것이 정확한지 체크하기 위해 기록을 전표까지 거슬러 가서 대조하는 것

이라면 감사증적을 남겨라'라고 요구한다.

과도한 관료제가 낳는 문제들

일정한 정도의 관료제와 조직화는 사회 유지를 위해 반드시 필요하다. 관료제의 장점은 굳이 홍보할 필요가 없다. 그러나 과도한 규제로 인한 숨은 비용도 무시할 수 없다. 규칙이 증가함에 따라 규칙을 깨거나 속이지 않고는 살아가기 어려울 수도 있기 때문이지. 또 서로 다른 규칙이 충돌하는 경우도 많아서 어떻게 하든 규칙을 위반하는 상황에 처할 수도 있다.

할아버지도 집을 고치면서 그런 경험을 한 적이 있단다. 집을 수리하면서 계단을 새로 설치했는데, 계단에 난간을 달지 않았어. 건설 담당 공무원이 점검을 나와서 안전에 문제가 있으므로 반드시 난간을 달아야 한다고 말해서 난간을 새로 설치했는데 이번에는 난간이 너무 좁아서 안전하지 않다고 했다. 결국 17세기에 지어진 집을 허물지 않으려면 어떤 식으로든 규제를 어길 수밖에 없었다.

관료제는 갈수록 많은 규제를 만들면서 복잡해지는 경향이 있다. 그 결과 원래 의도처럼 개방과 투명성이 높아지는 것이 아니라 고도로 훈련받은 전문 관료들만 체계를 이해하는 상황이 벌어지지. 따라서 부패가 생겨날 여지도 커진단다.

또 관료제는 개인의 자발성을 약화시킨다. 사람들은 자유를 원하고 자기 삶을 책임지고 싶어 한다. 자신의 창조성과 독창성을 발휘해 문제 해결책을 찾아내려고 하지. 그런데 관료제가 증가하면서 사람들은 점점 더 규칙에 따라 움직이고 일정한 형식에 따라 행동하라는 요구를 받는다. 이에 따라 결국 일은 재미없어지고, 창조적이고 독창적인 해결방식은 별로 환영받지 못한다.

관료제의 위계적 성격은 중복을 낳고, 개인의 창조성을 감퇴시키며, 감시 사회를 만들어낸다. 그리하여 전형적인 일본식 사무 환경이 만들어진다. 그런 환경에서는 도장 찍기 과정이 끝없이 반복되고, '튀어나온 못'이 되면 곧바로 망치로 두들겨 맞는다는 공포감이 팽배해진다.

이렇게 과도한 관료제는 냉소주의라는 문제를 낳는단다. 잉글랜드 역사를 돌이켜보면 규제는 적었지만 규제를 엄격하게 준수하고 존중했다. 그러나 옛 소련같이 규칙이나 규제를 남발하면 이는 개인을 억압하는 방해물이나 압력으로 받아들이게 되고, 가능하면 돌아가거나 없애 버려야 할 걸림돌로 여겨진다. 더불어 잔꾀나 속임수, 비정상, 규칙 뒤에 있는 진짜 규칙을 배우는 것이 중요해진다. 그런 현상은 과도하게 중앙집권화된 모든 관료제에서 찾아볼 수 있지. 그러면 결국 냉소주의가 나타나며, 규칙을 깨고 속임수를 쓰지 않는 한 성공할 수 없다고 생각하게 된단다.

과도한 관료제의 또 다른 문제는 다양한 재능을 제대로 활용하지 못한다는 점이다. 모든 조직에서 월급이 많고 지위가 높은 사람은 실무보다 관리에 더 많은 시간을 보낸다. 뛰어난 교육자 자질을 가진 사람도 교장이 되면 더 이상 직접 가르치지 않지. 재능 있는 의사도 관리직에 앉으면 환자를 돌보지 않고 서류 작업만 한다. 유능한 학자도 보직을 맡으면 대학 행정 업무만 본다. 그들은 더 이상 자기가 가장 좋아하고 잘하는 일을 하지 못한다. 그 시간에 자금을 조달하고 인사 관리를 하고 온갖 위원회를 돌봐야 하기 때문이다. 이처럼 어떤 일을 정말 잘하면 그 일을 그만두고 관리자가 돼야 하는 안타까운 현상이 보편화되고 있다.

관료제의 목적 중 하나는 부패를 막는 것이다. 인간적인 접촉이나 관계를 통한 개인적 감정, 애정이 일에 개입되는 것을 막는 것이다. 하지만 규제가 심해질수록 인간관계를 이용하는 것만이 규제를 벗어나는 유일한 방법이 된다.

관료제는 시간과 노력을 낭비하는 경향이 있다. 관료제는 반드시 누군가가 책임지도록 하는 특징이 있음에도 불구하고 낭비에 대해서는 전혀 책임지는 사람이 없지. 조직의 특정한 행동을 정당화해야 할 필요가 생기면 엄청난 시간을 들여 감사증적과 회의록을 조작한다. 그렇게 해서 아무리 중요한 결과를 얻어냈다 하더라도 그것은 분명 시간과 열정을 낭비하는 일이다. 하지만 그렇게 하지 않는 것을 오히려 무책임한 것으로 여긴다. 만약 문제가 생기면 변호사들이 가장 약한 부분을 집중적으로 파고들 것이기 때문에 관료들은 낭비를 해서라도 자신들을 보호하려고 한다.

조직에서 살아남는 길

잉글랜드에서는 1980년대 이후 소위 관리 혁명이 일어나면서 관료제가 확산되기 시작했단다. 그러나 사소한 장애를 없애려는 모든 시도는 새로운 문제를 더 많이 만들어내는 듯하는구나.

그렇다면 도대체 뭘 어떻게 해야 할까? 가장 중요한 것은 관료제가 확산되는 이유를 아는 것이며, 다음으로 그 결과를 인식하는 것이다. 그리고 마지막으로 그것을 바꿀 수 없다면 갈수록 늘어나기만 하는 관료제에서 살아남는 법을 배우는 것이다. 마치 이탈리아와 동유럽 사람들이 오랫동안 그래왔던 것처럼 말이다.

관료제 속에서 살아남는 가장 손쉬운 방법은 관료제에 합류하는 것이다. 직장을 얻는 일이 중요하다면 관료제에 합류하는 방법은 아주 매력적이다. 많은 사람들이 자기 직종에서 성공을 거둔 후에 관리직으로 승진한다. 어떤 사람들은 주택담보 대출을 갚거나 개인 건강보험료나 연금을 내기 위해 혹은 학자금을 충당하기 위해 관리직으로 승진하고 싶어 하지.

관료제의 가장 해로운 특성은 관료제에 매우 회의적인 사람에게까지 영향을 미칠 정도로 강력하다는 점이다. 사람들은 결국 평가와 감사, 절차 따위를 신뢰하게 되고, 결국 적응하려 노력한다. 일단 이렇게 양보하기 시작하면 헤어나기 어렵다.

이럴 때는 관료제의 극단적인 형태를 조롱하는 유머감각이 도움이 된다. '영국 공무원들은 모든 해결책에 문제점을 제공한다'는 농담을 들어본 적이 있니? '위원회란 몇 분 동안 회의를 하기 위해서 수많은 시간을 낭비하는 조직'이라는 농담도 있지. 이처럼 농담을 할 수밖에 없거나 관료제 때문에 시간과 재능을 낭비한다고 생각하는 것은 결국 관료제의 효율성에 우리가 대가를 지불하고 있다는 것이다. 고대 이란이나 중국 왕조시대처럼 거대한 관료제가 융성했던 곳은 어디나 냉소주의가 개인과 사회의 통합을 해치고 사기를 떨어뜨렸다.

관료제는 어쩔 수 없는 이중성을 지니고 있다. 살펴본 여러 가지 문제에도 불구하고 복잡한 현대 사회의 삶을 편안하게 만들기 위해서는 부패하지 않은 관료제가 필요하다. 훌륭한 관료들은 권력지향적인 정치인들의 일방통행을 막는 효율적인 반대자 역할을 할 수 있으며, 관료제를 통해 공정하고 효율적인 방법으로 대학과 병원, 회사를 운영할 수도 있다.

오랫동안 영국에는 작지만 효율적인 관료제가 존재해왔다. 많은 학자들이 중앙집권화되고 과도하게 관료화된 제도와 상대적으로 소규모면서 부패하지 않은 영국 및 미국의 제도를 비교하고는 했다. 하지만 현재는 이런 차이가 점차 사라지고 있다.

관료제는 갈수록 확장되고 사생활을 침해하는 경향을 보인다. 관료제가 좋지 않은 형태의 관리 문화와 결합되면 대단히 복잡하고 시간 낭비가 많은 기계가 될 수 있다. 그것은 개인의 자유와 창의성을 제한한다. 따라서 관료제의 장점과 단점 사이의 균형을 찾기란 매우 어렵다. 하지만 이는 무척 중요하고 절실한 일이지.

○
신

왜 신은
인간의 고통을
보고만 있는 걸까?

할아버지가 네 나이 때쯤 나는 우리 인생에 결정적인 영향을 미치는 '신'이라는 존재에 대한 여러 모순을 발견하고 거기에 의문을 가졌단다. 어느 종교든 신은 인간의 삶은 물론 모든 세상사를 중재하는 전지전능한 존재로 묘사하지. 기독교의 하나님은 인간을 사랑한 나머지 자신의 독생자를 십자가 위의 제물로 내어주기까지 했다.

그런데 신이 그렇게 전지전능하고 자애로운 존재라면 왜 세상에는 그렇게 많은 고통이 있는 걸까? 신을 믿으며 종교적으로 선을 추구하는 수많은 사람들이 왜 실제 삶에서는 그와 정반대로 다른 사람들을 배척하고 미워하는 걸까? 왜 세상은 갈수록 혼란스럽고 불안해지기만 할까? 그렇다면 과연 신은 존재할까?

종교가 의미하는 것

종교는 우리가 살고 있는 물질세계 바깥쪽에 있는 어떤 존재(혹은 존재들)에 대한 믿음이라고 정의할 수 있다. 그 존재는 유대교나 기독교, 이슬람교에서처럼 한 사람일 수도 있고, 힌두교나 신도新道, 도교, 불교의 일부 종파에서처럼 여러 명일 수도 있지.

서양에서는 세상을 만들고 유지하고 자신의 피조물을 사랑하는 유일신, 즉 하나님에 대한 믿음이 지배적이란다. 그러다 보니 하나님과 밀접한 관계를 유지하기 위한 다양한 의식이 생겼다. 하나님은 한 인간의 탄생과 결혼, 죽음을 가족과 함께 준비하고 위로한다. 사람들은 특별한 날에 하나님에게 축복을 빌고, 고난을 겪을 때는 하나님에게 기대기도 하지.

더 느슨한 형태의 믿음도 있다. 서로 다른 종류의 믿음과 의식이 공존하는 것이지. 예를 들어 네팔에서는 성공을 위한 의식puja은 힌두교의 바라문에게 주관해 달라고 청하고, 친척의 장례식을 치를 때는 불교 승려에게 부탁하며, 몸이 아플 때는 무당에게 굿을 해달라고 청한단다.

일본에서는 기독교나 불교를 주로 믿지만, 대부분의 의식은 신도新道 승려들이 주관하고 윤리적인 문제는 유교적 가르침을 따른다. 하나의 체계란 존재하지 않지. 언젠가 일본 학생들에게 어떤 종교를 믿느냐고 물은 적이 있는데 무척 대답하기 어려워했던 건 보면 그들은 종교라는 말의 뜻을 서양인과는 전혀 다르게 생각하는 것 같더구나.

　이런 이유로 일본이나 중국 여행객들은 서구 사회를 이해하는 데 어려움을 느끼기도 한단다. 잉글랜드같이 상당히 세속적인 곳조차 그들의 눈에는 매우 영적이고 종교적인 전제로 가득 찬 것처럼 비쳐지지. 그도 그럴 것이 서구 사회의 철학과 시, 예술 그리고 일상생활 전반에 걸쳐 하나님의 흔적이 보이거든. 그러므로 그 뒤에 있는 기독교의 유령을 생각하지 않으면 서구 사회를 제대로 이해할 수 없다. 어쩌면 동양인들이 교회에 다니든 안 다니든 서양인들을 종교에 심취한 사람들로 생각하는 것이 당연한 일일지도 모르겠구나.

천국은 세상을 닮는다

대부분의 사회가 무척 오랫동안 하나님 혹은 신이 먼저 존재했고, 신이 인간을 만들었다고 믿어왔다. 그러나 점차 이런 생각에 의문을 품는 사람들이 늘어났단다. 19세기에 이르자 많은 사람들이 인간이 거꾸로 신과 종교를 만들었다고 생각하기 시작했지. 사람들이 자신의 모습에 따라 신을 만들어냈다는 것이다.

　신이 인간을 만든 게 아니라 인간이 신을 만들었다는 생각은 고대 그리스의 기록에서도 찾아볼 수 있다. 16세기에 몽테뉴는 '인간은 미쳤다. 구더기 한 마리도 만들어내지 못하면서 수십 명의 신을 만들어냈다'고 말했다. 그로부터 200년 후 프랑스 철학자 몽테 스키외는 '만약 삼각형이 신을 만들어냈다면 그 신에게는 세 개의 면이 있을 것이다'라고 꼬집었다.

이런 생각을 허구라고 비판할 수만은 없다. 왜냐하면 신이나 천 국과 지옥에 대한 사람들의 생각이 너무나 다양하기 때문이다. 유 대교와 기독교, 이슬람교를 만들어낸 유목민족은 자신들의 신을, 동물을 선물로 바라는 목자들의 족장이나 아버지 같은 모습으로 그렸다. 그에 반해 논과 밭에서 곡식을 기르며 사는 정착민들은 자 신들의 생활방식을 반영해 크고 작은 다양한 신이 있는 힌두교나 도교, 신도 등을 만들어냈지. 이런 상황을 보면 사람들이 자신의 현 실을 반영해 신을 생각하고 있음이 분명하다.

천국에 대한 생각도 마찬가지다. 네팔의 한 마을에서는 죽은 영 혼이 이승의 마을과 비슷한 곳에 산다고 믿는다. 이승에서 키우던 동물과 비슷한 동물을 키우고, 비슷한 음식을 먹으며, 비슷하게 춤 추고, 살아 있을 때 살던 집과 비슷한 집에서 산다고 믿지. 차이는 천국에는 이승과 달리 병이나 힘든 노동, 죽음이 없다는 것뿐이다. 이런 식의 투사projection는 영국 시인 브룩의 시에도 잘 나타난다. 물고기들이 자신들의 천국을 어떻게 생각할지 상상해서 쓴 시다.

물고기는 말한다.

자기에게는 시내도 있고 샘도 있다고.

그런데 그것을 넘어서면 뭐가 있을까?

물고기는 말한다.

시간과 공간을 넘어선 곳, 어딘가에
더 촉촉한 물이 있고, 더 끈끈한 진흙이 있다.
그곳에서는 모든 것이 완벽하다.

미끼는 낚싯바늘을 감추지 않는다.
물고기는 말한다.
그곳 영원한 시내에는
평범한 잡초보다 더 좋은 것들이 있으며
천상의 것처럼 아름다운 진흙도 있다.

색이 변하지 않는 나방과
죽지 않는 파리
그리고 죽지 않는 벌레들이 있다.
그리고 모두가 바라마지 않는 그 천국에는
더 이상 땅이 없을 것이다.

소규모 사회에 살면서 비슷한 경험을 하고 비슷한 가치관을 갖
고 산다면 천국을 자신들이 사는 모습 그대로, 다만 고통만 없는 곳
으로 상상할 수 있다. 그런 천국을 만들고 그곳을 통치하는 하나님
을 만들어놓으면 초자연적인 질서가 이승에서의 생활방식과 도덕

규칙을 인정해준 것처럼 생각할 수도 있지. 그러다 보니 하나님과 천국을 이승과 닮은 모습으로 만들고, 이승은 다시 천국을 닮는다.

물론 천국을 건설하는 일은 이보다 훨씬 더 복잡한 일이란다. 대부분의 사회가 오랫동안 사람들을 계급, 계층, 성, 직업 등으로 분리해 왔다. 만약 그중 한 집단이 천국을 만들어내면 그것은 그들만의 천국이다. 그렇기에 여성해방론자들이 하나님을 여자라고 생각하고, 젊은이들이 젊은 하나님을 생각하며, 흑인들이 백인 하나님을 별로 좋아하지 않는 거란다.

유일한 해결책은 성공회처럼 하나님과 천국, 영적 세계를 가능한 애매하고 추상적으로 만드는 것이다. 그런 주제에 대해 질문하면 구름과 애매한 아버지 같은 존재만 있고 나머지는 믿는 사람이 알아서 채우도록 하는 식이다.

기억할지 모르겠지만 너도 어렸을 때 선물 돌리는 놀이가 끝없이 이어지는 릴리 나름의 천국을 만들어낸 적이 있다. 그 천국에서는 상자를 열면 누구나 상을 받는데, 상은 그 사람이 마음속으로 간절히 원하는 것이었지.

신이 인간을 만들었든 인간이 신을 만들었든, 그 속에 인간이 바라는 꿈과 희망이 담겨 있는 것만은 확실하다. 종교는 우리가 사는 세상과, 그곳에 사는 우리의 바람을 반영한다.

종교와 죄의식의 관계

종교적 규칙을 가진 사회는 강한 죄의식을 퍼뜨린다. 윤리적 규칙을 깨는 것은 하나님이나 신들을 노하게 하는 일이지. 기독교에서는 하나님이 수음이나 거짓말, 속임수 같은 것을 처벌한다고 생각한다. 그러나 종교와 윤리가 구분돼 있는 사회에서는 사정이 다르다. 예를 들어 일본에서는 성 윤리를 어기면 사회적으로는 제재 당할지 몰라도 신이 화낼 만한 일이라고 생각하진 않는다.

그런 이유 때문에 16세기 기독교 선교사들은 처음 일본에 도착해서 많은 어려움을 겪었다. 그중에서도 특히 사람은 죄가 많다는 것을 납득시키기가 어려웠다고 하더구나. 일본인들에게는 기독교적인 '죄'라는 개념 자체가 없었기 때문이다. 그러니 일본인들은 세상의 죄를 사하기 위해 희생한 예수를 믿고 구원을 받으라는 종교를 믿을 이유가 없었다.

기독교 선교사들은 다른 지역에서도 비슷한 문제에 부딪혔다. 부족 사회 사람들도 좋은 사람과 나쁜 사람, 도덕적인 사람과 그렇지 못한 사람, 친절한 사람과 불친절한 사람을 구분한다. 하지만 그들에게는 이런 구분이 천국 혹은 지옥에 가는 것과는 전혀 상관이 없는 문제였다. 그들에게는 지옥이란 것이 존재하지 않기 때문이다. 그들은 사람이 죽으면 죽은 자들이 모두 가는 곳으로 가거나 아니면 이 세상에 다른 형태로 다시 태어난다고 믿었다. 그래서 선교사들은 먼저 그 사람들에게 죄인의 개념을 인식시키려 애썼단다. 마신은 모든 것을 알고 있다.
그래서 다른 사람은 다 속여도 신을 속일 수는 없다.
신이 그렇게 전지전능한 존재라면
왜 인간의 고통을 그냥 방관하고 있을까?
그것도 신의 뜻이란 말인가?

치 장사꾼이 물건을 팔기 전에 물건이 왜 필요한지 먼저 설득하듯이 말이다.

일부 사회에서는 나쁜 짓을 하고 발각되면 그때서야 수치심을 느낀다. 나쁜 짓은 타인에게 발각될 때만 문제가 되는 것이다. 그에 반해 기독교를 믿는 곳에서는 죄의식을 갖는다. 나쁜 짓을 하면 스스로가 인간 사회를 초월해 존재하는 누군가를 배신했다고 느끼지. 그래서 거짓말이나 성적으로 문란한 행동을 했을 때 설사 남에게 들키지 않더라도 하나님이 알고 계신다는 생각 때문에 죄의식을 갖는다. 로빈슨 크루소도 무인도에 자기밖에 없다는 것을 알면서도 때때로 죄의식을 느꼈다. 보이지 않는 신이 자신을 지켜보고 있다고 생각했기 때문이다.

물론 수치심과 죄의식을 대립시키는 것은 다소 단순화된 설명일 수 있지만 죄에 대한 태도의 차이를 설명하는 유용한 방법이다. 심각한 죄의식은 많은 사람을 힘들게 했고 때로는 파괴했다. 반대로 죄의식을 느끼지 못하는 사람들은 옳고 그름을 구분하지 못하는 부도덕한 초인으로 변하기도 했다. 스탈린이나 마오쩌둥에게 약간의 죄의식이 있었다면 좋았을 것이고, 반대로 죄의식에 너무

사로잡혀 있는 사람은 좀 자유로워질 필요가 있다.

'절대적 악'의 탄생

악과 악마라는 두 단어는 분리가 불가능할 정도로 밀접하게 연관 돼 있다. 주기도문의 '우리를 악에서 구하시고'라는 표현은 원래 '우리를 악마로부터 구하시고'였다. 최근 들어 절대적인 악, 악의 제국, 악의 축과 같은 표현이 많이 사용되면서 악이라는 말이 유행 어처럼 번지고 있더구나. 그렇다면 도대체 악은 무엇이고, 악은 정 말 존재할까?

우리는 흔히 비도덕적이고 잘못된 생각과 행동을 악이라고 부 른다. 그중에서도 주로 반사회적인 행동, 즉 강간, 동물 학대, 심각 한 거짓말, 근친상간 등을 악이라고 부르며, '매우 나쁜 것'을 의미 하지. 아무도 여기에 이견을 제시하지 않을 것이다. 그런 의미에서 너무 극단적이거나 잘못된 이유로 행하는 행동은 모두 악한 것으 로 변할 수 있다. 블레이크의 말처럼 '나쁜 의도로 말한 진실은 어 떤 거짓말보다 더 나쁠 수 있다.'

문제는 정치인이나 성직자가 잔인한 살인 행위나 테러리스트 의 공격을 '절대적 악'이라고 비난할 때 생긴다. 때로 극단적인 분 노나 혐오감을 나타내기 위해 이런 용어를 사용하지. 어떤 일을 절 대적 악이라고 칭하는 것은 우리가 할 수 있는 최대의 비난이다.

그래서 히틀러나 무고한 시민을 살해한 자살폭탄 테러범 등을 절대적 악이라고 부른다.

악은 악마라는 단어와의 역사적 연관 속에서 이런 강한 의미를 갖게 됐다. 사람들은 악한 인간이나 악한 행동을 결코 용납하지 않는다. 그것을 이해하기 위해 노력할 필요도 전혀 없다고 생각한다. 자신은 어떤 일이 있어도 악한 인간이 되거나 악한 행동을 하지 않을 것이라고 생각하기 때문이다. 악행은 완전히 비합리한 일이고 타락한 것이며, 악의적인 의도를 갖고 있다고 간주하지.

절대적 악은 우리 주변을 떠돌고 있는 사탄, 악마, 거짓 그리스도 같은 어두운 힘에서 나온다. 그리고 그것은 좋은 것(하나님)과 악한 것(악마)이 극단적으로 대립한다고 믿는 곳에서만 존재할 수 있다.

하지만 대개의 문명에는 이런 대립이 없다. 많은 일본인들은 일본에 원자폭탄을 떨어뜨린 일을 악한 행동이라고 생각할 것이다. 그러나 그들에게는 사탄이나 악마라는 개념이 없기 때문에(힌두교나 불교, 신도, 도교에는 이런 개념이 없다) 그 사건을 절대적인 악이나 악마의 음모라고 생각하지 않는다.

왜 신은 인간의 고통을 방관할까

사람들은 누구나 삶의 의미를 찾고 싶어 한다. 그럴 때 사람들은 자애롭고 전지전능한 창조주라는 존재와 매일 자신의 주변에서 벌어지는 끔찍한 일들을 어떻게 연결시킬 것인가라는 난해한 문제에 부딪히지.

셰익스피어도 이 문제를 진지하게 탐구했단다. 그의 작품을 보면 리어왕이 "짓궂은 아이가 파리를 갖고 놀듯이 하나님은 인간을 갖고 논다. 신은 재미로 인간을 죽인다"고 말하는 부분이 나온다. 블레이크는 사자에게 "양을 만든 창조주가 너도 만들었느냐?"고 묻는다. 테니슨은 '왜 친한 친구가 죽었는지 알고 싶어 하지만 아무리 주위를 둘러봐도 보이는 것은 철저하게 냉정한 자연'뿐이라고 말한다. 조셉 헬러의 표현이 가장 재미있다. '자신의 신성한 창조계 안에 충치와 담즙을 반드시 포함시켜야 한다고 생각한 절대자를 얼마나 존경할 수 있는가?'

우리는 마치 덫에 걸린 것처럼 보인다. 만약 하나님이 많은 사람들이 주장하는 그런 존재라면 하나님은 왜 그토록 많은 고통을 용납하는 걸까? 그런 고통을 모두 주관하는 것처럼 보이는 하나님이라는 존재를 과연 믿을 수 있을까? 르완다 학살이 벌어지는 동안 도대체 하나님은 어디 있었을까? 하나님은 스탈린의 강제 노동 수용소, 히틀러의 집단 수용소, 폴 포트의 킬링필드에 존재했을까? 홍수나 화재, 화산, 지진, 태풍 같은 재해가 일어날 때 하나님은 무엇을 하고 있었을까?

전통적인 대답은 만족스럽지 못하다. 인간은 원죄 때문에 벌을 받는 것이며 하나님에게 복종하지 않아 고통을 자초했다고 말한다. 그러나 만약 하나님이 그토록 현명하고 전지전능한 분이라면 이런 결과를 미리 예측하고 뱀을 죽이거나 별 탈 없는 사과나무를 주었어야 옳지 않았을까?

또 다른 답변을 보자. 하나님은 마치 부모가 사랑하는 자식에게 자유 의지를 허가하듯이 인간에게 실수를 저지를 자유를 주었고 그 결과 고통 받을 자유도 주었다고 한다. 철모르는 아이를 위험에서 보호하려면 안락한 방에 가두어야 할지도 모른다. 그런데 하나님은 우리에게 멋진 세상을 주셨고, 인간이 좋은 선택이든 나쁜 선택이든 마음대로 할 수 있게 만들었다. 그래서 나쁜 선택을 하면 부상당하거나 위험한 상황에 처할 수도 있다는 것이다. 이는 물론 가능한 이야기일 수 있지만 여전히 시원한 답은 아니지.

일부 종교는 세계를 고통에 찬 환상으로 여기며 이런 현상을 설명한다. 세상이란 시련과 불행의 연속이며 인간은 그곳에서 빠져나와 내면에 충실하면서 열반Nirvana을 기다려야 한다는 것이다.

어쨌든 중요한 것은 인간은 일정한 자유 의지를 지니며 그것을 통해 나와 타인의 행복을 증진시키도록 노력해야 한다는 사실이다. 어떤 경우에도 고통은 탄생의 순간부터 우리와 함께 한다. 고통은 삶의 한 부분이다. 그래서 우리도 결국 니체처럼 '인간이 신의 실수 중 하나인지 아니면 신이 인간의 실수 중 하나인지'를 끊임없이 질문하는 것이다.

○

돈·시간·언어

우리 는 왜
그것 에
지배당하는 걸까?

우리는 흔히 자신이 원하는 대로 생각한다고 믿는다. 하지만 이는 완전한 환상이란다. 태어나는 순간부터 우리의 정신은 특정한 방식으로 생각하고, 특정한 물체를 보며, 특정한 연관을 맺고, 특정한 사물을 가치 있는 것으로 여기도록 만들어지거든. 그 이외의 다른 것들은 눈에 보이지 않으며 중요하게 여기지 않는단다. 이런 여과 과정은 내가 이 편지를 쓰는 방법이나 네가 편지를 읽는 방법에도 영향을 미치지.

실체를 알 수 없는 어떤 힘은 우리의 생각과 정신을 통제한다. 나는 이렇게 우리의 정신을 통제하는 수많은 것들 중에서 시간, 돈, 언어에 대해 이야기하려고 한다. 그것들이 어떤 식으로 우리의 인생을 지배하는지 그리고 어느 정도까지 우리가 통제당하고 있는지 말할 것이다.

왜 우리는 돈에 지배당할까

돈은 일종의 허구다. 그 자체로는 아무런 가치도 없는 상징물일 뿐이지. 돈으로 사용되는 금이나 은, 보석, 종이조각, 조개껍질은 그 자체로는 별 용도도 없고 가치도 없다. 다만 인간이 가치를 부여했을 뿐이다. 그래서 상상할 수 있는 모든 것을 돈으로 통용할 수 있다.

학교에서는 구슬이나 흰 쥐, 사탕이 돈으로 쓰인다. 아시아의 많은 지역에서는 아직도 차茶 덩어리를 돈으로 사용하지. 차는 돈으로 사용하기에 아주 유용하다. 비상시에는 최소한 끓여 마시기라도 할 수 있기 때문이다. 다른 지역에서는 소금, 후추, 향신료 혹은 향을 돈으로 사용한다.

어떤 형태이든 가치의 척도나 교환의 수단으로 사용되면 진정한 돈이라고 할 수 있다. 돈의 가치를 결정하는 것은 돈에 대한 우리의 태도다. 성경에도 나와 있듯이 악의 근원은 돈이 아니라 돈에 대한 사랑이기 때문이다.

돈은 사물의 교환을 가능하게 해준다. 우리는 하나의 상품을 만든 후에 돈으로 다른 상품과 교환하지. 그래서 돈 자체에는 도덕성이나 내적 본질이 없지만 생활의 모든 부분에 영향을 미치는 것이다.

우리는 소망한다. 돈으로부터 자유로워지기를.
시간에 쫓기며 살지 않기를.
하지만 그런 소망을 이루는 이는 많지 않다.

그러나 우리는 일부 특정한 영역에는 '이곳은 돈과 관계없다'는 암묵적인 표지판을 세워놓고 그곳을 돈으로부터 보호한다. 돈이 닿지 않는 곳이 존재하는 것이다. 할아버지는 킹스 칼리지 특별연구원이라는 자격으로 대학 성당의 100분의 1을 소유하고 있지만 그 땅을 팔 생각은 결코 하지 않는다. 또 케임브리지 시 한가운데 있는 공원은 아무도 살 수 없다. 크리켓 팀 회원 자격이나 합주단 자격, 케임브리지 대학의 입학 자격 또한 돈으로는 살 수 없다. 진정한 사랑이나 우정, 진리와 종교적 구원도 마찬가지다.

그럼에도 불구하고 우리는 거의 모든 분야에서 돈의 인질이 된 것 같아 보인다. 하지만 돈은 손가락 사이로 쉽게 빠져나가고 자신이 필요한 것보다 돈을 많이 갖고 있다고 생각하는 사람은 극소수에 불과하단다. 자본주의 사회는 이렇게 사람들이 느끼는 돈에 대한 필연적인 결핍감에 의해 굴러간다. 돈 자체에 대한 욕망은 언제나 돈이 부족하다고 여기게 만들지. 요정 이야기에 흔히 등장하는 것처럼 돈은 만지는 순간 재로 변하는 것 같기 때문이다.

현재 영국은 지구상에 존재하는 대부분의 사회보다 더 풍요롭고 부유하다. 영국 사회는 돈으로 살 수 있는 것들로 넘쳐난다. 그럼에도 만족감을 느끼는 사람은 거의 없다. 정반대로 사람들이 밀림과 숲을 돌아다니며 사는 매우 단순한 사회도 존재한다. 그 속에서 사는 사람들은 아무것도 가진 것이 없지만 자신의 삶에 무척 만족한다.

이런 모순은 만족이란 수단과 목적, 수입과 지출 사이의 균형에 있다는 것을 잘 보여준다. 찰스 디킨스는 『데이비드 코퍼필드』에서 이런 말을 했지. "연간 수입 20파운드에 연간 지출이 19파운드 6펜스면 행복하다. 그러나 연간 수입 20파운드에 연간 지출이 20파운드 6펜스면 한없이 불행해진다."

수렵 채취 생활을 하는 사회에 사는 사람들은 식량, 물, 집, 옷, 여가, 사회관계에 대해 한정적인 욕구만 가진다. 그래서 모두가 쓰고도 자원이 남는다. 그에 비해 우리의 욕구는 한정이 없고, 많이 갖고 있으면서도 계속해서 더 많은 것을 가지려고 한다. 그래서 어제 우리를 행복하게 했던 것이 오늘 우리를 더 이상 행복하게 만들지 못하는 거란다.

언젠가 삼십대 중국 남자를 만난 적이 있다. 그가 어렸을 때 가졌던 소원은 딱 한 가지, 도시에 사는 사촌처럼 매일 아침 찐만두를 먹는 것이었다고 한다. 그런데 그의 딸은 베이징대학에서 박사학위를 받고 싶어 했지. 기대 상승의 혁명은 이런 식으로 우리에게 영원히 만족하지 못하는 저주를 내렸다. 불교에서는 이 사실을 이해하는 것이야말로 두 번째의 귀한 진리를 깨닫는 것이라고 말했단다.

우리는 무엇인가를 선택하는 순간 다른 것을 잃는다고 생각한다. 예를 들어 우리가 식당에서 먹을 수 있는 양은 정해져 있다. 그래서 카레를 선택하면 피자나 스테이크를 먹지 못한 아쉬움이 남는다. 로마인들은 더 많은 음식을 먹으려고 토하면서까지 먹었다지만 결국 그들도 모든 것을 먹을 수는 없었을 것이다. 우리는 언제나 더 많은 것을 원한다. 행복은 엄청난 액수의 보너스를 받거나 더 나은 직업을 얻어야만 누릴 수 있다고 생각한다.

또 우리는 돈이 실제로 존재하며 돈이 많을수록 더 행복하다고 세뇌를 당한다. 심지어 유명 스타들은 광고 간판과 텔레비전 광고에 등장해서 우리에게 끊임없이 돈, 돈, 돈이라고 외쳐대지. 만약 우리가 돈을 계속해서 소비하도록 세뇌 당하지 않는다면 자본주의 경제 자체가 멈추고 말 것이다.

릴리야, 가끔은 한 걸음 물러나 생각해보아야 한다. 웃기는 말이지만 돈을 먹어보는 것도 정신을 차리는 한 방법이 될 수 있다. 차나 후추 형태의 돈이 아니라면 대개 아무 맛도 나지 않고 아예 먹을 수도 없다. 또 아일랜드 사람들이 냉소적으로 자주 말하듯이 '수의壽衣에는 주머니가 없다.' 유명한 경제학자인 아담 스미스도 "돈에 대한 종속과 불안감의 덫에서 빠져나가려면 어떻게 더 많은 돈을 벌 것인지를 궁리하지 말고 어떻게 적게 쓸 것인지를 생각하라"는 현명한 충고를 한 적이 있다.

물론 "최소한 재정적인 이유만 따져보더라도 돈은 가난보다 낫다"는 미국 영화감독 우디 앨런의 말처럼 세상을 살기 위해서는 어느 정도의 돈이 반드시 필요하다. 그러나 끝없이 늘어나기만 하는 욕구를 다 채울 만큼의 돈은 벌 수 없다. 그러므로 절약을 통해 돈에서 해방되고 자유롭게 사는 즐거움을 배워야 한다. 또한 돈을 나 혼자 쓰는 대신 조금씩 모아 자선을 베풀어 남에게 희망과 기쁨을 줄 수 있다면 가치 있는 인생이 될 것이다. 베이컨이 말했듯 돈은 거름과 같아서 널리 퍼지지 않으면 쓸모가 없기 때문이다.

왜 우리는 시간에 지배당할까

우리는 시간이 때로는 빠르게 때로는 느리게 움직인다고 말하지 않니? 그걸 좀 멋있게 표현해서 상대성이라고 한단다. 아인슈타인이 말했듯이 아름다운 여인과 함께 있으면 1시간이 1초 같고, 뜨거운 재 위에 앉아 있으면 1초가 1시간 같지. 이것이 바로 상대성이다.

우리는 계곡에서 특정한 종의 버섯을 만나면 그때가 바로 가을이라고 생각하는 아랍의 유목민들과는 다르다. 우리는 반대로 가을이 되면 버섯을 얻기 위해 계곡으로 가지. 시간을 먼저 생각하고 그에 따라 생활을 정해 나가는 것이다. 그뿐만이 아니다. 우리는 시간이 화살이나 강처럼 앞으로 쭉 흘러간다고 여긴다.

이처럼 시간을 일종의 진보나 선형적으로 파악하는 경향은 16세기 개신교가 등장하면서 더욱 강화됐다. 시간은 계속해서 앞으로 흘러가므로 지난 시간은 되돌아오지 않는다. 그래서 하나님은 우리가 시간을 낭비하지 않길 바란다. 종교혁명 이후 우리는 우리가 하는 모든 일과 소비하는 매 시간을 하나님께 해명해야 했고,

시간을 유용한 활동으로 바꾸는 것이 특히 중요하다고 여겼다.

그러나 그 이전의 모든 문명에서 시간은 자연의 순환을 반영하는 것이었다. 사람들은 시간이 순환한다고 믿었지. 식물과 동물이 탄생, 성장, 노화, 죽음의 과정을 거치면 그 후에 모든 것이 다시 태어난다고 믿었단다. 낮과 밤, 계절, 하늘의 별을 봐도 순환한다는 것을 알 수 있지. 그래서 10세기까지만 해도 시간을 재는 도구는 고작해야 해시계와 중력을 이용하는 모래시계, 물시계 정도였다.

그러다가 10세기경부터 이상한 일이 일어나 시간이 해방됐다. 중력의 연속적인 움직임을 조그만 조각으로 나누는 자동 기구가 발명된 것이다. 시계의 똑딱거림처럼 규칙적으로 앞뒤로 회전하는 장치였다.

어떤 사람들은 수도원의 규칙적이고 꽉 짜인 생활습관 때문에 정확한 시계를 발명할 필요가 있었다고 주장한다. 다시 말해 시간에 대한 새로운 생각은 기계식 시계가 발명되기 훨씬 이전부터 존재했다. 그러나 정반대로 12세기경부터 발전한 새로운 시계가 더 정확한 시간관념을 갖게 해주었다고 주장하는 사람들도 있다.

어느 주장이 옳든 간에 시간이 우리의 정신을 상당 부분 통제하고 있음은 분명하다. 우리는 시간을 내면화했고, 시간을 두려워하거나 시간과 싸우고 있으며, 시간을 마치 돈처럼 소비가 가능한 상품으로 생각한다. 최근 케임브리지 대학 학생들을 대상으로 조사한 결과, 시간을 볼 수 있는 휴대전화가 널리 보급됐음에도 여전히 학생들이 가장 많이 가지고 다니는 기계는 시계인 것으로 밝혀

졌다.

지금은 시간을 100만 분의 1이나 10억 분의 1까지 쪼개어 생
각한다. 우리의 문명은 고도로 분화된 시간에 맞춰 정확하고 빠르
게 움직이고 있다.

한편 전통 사회에 살던 대부분의 사람들은 과거를 대단히 중요
하게 생각했다. 그들은 조상을 공경하고 전통을 소중하게 생각하
며 기억의 시간을 살았다. 그에 비해 우리는 과거를 이방인이 살던
낯선 땅처럼 여기지. 특히 미국처럼 무척 빠르게 변화하는 사회에
서 사는 사람들은 현재를 가장 중요시하며 과거보다는 미래에 대
해 더 많이 생각한다. 그들은 자신과 과거 세대와의 관계를 전혀
보지 못하거나 거의 생각하지 않는다. 한마디로 과거와의 줄이 끊
어진 것이다. 그래서 역사적인 사실보다 공상과학 소설을 더 흥미
로워하지.

왜 이런 변화가 생겼을까? 먼저 종교의 영향이다. 대개의 종교
는 부처와 무하마드의 생애처럼 위인이 살던 과거의 위대한 시간
에 기초한다. 하지만 기독교는 앞을 내다보며 재림을 기다린다. 반
면 기독교는 마치 공산주의처럼 유토피아적인 신앙으로 모든 죄와
불행이 지상에서 사라질 미래를 기다린다.

기술도 일정한 역할을 했다. 급격한 변화는 현재를 과거로부터
분리시켜놓았다. 인쇄술과 컴퍼스, 화약의 발명으로 17세기 철학
자들은 스스로를 고대인들과 다르다고 생각했다. 그들은 순환적인
세계를 벗어나 진정한 진보를 이뤘다고 생각했다. 과거로부터 배

울 것이 없고, 미래를 보는 것이 더 중요하다고 생각하는 것은 우리도 마찬가지다. 인터넷이나 휴대전화, 생명공학, 최첨단 무기 등이 전혀 없었던 과거의 세계는 우리에게 가르쳐줄 것이 없는, 그저 낯선 세계일 뿐이다.

카스트적 위계질서에 기초한 사회에서는 과거를 강조하는 경향이 있다. 과거의 일들이 현재의 불평등을 설명하고 정당화해주기 때문이다. 귀족 가문은 자신들의 가계家系를 소중하게 생각하며 조상을 공경한다. 평민들조차 출신 성분이 계급을 결정하는 현실을 당연한 일로 받아들인다.

하지만 미국에서는 (최소한 백인들은) 과거를 강조할 필요가 없었다. 미국은 사람이 모두 태어날 때부터 평등하다는 원칙에 기초한 새로운 세계였기 때문이다. 과거에 대한 관심을 강조할 필요가 없다 보니 과거는 자연히 사라질 수밖에 없었다. 그저 스스로 자기 인생을 개척하면 된다. 미래를 바라보고 지금 살고 있는 세상을 만들어내는 일이 세계관이 된 것이다. 그래서 가계도를 찾아보는 것은 단순한 취미가 되고 말았단다.

미국 사람들은 미국이 위대한 미래를 만들어낼 것이라고 희망하며 믿고 있다. 미국에 처음 도착해서 세관을 통과할 때 '안녕하세요' 혹은 네팔에서 흔히 말하듯이 '아침 드셨습니까'라는 인사말 대신 '좋은 하루 보내세요'라는 인사를 받고 무척이나 놀란 적이 있다. 단순한 인사말에서조차 그들이 과거가 아닌 미래를 보면서 현재를 살고 있음을 느꼈기 때문이다.

왜 우리는 언어에 지배당할까

우리들 정신의 숨겨진 부분을 살펴보는 일은 언어 때문에 더욱 어려워진다. 키플링이 말했듯이 '말은 인간의 가장 강력한 마약'이기 때문이다. 언어의 힘은 정신적인 것에만 한정되지 않는다. 일본 사람들이 말하듯 '친절한 말 한마디가 겨울 세 달을 따뜻하게 한다.' 우리의 감정, 행동 모두가 언어의 영향을 받고 있다.

언어가 우리의 생각을 완전히 결정하는 것은 아니라고 해도 우리가 세상을 보고 느끼고 말하는 준거점을 제공하는 것은 분명하다. 그래서 비교언어학자인 워프는 "우리는 자연을 모국어가 만들어놓은 기준에 따라 나눈다. 언어는 경험을 단순히 전달하는 도구가 아니라 그것을 규정하는 것이다"라고 말했단다.

예를 들어 영어와 호피족의 말을 비교해보자. 워프에 따르면 영어에서는 시간이 과거와 현재, 미래로 나뉘어 있다. 그런데 호피족의 말에서 시간은 이미 나타난 것과 나타나는 과정 중에 있는 것으로 나뉘며 영어와 같은 구분은 없다. 자연히 시간에 대한 생각도 미국인들과는 다르지.

한편 일본어에는 시제時制가 없다. 따라서 어떤 일이 일어난 것인지, 일어나고 있는 것인지, 일어날 것인지를 구분할 방법이 없다. 대명사도 없어서 어떤 일을 하는 사람이 나인지, 우리인지, 너인지, 다른 사람인지 알 수 없다. 긍정과 부정의 구분도 분명치 않다. 그래서 누군가를 초대했을 때 그 사람이 '하이'라고 말했다면 오겠다는 말일 수도 있고 오지 않겠다는 말일 수도 있단다.

나는 언젠가 일본인 친구와 함께 식당에 간 적이 있는데, 그는 거의 15분 동안 식당 직원과 함께 메뉴판을 들여다보며 각각의 음식이 정확히 어떤 것인지 확인했다. 그렇게 정성을 들였음에도 불구하고 정작 나온 음식은 우리가 예상했던 것과 상당히 달랐다. 그제야 나는 왜 일본 사람들이 '언어는 의사소통의 방해물이다'라는 속담을 갖고 있는지를 이해할 수 있었지. 그리고 일본인들이 왜 '하라게이*'를 말보다 더 중요하게 생각하는지도 알 수 있었다.

모든 언어에는 나름대로의 특징이 있다. 영어는 문법은 단순하지만 단어가 많다. 라틴어에서 파생된 프랑스어나 스페인어, 이탈리아어 등 라틴 계통 언어는 모든 명사에 성性이 있지. 중앙아메리카 인디언들의 언어는 어떤 사물이 말하는 사람과 가까이 있는지 멀리 있는지, 그것이 눈에 보이는지 안 보이는지를 분명히 밝힌다. 또 히말라야 지역의 언어는 지역적 특성상 '가다'라는 동사를 올라가다, 내려가다 혹은 평지에서 가다 세 가지로 세분한다.

그렇다면 어떤 사물이 있는데 만약 그것을 표현하는 단어가 없다면 어떻게 될까? 그럴 때 우리는 그 사물을 과연 제대로 볼 수 있을까?

이 질문에 대한 답은 러시아어와 영어를 비교해보면 우회적으로 찾을 수 있단다. 러시아어의 경우 짙은 파란색과 옅은 파란색을

* 몸짓

말하는 단어가 다르다. 물론 영어에는 그런 구분이 없다. 때문에 언어학적으로 두 가지 파란색을 구분하지 못하는 영국인들이 옥스퍼드 대학의 조정 팀을 상징하는 짙은 파란색과 케임브리지 대학의 조정 팀을 상징하는 옅은 파란색을 구분하지 못할 것이라고 생각하는 사람도 있을 수 있다. 그러나 실제로 그런 일은 없다. 파란색과 녹색을 별개의 단어로 구분하지 않는 네팔 사람들도 파란 하늘과 녹색 초원의 차이를 안다.

사고하는 능력은 생존을 위한 강력한 도구이며, 언어와 문화는 그런 사고의 표현이다. 그런데 우리는 특정한 문화와 언어의 틀 안에 갇히기도 한다. 그래서 틀 밖에 존재하는 것들은 무심히 지나친다. 문화와 언어의 눈가리개는 최소한 반쯤은 드러나 있다. 그러므로 학교에서 외국어를 배우는 등 외국 문화에 대한 체험을 통해 우리를 가둔 틀을 깨달을 수 있다.

이렇게 해서 우리는 우리의 인생을 지배하는 돈과 시간과 언어에 대해 살펴보았다. 그것들이 만들어낸 현재와 과거의 잔상은 가족이나 학교, 미디어, 친구들에 의해 강화된다. 그러므로 상당한 노력을 기울여야 우리가 거의 아무 생각 없이 따르는 '정신의 우상'이라는 잔상에서 한 걸음 뒤로 물러나 관조할 수 있을 것이다.

민주주의

민주주의가
왜 유행하고
있는 걸까?

사람들은 흔히들 정치학이 지루하고 추상적인 학문이라고 말한다. 나는 그런 말을 들을 때마다 생각나는 일이 있단다. 너는 어렸을 적에 'Democracy(민중의 정치, 민주주의)'라는 단어를 처음 보고 'Demo-Crazy(민중의 미친 짓)'라고 읽은 적이 있지. 나와 네 엄마는 폭소를 터트렸고, 너는 당황해서 어쩔 줄 몰라 했다. 그런데 돌이켜 보니 그때 네가 단어를 잘못 읽기는 했어도 뜻은 제대로 맞춘 게 아닐까 하는 생각이 들었단다.

어쨌든 너는 '민주주의' 사회에 살고 있고, 네 주변에는 민주주의가 무척 좋은 것이어서 전 세계로 수출해야 한다고 말하는 사람이 많을 것이다. 그만큼 민주주의는 최고의 정치 형태일까? 정말 그런지 알아보기 위해서 먼저 민주주의가 무엇이고 어떻게 작동하는지 이해해야 한다.

민주주의라는 말에는 두 가지 의미가 있다. 우선 정치체제로서의 민주주의라는 뜻이 있는데, 옥스퍼드 영어사전에는 '민중에 의한 정부 즉 민중이 주권을 지닌 정부 형태'라고 적혀 있다. 그것은 일정한 연령을 넘은 모든 사람이 투표권을 갖는 정치 형태를 말하지. 또한 투표권을 행사할 때 선택이 가능하도록 적어도 두 개 이상의 당이 존재해야 한단다. 하나의 당만 존재하는 민주주의란 성립될 수 없다.

민주주의는 한 사람이 지배하는 독재와 반대되는 개념이다. 독재에는 소수가 지배하는 과두정치, 부자가 지배하는 금권정치, 왕이나 한 혈통의 지배자가 통치하는 군주정치 등이 있다. 물론 민주주의도 미국이나 프랑스의 공화제, 영국의 입헌군주제처럼 다양한 형태를 지닐 수 있다.

민주주의에는 사회 현상으로서의 민주주의라는 뜻도 있다. 옥스퍼드 영어사전을 보면 민주주의가 '모든 사람이 동등한 권리를 갖는 사회 상태'라고 적혀 있지. 다시 말해 민주주의는 평등하고 관용적인 사회 형태를 말한다. 그 안에는 의사 표현의 자유와 법 앞에서의 평등, 기회의 평등과 같은 내용이 담겨 있다.

민주주의는 당연한 현상이 아니다

현재 민주주의는 지구상에서 가장 흔하고 가장 많은 사람들이 원하는 정치 형태란다. 그래서 민주주의가 오랫동안 성공적으로 유지됐다고 생각하기 쉽지. 하지만 사실은 전혀 그렇지 않단다.

100년 전까지만 해도 지구상에 사는 사람 중 누구도 엄격한 의미의 민주주의 사회에 살았다고 보기 어렵다. 20세기 중반에는 많은 민주주의 국가가 전체주의와 공산주의에 의해 사라질 뻔했지. 그리고 1980년대까지만 해도 민주주의는 지구상에 존재하는 정치 형태 중 소수에 속했다. 그때까지 대부분 독재정치 아래 살았던 게야. 1989년 옛 소련이 붕괴하면서 비로소 민주주의 국가가 독재 국가보다 많아졌다. 그렇다면 왜 많은 나라가 그렇게 좋다는 민주주의가 아닌 다른 정치 형태를 갖고 있었을까?

정치에서 가장 어려운 것은 중도를 걷는 일이란다. 문명의 역사를 돌이켜보면 가끔씩 혼란과 분열이 극심한 때가 있었지. 로마제국이 멸망한 후의 유럽, 아편전쟁 직후의 중국, 옛 소련 붕괴 후의 동유럽 등이 그랬다. 사회에 혼란과 분열이 기승하면 지역의 족장이나 인민위원, 군벌 등이 권력을 잡고 도둑떼가 극성을 부린다. 국가는 해체돼 권력을 독점적으로 통제하지 못하지. 한편 주민들은 짓밟히고 이리저리 끌려다니면서 불만을 갖게 된다. 그러다가 차츰 부가 축적되고, 기술이 발전되고, 일시적 동맹이 장기적으로 유지되면 모든 것이 변한다. 국가 차원의 정치권력이 정착되고 지역

현재 민주주의는 지구상에서 가장 흔하고
가장 많은 사람들이 원하는 정치 형태다.
그래서 민주주의가 오랫동안
성공적으로 유지돼왔다고 생각하기 쉽다.
하지만 사실은 전혀 그렇지 않다.

적 저항은 분쇄되는 게야. 이렇게 되면 다른 정치 집단의 결속은
금지된다. 정치에서는 혼란과 해체의 시기에서 과도한 통합 혹은
완전한 통제를 이루려는 시기로 이동하는 것이 흔한 일이다.

　흔하진 않아도 공화정과 같은 대안이 나타나기도 한다. 아테네
와 초기의 로마제국, 15세기의 피렌체 공화국, 17세기의 네덜란드
공화국이 그 예다. 공화정 체제에는 왕이나 독재자 같은 유일한 지
배자가 없다. 시민 모두가 정부에 참여하지.

　그러나 공화정은 상당히 불안정한 체제여서 흔히 군주제로 이
행되곤 했다. 예를 들어 잉글랜드에서 크롬웰이 이끈 공화정은 불
과 몇 년 만에 크롬웰의 아들에게 승계해야 한다는 비민주적인 생
각으로 변질됐다. 또 1789년 프랑스 혁명으로 프랑스 공화정이 세
워졌지만 얼마 뒤 등장한 나폴레옹은 자신을 지도자로 내세우고
새로운 왕조를 수립하려고 했다.

　권력은 속성상 한 사람의 지배자나 그의 가족 혹은 측근들에게
집중된단다. 그래서 공화정은 대개 소규모의 정치 단위에서 존재
하며 단명하는 특징이 있지. 실제로 18세기 후반까지 프랑스, 스페
인, 일본, 중국과 같은 거대 국가에서 공화정이 몇 년 이상 유지된

경우가 없다. 20세기 새로운 형태의 독재정치 시대에는 전통적인 지배자나, 민중의 손에서 빼앗은 권력을 공산당이나 전체주의 국가가 넘겨받았다. 중국과 러시아가 전자에 해당하고 독일, 이탈리아, 스페인이 후자에 해당한다. 그러므로 많은 나라가 지금처럼 민주주의를 택하고 있는 것은 오히려 이상하고 전례도 없는 일이다.

왜 민주주의가 유행하는 것일까

어떤 사람들은 민주주의가 경제적으로 성공했기 때문에 현재와 같은 인기를 얻고 있다고 말한다. 민주주의가 개인들이 안전하게 자신의 경제적 목적을 추구할 수 있도록 보장하는 제도임은 분명하거든. 민주주의는 경제적 성공과 군사적 성공을 만들어내는 경향이 있는 것처럼 보이기도 한다. 하지만 이런 주장에는 문제가 있다.

민주주의가 자동으로 경제를 성장시키지는 않는다. 1930년대 미국 대공황에서 볼 수 있듯이 민주주의가 거꾸로 경제 공황을 유발하는 경우도 있고, 오늘날 놀라운 경제 성장을 보이는 중국처럼 단기적으로는 독재가 민주주의보다 경제 발전에 더 기여할 수도 있다. 하나의 정당이 지배하는 관료제 국가인 싱가포르나 일본도 일반적인 민주주의 없이 놀라운 경제 성장을 이룩했지. 따라서 민주주의가 경제 성장을 보장하지는 않으며, 경제 성장을 위한 유일한 길도 아니다.

한편 민주주의가 지도자를 뽑을 수 있는 권리를 줘서 시민의 지지와 사랑을 얻었다고 주장하는 이들도 있다. 사람들은 투표를 하면서 자기 삶을 스스로 통제하고 있다는 자유를 느끼고, 민주주의 체제를 소중하게 생각하거든.

하지만 경제적으로 실패했을 때 사람들이 민주주의를 얼마나 빨리 포기했는지를 생각해보렴. 히틀러와 무솔리니가 그 예지. 또 영국에서 수많은 사람들이 지방 선거나 유럽연합 선거에 참여하지 않고, 미국에서도 국회의원 선거에 참여하는 사람들의 수가 급격히 줄어드는 현상을 떠올려보렴. 민주주의에 대한 사람들의 애정은 보기보다 그렇게 강하지 않을 수 있단다.

민주주의가 가진 위험 요소들

민주주의가 가진 위험 요소 중 하나는 이른바 '다수의 횡포'라고 알려진 것이다. 민주주의 원칙에 따르면 정부는 다수의 뜻을 존중해야 하지. 그러나 다수의 뜻은 변덕스러우며 자유정신에 어긋날 수 있고 언론과 선동가에 의해 편협해지기도 한다. 중국의 마오쩌둥, 독일의 히틀러 같은 이들에 의해 대단히 위험하게 변질되기도 하지. 유대인들은 다수의 횡포에 의한 피해를 수없이 당했다. 그리고 많은 곳에서 난민과 동성연애자, 집시들이 다수의 편협함 때문에 고통 받고 있다.

정치가가 스스로 국가를 위해 최선이라고 생각하는 일을 할 때도 위험이 존재한단다. 그것이 그를 뽑아준 사람들의 뜻과 어긋날 수 있기 때문이지.

또 다른 위험은 우리의 복잡한 삶이, 대립하는 정당들 중 하나를 선택하는 문제로 축소되는 데 있다. 선거 때가 되면 각 정당은 공약으로 자신들의 생각을 제시한다. 대개의 경우 지지하지 않는 정당에서 제시한 공약 중에도 마음에 드는 것이 있게 마련이다. 그러나 우리는 한 정당에만 표를 줄 수 있지. 정권을 잡은 정치인들은 자신을 뽑아준 사람들이 기대하지 않았던 정책을 펼치기도 한다. 대다수 유권자들이 꼼꼼히 살펴보지 않은 공약을 들먹이면서 말이다. 그 결과 사람들은 속았다고 생각하며, '선출된 독재elective dictatorship'라고 비난한다.

심지어 권력을 잡은 정당이 1, 2년 정도 지나서 가장 열성적인 지지자들도 받아들일 수 없는 새로운 세금제도와 형법제도를 도입하기도 한다. 물론 사람들은 지역구 의원에게 편지를 써서 항의할 수 있지만 거의 효과가 없다고 느낀다.

영국의 노동당 정부의 총리를 지낸 애틀리는 이런 사실을 솔직하게 시인했다. '민주주의는 토론에 의한 정치를 의미한다. 그러나 민주주의는 사람들이 말하는 것을 막을 수 있을 때만 작동한다.'

민주주의의 유일한 장점

많은 이들이 민주주의의 유일한 장점은 임기 말에 선거를 통해 정치인이 한 일을 심판할 수 있는 것이라고 말한다. 심판을 통해 권력의 남용을 막을 수 있다는 것이다. 누구든지 권력을 잡으면 모든 문제의 원인이라고 비난받으며 낡아 보이게 마련이기 때문에 정부는 주기적으로 바뀐다. 이것이 독재로 향하는 길을 막는다.

어떤 사람이든 일단 권력을 잡으면 멍청해 보이고, 애처로울 정도로 부적합해 보이고, 시민들을 심각하게 속였다는 느낌을 준다. 그런데 그것이야말로 민주주의가 작동하고 있다는 증거란다. 나는 최근 중국에 갔다가 그곳 젊은이들이 지도자들을 늙고 멍청하고 부패했다고 생각한다는 것을 알았다. 그들은 무척이나 냉소적이었는데, 나는 그들에게 냉소주의가 영국에서는 지난 300여 년간 지속됐으며 그것이 바로 민주주의의 강점이라고 말했다.

권력을 잡은 자들을 완전히 믿어서는 안 된다. 소설가 디포가 말한 것처럼 '자연은 우리의 피 속에 티 하나를 남겨두었다.' 그래서 누구라도 여건만 허락되면 폭군이 될 수 있지. 영국 수상을 지낸 처칠도 다음과 같이 말했다. '민주주의는 지금까지 인간이 시도해 본 다른 형태의 정부를 제외하면 가장 최악의 정부 형태다.' 민주주의는 때로 권력을 그럴 듯하게 포장한 껍데기에 불과할 수도 있다. 그러나 안타깝게도 현재로서는 그보다 나은 제도를 생각하기 어렵구나.

성문헌법이 과연 사람들을 보호하고 있을까

사람들은 흔히 성문법이 있으면 지배자나 다수의 횡포를 막을 수 있다고 생각한다. 물론 미국 헌법과 같은 성문법은 위대한 문서로, 개인의 자유와 양심의 자유를 보장하지. 그러나 미국 헌법이 유지된 이유는 역설적이게도 그것이 대단히 모호하거나 자명한 원칙들, 영국의 불문법에서 따온 뻔한 생각들을 표현한 것에 지나지 않기 때문이다. 법규를 사람에 따라 얼마든지 다른 방식으로 해석할 수 있으며 실제로도 그래왔다. 성문법은 그 자체로는 자유를 보장하지 않는다. 프랑스와 이탈리아, 독일에도 지난 200여 년간 성문법이 있었지만 그곳 사람들은 폭정에 시달렸다.

유럽 단일 헌법을 도입하려는 시도는 너무 개방적이고, 너무 쉽게 변경이 가능하고, 개별 국가들의 주권을 침해하고, 책임 소재가 불분명하다는 이유로 많은 사람들의 반대에 부딪혔다. 단일 헌법은 분명 지나치게 많은 것을 담으려고 하다가 오히려 포화 상태에 이를 것이다. 또한 법률에 포함되지 않은 것들로 인해 자유가 증진되기보다 오히려 파괴될 가능성이 높다.

소극적 자유 vs 적극적 자유

자유에는 소극적 자유와 적극적 자유가 있다. 소극적 자유란 다른 사람이 심지어 국가까지도 개인에게 할 수 없는 일이 있는 거란다. 법률에 정한 절차에 의하지 않고는 어느 누구도 개인의 신체나 재산을 함부로 침해할 수 없다. 법적인 근거 없이 언론이나 행동, 결사의 자유를 제한할 수 없다. 이런 몇 가지 소극적인 규칙만으로도 생활이 보장되지.

이처럼 자유에 대한 소극적인 정의는 현재와 같은 다문화 사회에 필요한 유연성을 갖고 있다. 운동 경기의 개방성은 경기 규칙이 소극적이라는 데 있다. 축구만 해도 그렇지. 축구에는 골키퍼만 공을 손으로 만질 수 있고, 상대방 선수를 넘어뜨릴 수 없고, 오프사이드를 범할 수 없다는 등의 규칙이 있다. 그러나 상대방 선수가 웃으면 같이 웃어줘야 한다든지, 늘 정중하게 상대를 대해야 한다든지, 기회가 있을 때마다 상대방과 악수를 해야 한다는 식의 적극적인 규칙은 없다.

미국의 위대한 업적 중 하나는 오랜 기간에 걸쳐 수없이 많은 이민자를 받아들인 것이다. 물론 이제 더 이상 미국을 거대한 용광로라고 볼 수 없지만 분명 서로 다른 기원을 가진 다양한 집단이 상당히 잘 어울려 살고 있다. 이는 미국인이 된다고 해서 반드시 따라야 할 일이 많지 않았기 때문에 가능했지. 물론 미국인으로서 다른 시민에게 하지 말아야 할 일은 분명히 있었지만 말이다. 사람을 죽이거나 남의 물건을 훔치거나 남의 입을 막는 일은 할 수 없지만 미국인이기에 반드시 해야 하거나 믿어야 할 것은 거의 없다. 국기에 대해 예의를 표하거나 애플파이를 먹거나 추수감사절에 칠

면조를 먹는 일도 원치 않으면 안 해도 된다.

대영제국에 속한 국가들에도 소극적 규칙이 존재했다. 규칙들은 어떤 경우에도 개인의 양심과 신념, 문화의 다양성을 침해하지 않았다. 이것은 유럽 대륙의 가톨릭적인 전통과 대비됐지. 많은 영국인이 유럽의회나 유럽헌법을 통해 적극적인 인권 조항이나 차별 제한과 같은 정치적·법적 질서를 도입하려는 시도를 불안한 시선으로 바라보는 것도 이런 이유 때문이기도 하다.

그에 반해 적극적인 자유란 어떤 일을 할 수 있는 권리이며, 자연히 때로는 의무이기도 하다. 학교에 가고 직업을 갖고 치료를 받을 권리 말이다. 적극적인 자유가 상당히 그럴 듯하게 들리지만 문제는 대단히 많은 것을 일일이 명기해야 한다. 분명하게 밝혀지지 않은 것은 권리가 아니라고 여길 수 있기 때문이다.

적극적인 자유는 과거 유럽 대륙법의 핵심 내용이었다. 그러나 결국 관료와 변호사의 일거리만 만들어주었다. 세세한 내용에 충실하려는 의도는 좋았지만 자칫 진정한 민주주의를 질식시키는 결과를 낳을 뻔했거든.

많은 사람이 법과 정치는 개인의 행동 방식에 대해 명령하지 말아야 한다고 생각한다. 그것은 종교의 영역이다. 전체주의와 공산주의는 지도자가 도덕적인 방향이라고 생각하는 곳으로 사람들을 이끈다. 그것은 정치와 종교의 역할을 한데 묶어놓은 것과도 같다. 그래서 사람들은 법과 정치가 개인이 무엇을 하지 말아야 하는지를 정하는 데 그쳐야 한다고 생각하지.

민주주의를 경계해야 하는 이유

뉴기니 사람들은 2차 대전 당시 백인들이 활주로를 건설하는 것을 보았다. 그리고 곧 비행기가 날아와 엄청난 양의 화물을 쏟아내는 것도 보았다. 결국 뉴기니 사람들은 활주로가 자신들에게 필요한 물품을 내려주는 열쇠라고 생각했다. 활주로가 비행기를 끌어 모은 것처럼 보였기 때문이었지. 그래서 그들은 활주로를 만들고 화물기가 도착하기만을 기다렸지만 결국 실망할 수밖에 없었단다.

우리가 민주주의에 걸고 있는 기대도 이와 비슷하다. 우리는 민주주의가 때로 경제적 부나 여러 가지 형태의 자유와 연관되는 것을 목격했다. 그래서 민주주의가 우리의 기대를 저버리지 않을 것이라고 생각한다. 그리고 설득을 통해서, 힘을 통해서, 심지어는 뇌물을 통해서라도 전 세계에 민주주의를 건설하면 민주주의와 연관된 결과가 자동으로 따라올 것이라고 결론짓는다.

그런 기대는 우리에게 실망만 안겨줄 것이다. 민주주의가 다양한 요인의 결과라는 사실을 망각한 것이기 때문이다. 민주주의는 우리가 갈망하는 여러 가지 일의 원인일 뿐 아니라 결과이기도 하다. 이런 사실을 잊는다면 우리는 '카고 컬트Cargo Cult*'를 믿는 사람들이 되고 말 것이다.

---

* 뉴기니 사람들이 하늘에서 자신들이 원하는 물건을 내려줄 것이라 믿는 화물 숭배

민주주의는 영원할 수 있을까

민주주의의 성공을 위해서는 경제 성장이 반드시 필요한 것인지도 모른다. 옛 소련이 붕괴된 가장 큰 원인은 경제적 성과가 부실했기 때문이다. 민주주의는 부를 만들었기에 승리했다.

그러나 앞에서 이야기한 것처럼 민주주의가 그 자체로 성장을 보장하지는 않는다. 경제 성장이라는 측면만 놓고 본다면 다른 체제가 민주주의보다 오히려 더 효과적일 수도 있지.

민주주의가 평등을 보장하는 것도 아니다. 민주주의는 물론 법 앞에서의 평등과 법치주의를 전제로 한다. 그러나 현실적으로 보자면 민주주의가 언제나 평등을 보장하지는 않는다. 미국을 보렴. 개인이 민주주의 하에서 정치적으로 자유로울 수는 있지만 물질적으로는 궁핍할 수도 있단다.

이른바 '역사의 종언'을 말하는 사람도 있지만 성급한 얘기다. 민주주의적 자본주의의 승리는 결코 영원히 보장된 것이 아니다. 앞으로 100년이라도 더 민주주의를 유지하기 위해서는 대단히 신중해야 하며 운도 따라야 할 것이다. 또한 민주주의의 열매와 축복을 다른 지역에 퍼뜨리는 가장 좋은 방법은 자만이 아닌 겸손이다.

결국 민중이 적극적으로 참여하고 지속적으로 의심해야만 민주주의를 계속 유지할 수 있다.

○

주술

우리는 왜
미신을 믿을까?

릴리야, 해리 포터는 너도 읽은 적이 있는 책이지. 해리 포터 이야기는 전 세계적으로 선풍적인 인기를 얻었다. 물론 사람들이 주술이나 마법을 믿어서 그런 것은 아니겠지만 분명한 사실은 사람들이 주술이나 마법에 대해 관심을 가지고 있다는 것이다. 왜 사람들은 주술에 관심을 갖는 것일까?

주술이란 인간의 일상적인 문제를 초자연적인 특수 능력에 호소하여 해결하려고 하는 일련의 기법을 의미한단다. 그래서 흔히 주술을 행하는 사람들은 그 자체가 효력이 있다고 믿는 주문과 의식을 사용하지. 주술에는 백주술과 흑주술이 있는데, 백주술은 개인 또는 사회를 위해 선용되는 주술로 좋은 힘을 뜻하며, 흑주술은 반사회적으로 악용되는 주술로 나쁜 힘을 뜻한단다[*].

불행은 주술사를 부른다

우리는 거의 날마다 좋지 않은 일이 왜 일어나는지 설명하고 이해해야 한다. 친구가 다치거나, 아이가 아프거나, 내가 사고를 당했을 때, 꼼꼼히 계획을 잘 세웠는데도 목표를 이루지 못했을 때 불행과 절망의 이유를 찾는 것은 당연하다. 고통을 줄이기 위해서 또 미래에 똑같은 일을 당하지 않기 위해서도 필요한 일이지. 왜 하필이면 그때 차가 미끄러져 사고를 냈을까? 왜 다른 사람이 아닌 내가 병에 걸렸을까?

물론 대개의 경우 우리는 명백한 이유를 알고 있다. 차 사고가 났을 때 길이 미끄러웠고 주변도 어두웠다. 그러나 전에도 같은 길을 수없이 다녔지만 아무 문제가 없었다. 전에도 소독이 안 된 물을 마시고, 새로운 식당에 가고, 벌레에 물린 적이 있다. 그렇지만 병에 걸린 적은 없었다. 그런데 왜 이번에는 병에 걸렸을까? 우리는 아주 어릴 때부터 '어떻게'라는 물음과 '왜'라는 물음을 구분하게 된다.

말라리아에 걸린 한 아프리카인이 의사를 찾아가 자신이 주술

---

[*] 이후 이 책에 쓰인 주술은 흑주술에 대한 이야기다 - 번역사 주

에 걸렸다고 말했다. 의사는 말라리아는 모기가 전파한다고 설명했다. 그러자 환자는 그건 아는데 도대체 누가 모기를 보냈느냐고 물었다.

이런 예는 또 있단다. 북아프리카의 아잔데족 사람이 무너진 곡물창고에 깔렸다. 사람들은 모두 흰개미가 나무기둥을 갉아 먹었기 때문에 사고가 났다는 것을 알고 있었다. 하지만 사람들은 '왜 하필 그 사람이 그곳을 지날 때 사고가 난 걸까? 우연한 일을 의도한 주술사는 도대체 누구일까?'라는 질문을 멈추지 않았지.

사람들은 어렸을 때부터 대부분의 일이 다른 사람의 결정에 의해 일어난다고 생각하는 경향이 있다. 그래서 흔히 겪는 고통도 어떤 인간적인 힘이나, 고의로 해를 입히려는 어떤 사람 때문에 생긴 것이라고 자연스럽게 믿는다. 일단 그런 원인이 있다고 생각하면 문화에 따라 여러 가지 선택이 가능해진다. 원인이 악령일 수도 있고 조상이나 하나님 혹은 주술사일 수도 있다.

그중에서도 다른 인간의 사악한 의도를 전제로 하는 주술사를 원인으로 내세우는 데는 여러 가지 이점이 있다. 악령은 상당히 다루기 어렵다. 또 조상이 우리에게 나쁜 일을 한다고 생각하기에는 상당히 마음이 불편하다. 하나님은 우리를 죽이거나 불구로 만드는 존재가 아니라 우리를 사랑하고 보호하는 존재라고 여긴다. 그에 반해 우리에 대해 양면적인 태도를 갖고 있는 사람이 많다는 것을 알고 있다. 사람들은 변덕스럽기 때문에 내게 나쁜 일이 생기기를 몰래 바랄지도 모르며 실제로 그런 의도를 주술로 실천하고 있는지도 모른다고 여긴다. 그러다 보니 어떤 고통이나 뜻하지 않은 사고를 당했을 때 주술사를 원인으로 생각하기 쉽다. 다른 사람이 우리에게 나쁜 일이 생기기를 원했기 때문에 사고가 하필 그때 난 것이라고 화살을 돌리는 것이다.

사람들이 주술의 힘을 믿은 이유

오늘날에도 이 세상의 많은 고통과 문제가 주술 때문에 생겨난다고 믿는 사회가 많다. 별들의 움직임, 신의 분노 혹은 무작위적인 우연 같은 이유는 별로 인기가 없다. 그런 이유를 믿어봐야 할 수 있는 일이 별로 없기 때문이다. 별은 접근할 수 없고, 우연이란 통제가 불가능하고, 신은 따져 물을 수 있는 존재가 아니며 인간의 의지와 달리 그만의 계획으로 움직인다. 반면 주술사는 찾아낼 수 있고 맞서 싸울 수도 있다. 주술사는 우리처럼 생각하지만 의도가 사악할 뿐이다. 주술사를 찾기 위해 우리는 점쟁이의 도움을 받는다.

다양한 종류의 신탁과 의식을 사용하는 점占은 불행의 원인을 찾아내는 기술이다. 거울이나 유리구슬에 나타난 모습을 보거나, 주사위, 뼈, 돌을 던지거나, 재나 모래 위에 남겨진 발자국을 보거나 혼령을 불러 목소리를 듣는 방법으로 문제를 일으킨 주술사를 찾아내고 주술사에 대항하는 행동을 취하는 것이지. 또 악을 막고 피해를 본 사람을 치유하기 위해 굿을 하거나 특별한 물건을 사용하는 등 주술을 풀기 위한 조치도 취할 수 있다. 그런데 주술을 막는 방법이 잘못된 것이라고 해도 증명할 길이 없다. 치료에 실패하면 주술사가 너무 강하거나, 주술사에게 대항하는 방법이 잘못된 것일 뿐이다. 주술사를 잘못 지목했다고 하면 진짜 주술사가 가짜 흔적을 남긴 것이 된다.

주술은 완전히 폐쇄된 세계다. 그 전제에 의문을 제기할 방법이 없다. 과거에는 거의 모든 사람이 주술의 힘을 믿었다. 만약 그것에 의심을 품으면 그를 주술사이거나 주술에 걸린 사람이라고 여겼다. 그것은 공산주의 같은 폐쇄적 체계와 여러 가지 면에서 비슷하다. 공산주의는 이 세상에 존재하는 많은 고통의 이유를 설명해준다. 어떤 새로운 증거도 그 이유를 합리화시킬 뿐이다. 따라서 공산주의는 고통으로 가득 찬 삶을 사는 사람들에게 대단히 매력적인 이념이 됐단다.

주술을 통해 죄의식을 덜 수 있을까

우리는 가까운 친구나 가족을 포함한 모든 사람에게 양면적인 감정을 갖고 있다. 주술은 이런 생각을 설명하고 때로는 합리화할 수 있도록 해준다. 주술사에게 책임을 돌림으로써 죄의식을 덜 느끼게 되는 것이지.

길에서 허름한 옷을 입고 구걸하는 걸인을 만나면 특히 걸인이

왜 하필 나만,
왜 하필 이 시간에
고통을 당해야 하는가?
나약한 인간은 그 탓을 미신에게 돌렸다.
과연 미신의 세계는 믿을 만한 것일까?

소녀거나 아이를 업은 여자인 경우라면 무척 당황스럽고 혼란스러워진다. 돈을 주지 않을 때 우리는 마음속으로 이렇게 합리화한다. '저 사람한테 돈을 쥐어주는 건 계속해서 구걸하게 만들 뿐이야.' '그런 식으로 위협한다고 해서 넘어가지 않을 거야.' 그러나 우리는 여전히 죄의식과 무력감을 느낀다. 심지어 분노도 느낀다.

약 300년 전까지만 해도 많은 지역에서 이런 상황을 자주 볼 수 있었단다. 이 상황은 때로 다음과 같은 과정을 거쳐 주술적인 상황으로 변했지.

늙고 가난한 여자가 집에 찾아와 구걸을 한다. 그녀는 이웃이거나 혹은 먼 친척일 수도 있다. 전에는 도와준 적이 있지만 이번에는 거절한다. 종교는 자선을 베풀라고 말하지만 내 가족이 먹을 게 부족해질지도 모르고 구걸하는 사람이 계속 구걸하게 될 거라는 두려움으로 인해 거절하는 것이다. 그리고 죄책감을 느낀다.

그녀가 돌아가고 난 후 그녀가 중얼거리는 소리를 들은 것 같기도 하고 그녀의 얼굴에서 좋지 않은 표정을 본 것도 같다는 생각을 한다. 다시 생각해보니 그녀는 약간 무섭게 생겼고 주술사처럼 보이기도 했다. 걱정하기 시작한다. 그로부터 며칠 후 갑자기 아이가 아프거나 가축이 죽는다. 그녀가 화가 났기 때문에 이런 일이 생긴 게 아닌지 의심한다. 얼마 후 점을 치러 가거나 법정에 가서 이런 의심을 공개한다. 다른 사람들이 내 편을 들면서 비슷한 일이 있었다고 증언한다. 그녀는 감금되고 마녀로 재판을 받게 된다. 이런 상황은 역사적으로 늘 있었지.

주술적 믿음은 지적, 사회적으로 상당히 매력적인 선택이다. 주술에 대한 믿음이 매우 보편적이며 그 뿌리 또한 대단히 깊다는 사실은 그리 놀랄 만한 일이 아니다. 오히려 주술을 믿지 않은 사회가 존재했다는 사실이 더 놀랍지. 그 예로 일본을 들 수 있다. 일본인들은 거의 1000년 동안 주술을 믿지 않았단다. 17세기의 잉글랜드와 18세기 중반의 유럽 지역처럼 그 이전까지는 중요한 신념 체계로 받아들이던 주술이 사라진 곳도 있었다. 역시 상당히 흥미로운 사실이다.

주술의 쇠퇴를 설명하는 다양한 이론들

17세기 후반까지만 해도 유럽에서는 주술이 실제로 존재한다고 믿었고 주술사로 의심받은 많은 사람이 재판을 받았다. 그러나 100년 후 대부분의 지식인들이 그런 믿음을 거부했다. 법원에서도 더 이상 주술사로 의심되는 사람을 재판하지 않았다.

어떻게 이런 일이 일어날 수 있었을까? 주술이 나름대로 논리적이었다면 계속되는 '왜'라는 질문에 기껏해야 '나도 몰라' 혹은 '모두 우연이야'라는 답밖에 듣지 못하는 지금 세상에도 먹히지 않을까? 또 주술적 믿음이 다른 사람에게 죄의식을 투사함으로써 분노나 죄의식 같은 감정을 극복하도록 도왔다면, 지금은 왜 주술을 버리고 고통과 죄의식을 느끼면서 살고 있을까? 물론 우리가 주술을 믿지 않으면서 많은 가난한 사람과 노인이 고문과 죽음의 고통에서 벗어난 것은 좋은 일이지만 말이다.

사람들은 17세기 서유럽에서 실험 과학이 발전하면서 마술과 주술의 세계가 사라졌다고 설명한다. 부분적으로는 사실이다. 그러나 초기의 많은 과학자들이, 심지어 뉴턴 같은 위대한 과학자까지도 주술을 믿었다. 내가 입양한 네팔인 딸은 학교에서 생물학과 과학을 배웠음에도 불구하고 주술을 믿는다고 말했다. 설명할 수 없거나 치료가 불가능한 질병이 생기면 그 아이는 분명히 주술적 설명을 받아들일 것이다.

이는 과학이 '어떻게'라는 물음에 대해서만 부분적으로 답할 뿐이기 때문에 여전히 '왜'라는 질문에 답할 필요가 있다는 사실을 보여준다. 실제로 위대한 과학자들도 과학이 종교적 측면을 필요로 한다고 주장했지. 아인슈타인은 '종교 없는 과학은 절름발이고, 과학 없는 종교는 눈먼 것이다'라는 절묘한 표현으로 이런 주장을 옹호했단다.

주술을 그 원인이라고 생각했던 고통과 위험이 17세기 후반부터 상당 부분 감소되면서 주술이 쇠퇴했다는 설명도 있다. 그 이전까지는 주술적, 마술적 믿음이 우리가 통제하지 못하는 물질세계를 설명해 왔다. 다시 말해 문제를 해결하는 기술과 조직력이 부족할 때 인간은 주술과 마술의 세계에 빠진다는 것이다.

예컨대 사람들은 나무로 만든 약한 배를 타고 거친 바다로 나가려면 마법의 보호를 필요로 한다. 험한 도로 여행을 떠날 때 차 안에 조그만 부적이나 행운의 상징물을 다는 것처럼 말이다. 갑자기 많은 사람들이 원인 모를 병으로 죽으면 역시 부적 같은 마술적 보호 장치를 사용한다. 경제가 불안하고 범죄가 들끓고 엄청난 산불이 닥쳐도 주술적 세계에 대한 믿음은 증가하지. 그와 반대로 불, 홍수, 노년의 빈곤, 범죄, 질병의 위험이 낮아지면 자신감이 생기고, 주술이 서식하던 불안감이라는 습지가 마르면서 주술에 대한 믿음도 쇠퇴한다는 것이다.

이런 설명은 물론 근거가 있지만 상당히 많은 문제를 내포하고 있다. 위에서 언급한 많은 고통과 재난은 주술에 대한 믿음이 사라진 후에도 대부분 사라지지 않은 채 몇백 년 동안 그대로 남아 있었기 때문이다. 19세기 후반이 돼서야 질병의 원인이 제대로 밝혀지고, 공중위생이 정착됐으며, 노약자에 대한 복지가 어느 정도 향상됐지.

주술적 믿음은 강해졌다 약해졌다 한단다. 1970년대 내가 네팔의 한 마을을 찾아갔을 때만 해도 그곳에는 수없이 많은 주술사와 점쟁이가 있었다. 그러나 20년 후에는 점쟁이가 사라졌고 공개적으로 주술사를 비난하는 일도 줄어들었지. 주술적이고 마술적인 설명에 대한 관심이 줄어든 것이다. 물론 여전히 위험은 존재했고, 병원이나 전기, 비료 같은 서양의 과학적 해결책이 그 마을에까지 닿지 않은 상태였지만 그곳 사람들은 새로운 기술이 주술보다 훨씬 더 강하다고 믿고 있었다.

이렇게 된 데는 우연한 원인도 작용했다. 마치 의사가 병을 만들고, 변호사가 소송을 권유하고, 선생이 무지를 만들고, 선교사가 죄의식을 심어줄 수 있는 것처럼, 주술사를 찾아 생계를 이어가는 점쟁이들은 주술에 대한 믿음을 만들어내고 강화시킨다. 그런데 점쟁이들이 그 마을을 떠나 수입이 더 많은 도시로 가면서 주술적 믿음이나 주술사에 대한 비난이 수그러든 것이다.

반면 주술에 대한 공포가 더 커진 지역도 있단다. 아프리카의 많은 빈민촌에서는 주술에 대한 믿음과 자신을 주술로부터 지키려는 욕구가 더 커졌다고 하더구나. 주술을 따르는 신흥 종교도 늘어나고 주술을 해결하는 점쟁이도 늘어나고 말이다.

게다가 과거 마녀사냥의 배경이 됐던 공포라는 감정도 여전히 사라지지 않았다. 물론 지금은 마녀사냥이나 주술사를 찾는 것이 아니라 공산주의자나 테러리스트를 찾아내지만 말이야.

거리에, 도시 한편에 혹은 제3세계에 사는 배고픈 사람이나 희망 없는 사람들을 외면하는 것도 마찬가지다. 그들이 처한 상황을 그들의 책임이라고 비난함으로써 죄의식을 더는 주술을 걸고 있는 게지.

역사적으로 볼 때 과학이 발전하고 감당하지 못할 고통과 재난이 줄어드는 데다 우연적인 요인들이 겹쳐 주술에 대한 믿음은 전반적으로 쇠퇴했다. 하지만 그 부침은 여전히 남아 있단다.

우리가 주술과 마술로부터 자유로울 수 있을까

인형을 만들어 바늘로 찌르거나, 머리카락과 손톱을 태우거나, 이상한 약을 만들어놓고 주문을 외우는 걸 본 적 있니? 행동과 함께 말을 하기도 하지만 물체를 조종함으로써 자연이 어떤 일을 하도록 강제하는 것이다. 이것을 흔히 마술이라고 부르지.

아잔데족을 연구하면서 처음으로 내부적인 힘과 외부적인 힘을 구분하게 됐는데, 종교와 과학의 구분과도 유사하다. 종교는 주술처럼 내적이며 눈에 보이지 않는다. 마술은 과학처럼 외적이고 눈에 보인다. 또 마술은 과학처럼 자연을 통제하려고 한다.

현대인의 삶을 들여다보면 겉으로 보기에는 합리적이고 미신과 무관한 듯 보여도 실제로는 마술로부터 자유롭지 못한 것을 알 수 있다. 우리는 정치인을 저주하면서 정말로 저주가 그들에게 내리기를 어느 정도 바라지 않니? 또 두려움에 휩싸이면 구원을 바라면서 기도를 하고 예방을 위해 하루 종일 수십 가지 의식을 치르기도 하지. 여행을 가거나, 시험을 치르거나, 수술하러 병원에 갈 때처럼 예측이 불가능한 일을 하려고 할 때 여전히 마술의 힘을 빌

리고 싶어 한다. 이처럼 스스로 자신을 관찰해보면 얼마나 많은 마술적 행동을 하고 있는지 깨닫게 될 것이다. 특히 두렵거나 통제가 불가능한 일을 당했을 때는 더욱 그렇다.

그러므로 주술과 마술의 세계는 결코 멀리 있지 않다. 해리 포터나 호빗, 이상한 나라의 엘리스가 인기 있는 이유는 우리가 어른이 돼서도 마술의 세계를 완전히 버리지 못했기 때문이지. 위대한 예술은 그 힘을 마법이나 마술적 믿음에서 가져온다고 주장하는 사람들도 있다. 실제로 위대한 예술가들은 마술사처럼 보이기도 한다.

우리는 지금 마녀나 흡혈귀, 도깨비가 없는 계몽된 세계에 살고 있다고 생각한다. 그러나 단 몇 분만 책방을 둘러보거나, 텔레비전을 보거나, 학교 운동장에서 뛰어 노는 아이들을 살펴보면 그런 생각이 얼마나 잘못된 것인지 알 수 있다. 마술은 여전히 건재하고, 그 마술의 수도는 디즈니랜드란다.

불평등

왜 누군가를
차별할까?

우리는 끊임없이 평등을 추구하는 문명에 살고 있다. 그런데 어떤 사람들은 부자와 가난한 사람이 있다는 게 오히려 좋은 일이라고 주장한다. 그들은 그렇지 않으면 인생의 목표가 없어질 거라고 믿지. 또 백인종이 황인종이나 흑인종에 비해 더 우월하다고 말하는 사람도 있다. 정말 그 말이 옳을까? 더 큰 문제는 평등이라는 이상을 추구하는데도 불구하고 현실에서는 불평등이 갈수록 심화되고 있다는 사실이다.

가슴 아프지만 너도 여성이라는 이유 하나만으로 이류 인간처럼 취급하는 구시대의 유산과 부딪힐 것이다. 네가 여성이기 때문에 네 말을 제대로 듣지 않는 사람도 있을 테고, 네게 정당한 대가를 지불하지 않는 사람도 있을 것이며, 남성이라면 당하지 않을 수모를 겪을 수도 있다.

그러나 네 경우는 과거 여성들과 비교해 볼 때 상당히 나은 편임을 기억해야 한다. 현재 너와 동시대를 살고 있는 다른 많은 여성들보다도 나은 편이다. 지금도 여성은 태어날 때부터 가족의 소유물이라고 여기는 사람들이 많다. 아직도 힘든 일을 억지로 해야 하고, 아이를 반드시 낳아야 하고, 특정한 옷을 입어야 하며, 자기 몸을 훼손하는데도 참아야 하는 여성들이 많다. 성차별은 왜 그렇게 널리 퍼져 있을까?

우월하다고 주장하는 남성들의 논리

남성과 여성이 같다고 주장하는 사람들이 있지만 사실 남성과 여성은 신체적으로나 다른 면에서나 같지 않다. 그러나 차이를 인정하면 자연적인 차이가 불평등으로 이어질 위험이 있기 때문에 남성과 여성이 같다고 주장하는 것이다.

기독교에서는 아담의 갈비뼈로 만들어진 이브가 아담이 죄를 짓게 만들었다고 말한다. 이런 식으로 여성을 위험한 존재로 보는 전통이 다른 문명에도 오랫동안 존재해 왔지. 특히 종교가 여성을 열등한 존재로 보는 경우가 많고, 동아시아에서는 오랫동안 여성을 열등한 존재로 여겼다. 인도 힌두교는 여성이 남편과 형제들에게 복종해야 한다고 가르친다.

하지만 누구도 왜 여성이 열등한지를 분명하게 설명하지 못한다. 어떤 이들은 힘과 공격성이 중요한 사냥터와 전쟁터에서 남성이 여성보다 월등했기 때문이라고 말한다. 그러나 아마존의 여전사들은 남성보다 뛰어났다고 한다. 또 여성도 잘 무장하기만 하면 얼마든지 남성을 물리칠 수 있다.

생업에서 남성과 여성이 다른 역할을 맡았기 때문에 불평등이 생겼다고 말하는 사람들도 있다. 하지만 아프리카 지역에서는 여성들이 비록 단순한 도구를 사용하기는 해도 곡식을 생산하는 데 주도적 역할을 한다. 그런 지역에서는 여성들이 강하고 독립적이다. 반면 인도처럼 쟁기같이 무거운 도구로 남성들이 농사를 짓는 곳에서는 남성들의 지위가 높다는 것이다.

일리가 있어 보이지만, 스페인 북부나 포르투갈에서는 예전에 여성들도 쟁기질을 했다는 사실을 기억할 필요가 있다. 중국과 일본처럼 주로 괭이를 이용해 집약적인 쌀농사를 지은 곳에서는 여성들의 역할도 남성 못지않게 중요했다. 그렇다고 여성들의 지위가 높은 것은 아니었다.

영국의 역사를 보면 19세기에 공장과 탄광에서 중요한 역할을 한 사람들은 성별에 관계없이 모두가 열등한 소모품 취급을 받았다. 따라서 불평등의 기원은 정치적이고 경제적인 차원을 넘어서는 것으로 보인다.

어떤 집단을 열등하게 보는 것이 우리가 세상을 범주화시키는 방법을 반영하는 것이라고 보는 사람들도 있다. 우리는 흔히 인간 즉 남성이 만들어낸 문화 세계와 가다듬어지지 않은 힘이 지배하는 자연 세계를 대비한다. 여성들은 월경 주기를 통해서 달月에 종속돼 있으며 남성보다 감정적이라는 이유로 자연과 연결된다. 그렇지만 이런 구분은 대단히 자의적이어서 여성을 차별할 이유로 받아들이기 어렵다.

영적인 힘과의 직접적인 관계를 강조하는 개신교나 불교에서는 여성이 상당히 높은 대접을 받는다. 서유럽과 미국처럼 후기 산업 사회로 접어든 곳에서도 여성의 지위가 역사상 가장 높다. 또 남성들이 목축을 하거나 이주 노동하기 위해 집을 떠나 일하는 경우가 많은 곳에서도 여성의 지위가 높지.

실제로 내가 머물렀던 네팔의 한 마을에서는 남성들이 외국으로 일을 하러 가는 경우가 많았는데, 그곳 여성들의 지위는 대단히 높았다. 최근에 나는 '여성의 왕국'으로 알려진 중국 남서부의 윈난雲南 지방을 방문한 적이 있다. 그곳 남성들은 예로부터 인도로 가는 실크로드의 남서쪽을 따라 물건을 나르기 위해 1년에 6개월 정도 집을 비운단다. 그 사이 여성들이 집안과 농장을 돌보며 전체 공동체를 이끌어가지. 자연히 그곳에서도 여성들의 지위는 높았다.

역사는 과연 평등을 추구했을까

수십만 년 동안 지구에 존재했던 수렵이나 채취, 초기 농업 사회는 대체로 평등한 사회였다. 물론 '대인 大人'이나 다른 사람보다 더 부유한 사람들이 존재했고, 노예로 잡혀온 사람도 있었다. 그러나 카스트나 계급과 같은 고정된 사회 계층의 분화는 없었다.

진정 사람들의 생활방식과 기대 수준의 차이를 불러온 것은 문명의 발달이었다. 성城의 주인이 되고, 놀이에서 이기고, 다른 사람보다 더 많은 존경을 받고, 자신을 위해 다른 사람에게 일을 시키고 싶어 하는 보편적인 인간의 욕망이, 새로운 기술을 사용하면서 강화됐다. 권력을 가진 자들은 월등한 무기를 갖고 지배력을 강화해 나갔다. 이때 무기에는 말이나 화기, 문자, 돈, 법, 관료제, 심지어 종교까지 포함된단다.

우리는 겉으로는 끊임없이 평등을 추구하는 문명에 살고 있기 때문에 인간의 역사가 대부분 정반대 방향으로 진행됐다는 사실을 잊기 쉽다. 실제로 역사의 일반적인 경향은 계층 간의 차이가 더 벌어지는 것이다. 그리고 인간이 태어날 때부터 불평등하다는 것이 일반적인 가정이었다. 유럽의 지난 역사만 봐도 그렇다.

약 1600년 전 서로마 제국이 붕괴한 뒤에 대부분의 유럽 지역에서는 남아 있는 로마 문명과 외부로부터 들어온 소위 야만적 문명이 섞이기 시작했다. 노예제는 폐지됐지만 봉건제가 아직 정착되지 않은 상황에서 사람들은 군사 시도자를 따르거나 후원자를 위해 일하거나 자신의 무리를 만들어내기 시작했다. 제도화된 불평등이나 위계질서는 거의 존재하지 않았다. 세습되는 지위도 극소수였고 부와 인생의 기회에 있어 불평등도 적었지.

하지만 그로부터 천 년이 지난 후의 서유럽을 다시 살펴보면 그 사이에 극적인 일이 일어났음을 알 수 있다. 인구와 부가 증가하고 정교한 기술이 발전하면서 엄청난 불평등이 생겨난 것이다. 부자와 강력한 권력을 가진 자들이 나타났으며, 그들은 교육과 문화적 상징을 이용해 부를 사회적, 정치적 지위로 바꾸어놓았다.

결국 불평등이 심화됐을 뿐 아니라 유럽 전체가 거대한 카스트 사회처럼 변했다. 출신 성분에 따라 지위가 결정되고 법으로 보장된 혈통의 차이가 생긴 것이다. 그 결과 사람들은 귀족, 평민, 문맹 상태에 있는 농민으로 구분됐다. 출신 성분에 따른 구분 사이에는 커다란 간극이 존재해서 마치 인도의 카스트제도처럼 서로 다른 집단 간의 결혼이 금지됐을 정도였지. 귀족은 평민과 결혼할 수 없었고, 농민은 부르주아지와 결혼할 수 없었다.

이렇게 다른 사람을 지배하려는 인간의 본질적인 욕망은 새로운 기회나 도구와 결합해 불평등을 만들고, 불평등에 근거한 위계질서를 만들어냈단다. 하나님 앞에서 모든 인간이 평등하게 태어났다는 이전의 가정은 이제 원래부터 어떤 사람은 다른 사람보다 더 우월하게 태어났다는 새로운 가정으로 바뀌었지.

문명이 일정한 동요와 혼란의 시기를 거친 후 불평등한 모습으로 정착하는 경향은 다른 시기와 장소에서도 종종 볼 수 있는데,

어떤 이를 보면 나도 모르게 그를 차별한다.
그 순간 인간은 모두 같다는 생각을
애써 떠올려보지만 마음과 행동이 따로 논다.
왜 누군가를 차별하는 것일까?

중국 문명의 여러 단계와 17세기 일본 사회가 대표적인 예다.

그에 반해 1776년에 발표된 미국 독립선언서는 '모든 사람은 평등하게 태어났고 하나님으로부터 남에게 양도할 수 없는 권리를 부여받았다. 권리에는 생명과 자유, 행복 추구가 포함된다는 것을 자명한 진리로 여긴다'라고 밝히고 있다. 그 이전까지의 인류에게 그런 주장은 분명 허튼 소리로 들렸을 것이다. 왜냐하면 그전까지 사람들은 어떤 인간은 다른 인간에 비해 선천적으로 더 많은 재능을 타고났으며 더 똑똑하고 우월하다고 여겼기 때문이다. 또 모든 사람이 남에게 양도할 수 없는 권리를 갖고 있다고 여기지 않았지.

카스트와 계급, 인종

불평등은 여러 가지 형태로 나타난다. 첫 번째 형태는 '섞이지 않은' 혹은 '순수한 혈통의'라는 뜻을 가진 포르투갈어에서 파생된 '카스트caste'다. 카스트의 전형적인 형태는 인도 힌두교도 사이에서 찾아볼 수 있다. 카스트 제도에서 개인은 특정한 집단의 구성원으로 태어난단다. 각 집단은 성직자, 무사, 상인, 농부 같은 특정한

기능을 갖고 있으며, 어느 집단에 속하느냐에 따라 누구와 성관계
를 갖고, 누구와 결혼하고, 누구와 음식을 먹고, 누구와 접촉할 수 있
는지가 결정되지. 만약 자신의 집단을 벗어난 사람과 이런 일들을
하면 죄를 짓는 것이며 영적으로 위험하고 오염된다고 믿는단다.

불평등의 두 번째 형태는 '계급class'으로 나타난다. 계급은 인생
에서 얼마나 성공했느냐에 따라 결정된다. 계급은 혈통이나 출생
과는 근본적으로 관계가 없다. 오히려 경제적 문제지. 어떤 사람은
부유하고 어떤 사람은 가난하고, 어떤 사람은 생산 수단을 소유하
고 어떤 사람은 소유주를 위해 일해야 한다. 주로 상, 중, 하 세 계
급으로 나뉘며, 각 계급은 그 안에서 다시 나뉜다.

잉글랜드는 역사상 계급이 가장 분화됐고, 계급의식도 강한 곳
에 속한단다. 우리 할머니가 아주 전형적인 예라고 볼 수 있는데,
할머니는 세상을 여러 개의 서랍이 달린 커다란 상자로 생각했어.
극히 소수의 사람이 맨 위쪽 서랍에 속하고, 많은 사람이 중간 서
랍에 속한다는 거란다. 중간 서랍은 다시 상, 중, 하로 나뉘고 할머
니는 자신이 중간 서랍 중 맨 위쪽 서랍에 속한다고 생각했다. 맨
아래 서랍에 있는 사람들은 옷이나 말투, 취미만 봐도 구분할 수
있다고 생각했다.

불평등의 세 번째 형태는 '인종'이다. 이것은 경제적인 부와 종
교적인 오염을 섞은 형태의 차별이다. 다른 피부색을 가진 사람과
결혼하거나 성관계를 가질 수 없으며 음식을 함께 먹을 수 없다.
인종 차별의 과격한 형태는 노예제도로 나타나기도 한다.

미국식 태도에 대하여

전통적인 구분법 이외에 현재 우리가 따라가려고 하는 특이한 방식이 있는데 흔히 '미국식 태도American Way'라고 불리는 방식이다. 즉 모든 사람이 평등하게 태어났고 동등한 기회를 가져야 한다는 것이다. 그런데 이상하게도 평등한 기회와 능력에도 불구하고 어떤 사람은 부자가 되고 어떤 사람은 가난하다. 수수께끼가 아닐 수 없지.

완전한 평등이라는 기초 위에 세워진 미국은 역설적이게도 세상에서 가장 불평등한 분배가 이루어지는 사회다. 기회의 평등을 제공한다고 주장하는 사회에는 문제점이 있다. 사회의 가장 밑바닥으로 떨어질 경우 자신이 아닌 다른 어느 누구에게도 책임을 돌릴 수 없다는 것이다. 그러나 카스트 제도에서는 낮은 지위를 갖고 있다고 해도 개인의 책임이 아니다. 다만 태어날 때부터 이마에 그렇게 쓰여 있을 따름이다.

결국 기회가 평등하다는 사회에서는 교육 제도가 모든 부담을 진단. 자연적 불평등은 존재하지 않지만 수입이 다르고 사회적 위신도 다른 현실을 합리화할 무언가가 필요한 게지. 그래서 교육이 기준으로 등장한다. 모든 사람이 평등하다고 하지만 어떤 사람은 좋은 대학을 수석으로 졸업하고, 어떤 사람은 고등학교 졸업이 끝이다. 학력이 낮은 사람들은 경제적으로 그다지 여유로운 생활을 하지 못할 뿐 아니라 인생에서 실패했다는 마음의 부담까지 지

고 살아야 한다. 사회도 그들을 게으르거나 멍청하다고 평가하는
경향이 있다.

불평등을 만드는 것은 우리 모두다

사회의 부가 증가하면 대개의 경우 사회 집단 간의 격차도 벌어진
다. 처음에는 모든 것이 뒤섞여 있는 상태에서 사람들은 치열하게
경쟁하고 평등한 사회를 쟁취하려고 싸운다. 로마나 중국의 송나
라 같은 제국이 멸망한 이후 혹은 중세 일본의 혼란기에 집단 간의
구분은 퇴색했으며 사람들은 생존하기 위해 더욱 치열하게 다투
었다.

상황이 안정되고 부가 축적되면서 사회구조가 고정되기 시작
하면 집단 간의 격차는 뛰어넘을 수 없을 정도로 벌어진단다. 사람
들은 차츰 거대한 울타리 안에 살면서 다른 집단으로부터 자신을
보호하기 위해 높은 담을 치지.

만약 사회를 수직적인 사다리로 가정한다면, 그 사다리에는 단
지 몇 개의 계단만 있으며 계단 사이의 간격은 갈수록 넓어진다.
그렇게 되면 올라가기도 힘들고 내려가기도 쉽지 않다.

대개의 사회에는 앞에서 본 것처럼 무사-지배자 계급, 유식한
사제 계급, 상공 계급, 시골 노동자라는 네 개의 계단이 있었다. 그
밖에 어디에도 속하지 않는 유대인이나 집시 같은 버림받은 집단

도 있을 수 있다. 집단화는 시간이 갈수록 고착되는 경향이 있다.

하지만 잉글랜드의 사회집단에는 울타리가 없었으며 혹시 있었다고 해도 대단히 약해서 거의 의미가 없었다. 버나드 쇼의 희곡 「피그말리온」에 나오는 것처럼 꽃을 팔던 소녀도 말투만 바꾸면 상류층 귀부인이 될 수 있었다. 물론 울타리 안 사람들은 울타리를 지키려고 노력했지만 울타리 안의 누군가는 부자 아내를 맞이하거나 쓸모없는 자식을 쫓아내는 식으로 울타리의 경계를 계속 무너뜨렸다.

또 영국에는 느슨한 사회적 사다리뿐만 아니라 다른 사다리들도 많았다. 영국 성공회가 좋은 예지. 성공회에는 가난하고 거의 교육도 받지 못한 희망 없는 부목사에서부터 부와 지위에 있어서 어떤 영주에게도 뒤지지 않는 캔터베리의 대주교까지 다양한 계층이 존재했다. 재능 있고 의욕적인 사람이라면 누구라도 맨 위까지 오를 수 있었다.

상업 분야에도 사다리는 존재했다. 시골 마을의 보잘것없는 상점 주인에서 시작해서 거대한 무역업체의 사장까지 말이다. 법조계와 학계, 군대도 모두 마찬가지였다. 누구든 다른 계단으로 이동하거나 교육을 통해 아이들을 계단 위쪽으로 올려 보내는 것이 가능했다. 농사나 공업 분야에서 성공을 거둔 사람이 자기 아이들을 교회나 법조계라는 다른 사다리로 보낸 경우는 셀 수 없을 정도로 많다. 그래서 세습되는 직업은 거의 없었다. 이런 체계에서는 사람들이 언제라도 위로 오르거나 아래로 떨어지는 것이 가능하다.

우리는 마음속으로 '평등을 어렵게 만드는 이유는 우리 모두가 우리보다 나은 사람과 평등하기를 원하기 때문이다'라는 말에 동의한다. 우리는 모두 위로 올라가기를 바랐기 때문에 현재와 같은 사회 체계를 갖게 된 것이다.

○

테
러

테러리스트는
어떤 사람일까?

2001년 9월 11일 미국 자유경제와 민주주의의 상징인 국제무역센터와 워싱턴의 국방부 청사가 오사마 빈라덴이 이끄는 테러조직에 의해 무참히 파괴되는 대참사가 일어났다. 비행기를 이용한 이 테러로 인해 4대의 항공기에 탑승한 승객 266명이 전원 사망했으며, 국제무역센터와 펜타곤에서 발생한 인명 피해만도 5,000명에 달했다. 그 피해치만 따져도 인류 역사상 유래를 찾아볼 수 없는 경악할 테러로 기록될 것이다.

이에 미국을 비롯한 유럽 대부분의 나라에서는 이미 테러 범죄 처벌을 위한 형사입법이 실행됐다. 일본의 경우 일부 과격 단체들의 폭력이 테러 수준에 이르고 그와 동시에 국제 테러의 위험이 증가하면서 내부적으로는 치안을 강화하고 외부적으로는 국제 정보 교환에 적극 동참하는 등 그 해결책을 찾기에 고심하고 있지.

아마도 현대인 대부분은 '테러와의 전쟁'이나 '악의 축'이라는 말을 거의 매일 들으면서 살고 있을 것이다. 짐작컨대 훗날 역사책에 묘사될 21세기는 '테러'를 빼놓고는 설명하기 어려울 것이다.

우리가 평화롭게 일상을 누리고 있는 지금 이 순간에도 지구 곳곳에서는 종교나 이념의 차이, 선민의식, 자국의 이익 등을 명분으로 수많은 테러가 일어나고 있단다.

인류 역사상 그 어느 때보다도 테러의 위협과 공포에 시달리는 이유는 무엇일까? 테러는 왜 발생하며 도대체 어떤 사람들을 테러리스트라고 부를까? 현재 벌어지고 있는 테러와의 전쟁은 과연 새로운 것일까?

테러리스트 vs 자유의 투사

국가를 해치기 위해 활동하는 수많은 비밀 조직이 있는데, 흔히 반정부 조직이나 테러리스트 조직이라고 부른다. 여기서 중요한 점은 우리가 테러리스트라고 부르는 사람이 다른 사람에게는 자유의 투사로 보일 수도 있다는 사실이지. 체첸 사람들, 버마의 카렌 사람들, 아일랜드의 가톨릭 신자들, 바스크족, 쿠르드족, 나가족, 팔레스타인 사람들, 타밀 반군들을 흔히 테러리스트라고 한다.

그들이 독립할 수 있는 유일한 방법은 억압적인 정부나 외세에 대항해 조직화된 폭력을 사용하는 길밖에 없다. 그들은 스스로 자유와 존엄성을 위해 싸운다고 생각하지. 그러나 권력을 잡고 있는 사람들에게는 테러리스트에 불과하다. 결국 이는 관점의 문제다.

이런 사실은 한때 테러리스트라고 불리던 사람들이 목적을 달성하고 나면 더 이상 그렇게 불리지 않는다는 데서도 확인할 수 있단다. 이스라엘 정부나 마오쩌둥이 이끈 중국, ANC가 이끈 남아프리카 정부는 모두 한때 테러리스트였던 사람들이 탄생시켰다. 넬슨 만델라야말로 과거의 테러리스트가 국가적 영웅이 된 좋은 예다.

비밀 조직의 숫자는 점점 늘어나는 추세란다. 무기나 폭발물에 접근하기가 손쉬워졌고 자금도 풍부해졌기 때문일 게야. 제국주의자들이 만든 국경선 때문에 생긴 경우도 있지. 19세기에 중동과 아프리카 등지에 만들어진 국경선은 쿠르드족, 바스크족, 나가족, 타밀족 같은 종족의 자연적인 경계를 무시한 채 그들 사이를 가로지르고 있다. 그들은 강제로 그어진 국경선을 대단히 자의적이고 낯선 통치를 강요하는 것으로 여겼다.

이런 광범위한 문제가 생기는 원인은 사람들을 하나로 통합하면서 동시에 자유롭게 살 수 있도록 하는 전략이 없기 때문이란다. 하나의 국제적인 우산 아래 모든 주권 국가가 각자의 희망과 관습에 따라 나름대로 살아가는 이상적인 세상은 성취하기 어려운 것이지.

지난 세기의 처절한 저항과 테러를 겪으면서 사람들은 협력에 필요한 기능을 중앙 정부가 담당하고 나머지 기능을 다양한 이해 관계를 지닌 종족이나 집단에게 양도하는 일종의 이중적 모델을 만들어낼 수도 있었을 것이다.

그러나 분쟁 지역에서는 그런 모습을 찾아보기 어렵다. 현재 유럽 연합이 이중적 모델을 현실화하고 있다고 생각하는 사람도 있지만 현실적으로 운영이 결코 쉽지는 않을 것이다. 대부분의 거대 국가에서는 이렇다 할 법적 해결책 없이 정부와 지엽적인 자국 내의 테러리즘이 싸우고 있다.

테러리스트 조직이 전 세계로 확산되는 새로운 현상도 나타나고 있다. 새로운 종류의 테러는 국제적이며, 여러 집단이 협력하는 형태로 나타난다. 이런 상황으로 인해 소위 말하는 '테러에 대한 전쟁'이 일어난 것이다.

권력자들의 공포, 그 위력에 대하여

권력을 잡고 있는 사람들은 흔히 자신들이 늘 위협당하고 있다고 느낀단다. 한때는 유대인들이 기독교적 가치를 붕괴하기 위해 국제적인 음모를 꾸미고 있다는 소문이 돈 적도 있지. 유대인들은 기독교를 믿는 아이들을 잡아먹고, 외설적인 의식을 치르고, 좋은 기독교적 가치를 모두 전복하려고 한다는 의심을 받았다. 12, 3세기에는 아시아에서 들어온 특정한 종교를 이단으로 규정했으며, 교황이 이끄는 거대하고 난폭한 십자군의 칼과 불에 프랑스 남부의 카타르파와 알비겐시아파가 살육당했다.

15세기에는 더 큰 위험이 생겼다고 여겼다. 마왕이 마녀 부대를 이용해 문명사회에 대한 비밀스러운 공격을 시작했다고 생각한 것이다. 그 뒤 약 200년 동안 마왕의 국제적인 음모는 마녀들을 통해 시행된다고 생각했다.

그들의 위험이 대단히 크고, 정상적인 방법으로는 마녀를 찾아낼 수 없었기 때문에 특별한 수단이 필요했다. 그 결과 마녀를 찾아내는 교범을 만들어냈고, 새로운 위협에 대처하기 위해 법조문을 수정하고 악용했다. 또한 로마 교황청의 이단자 심판소같이 원래는 이단자를 찾아내고 탄압하는 데 쓰던 도구를 마녀사냥을 위한 도구로 사용했단다. 수천 명이 체포돼 유죄를 선고받고 화형에 처해졌지. 마녀들에 대한 공포가 극에 달하자 이단자 심판소가 없던 나라는 새로운 위협에 대처하려고 법을 바꿀 정도였다.

마녀를 찾아내기 위해서라면 극심한 육체적, 정신적 고통을 가하는 것도 허락했다. 심지어 마녀로 의심받는 사람은 오랫동안 잠을 재우지 않았다. 표면상의 이유는 '패밀리어 familiar'*가 찾아오는지를 보기 위해서였지만 실제로는 저항의지를 꺾으려고 고문을 가한 것이다. 최종적으로 유죄라고 판정하기 전까지는 무죄로 봐야 한다는 무죄추정의 원칙은 거의 존재하지 않았다. 직접적인 증거

---

* 마녀가 키운다고 믿었던 작고 사악한 동물

도 필요 없었으며 상황 증거나 애매모호하고 기괴한 증거까지 인정했지.

결국 자신이 거대한 마녀 집단의 일부라는 말을 들은 피고는 공포에 질려 자백하거나 다른 사람들을 고발했다. 즉 문명을 붕괴시키려고 하는 비합리적이며 부당한 목적을 가진 집단이 실제로 존재한다고 자백한 것이다. 결국 문명은 마녀사냥을 통해 잔인한 방법으로 마녀를 만들고 수천 명의 마녀를 사형에 처했다.

사람들은 오랜 시간이 지난 후에야 마녀사냥에 대해 의심하기 시작했단다. 그리고 차츰 마녀들의 음모라는 것이 실은 마녀를 찾아내기 위해 만들어진 인위적인 망상이라는 것도 드러났지. 하지만 이미 너무 많은 사람들이 그 환상 때문에 목숨을 잃은 뒤였단다.

그와 비슷한 공포는 그 후에도 있었다. 1950년대에는 공산주의자들의 비밀스러운 음모에 대한 공포가 사회를 뒤흔들었다. 결국 미국에서 매카시가 주동한 재판이 이어졌다. 그로 인해 수많은 무고한 사람들의 명성과 인생이 파괴됐다.

이처럼 사악한 타자에 대한 공포의 예는 수도 없이 많으며, 인류는 언제나 사탄이나 악마의 존재를 가정했단다. 문명에 대한 전 세계적인 음모는 수천 년 동안 존재했다고 여겨졌다. 그런 음모 중에는 공식화되기 이전의 기독교와 이슬람교도 포함된다. 이들 대부분은 공포를 느끼는 사람들이 스스로 만들어낸 게지.

'악의 축'은 정말 존재하는 걸까

릴리야, '악의 축'이란 말을 들어본 적 있니? '악'이란 대단히 포괄적인 단어다. 미국 대통령이 이 말을 한 뒤로 '악의 축'은 대단히 다양한 의미를 갖게 됐다.

우리는 악을 모든 문명적 가치에 위협을 가하는 것으로 받아들인다. 그래서 '악의 축'은 마치 과거에 마녀나 유대인 혹은 이교도들이 기독교적인 도덕을 위협했던 것처럼 문명국가와 사회의 모든 것을 위협한다고 여기지.

어떤 사람들은 그 위협의 정도가 매우 심각하기 때문에 테러리스트에 대한 모든 법적인 보호 장치를 없애는 것이 타당하다고 여긴다. 거대한 음모에 대한 두려움이 생기고, 정치인들은 선동을 통해 공포를 더욱 부추긴다.

이런 움직임은 공포로 인해 권력과 특권이 강화되는 이들에게는 매우 매력적인 일이다. 그들은 마치 과거의 마녀사냥꾼처럼 만족감을 느끼지. 나아가 하나님과 자기 나라를 수호하고 있다고 진심으로 믿고 있을지도 모른다.

그러나 훗날 현재의 상황을 돌이켜보면서 지금의 공포 역시 과거의 마녀사냥과 같다는 생각을 할지도 모른다. 다시 말해 테러리즘에 대처하는 국가의 행동이 오히려 국가가 수호하려는 가치를 무너뜨리는 것이었다고 결론을 내리게 될 수도 있다는 얘기다.

사탄이나 마녀, 악의 축에 대한 믿음은 그에 대한 무차별적인 보복에 반대하지 못하게 만들고, 동시에 보복을 합리화한다. 실제로 우리는 전쟁 중 정상적인 법적 보호나 절차가 완전히 중단되는데 익숙하다. 2차 대전 중에는 의심스러운 외국인을 체포해서 재판도 하지 않고 구금하는 일이 허다했으며, 모든 시민이 권리를 잃었고, 언론의 자유는 심각하게 제한됐다. 오직 국가에 대한 충성만을 강조했지. 국가에 대한 심각한 비판은 반역처럼 여겨졌으며, 내 편이 아니면 적이 분명하다는 식의 논리가 횡행했다. 국가가 시민을 괴롭히고, 거짓말하고, 속이고, 습격하고, 엿보는 행위도 모두 정당화됐다. 전쟁의 첫 번째 희생자가 진실이라면, 두 번째 희생자는 개인의 자유와 권리임이 분명하다.

물론 폭풍이 다 지나간 후에 국가가 피해자들에게 사과할 수도 있다. 미국인들이 진주만 공습 뒤 죄도 없이 체포돼 감금당한 수많은 일본인들에게 사과했듯이 말이다. 그러나 사과는 이미 일이 벌어진 후에나 일어난단다. 이처럼 전쟁은 법 앞에서의 평등과 자유를 보장하지 못하지.

그나마 19세기와 20세기 전쟁에는 한 가지 다행스러운 점도 있었다. 전쟁이 한정됐다는 점이다. 전쟁에 기간이 있어서 그동안에만 시민의 자유와 정상적인 법 집행을 중단했거든. 평화가 찾아오면 전쟁 이전의 자유를 기억하고 있던 시민들이 다시 자유를 요구했다. 물론 국가는 시민들의 요구를 들어주어 자유를 허락했다. 그래서 사람들은 일시적으로 자유와 권리를 포기했지만 자신들이 싸운 이유가 바로 자유를 되찾기 위해서였다고 생각한다.

하지만 이른바 '악의 축'과의 싸움은 다소 다르다. 이 싸움은 기독교와 이슬람교 안에 내재한 특별한 성향과 관계가 있기 때문이다. 투쟁에 참여하고 있는 양측은 모두 누군가가 알 수 없는 이유로 자신들의 삶의 방식을 파괴하려 한다고 믿는다. 그 누군가가 서구의 자본주의자든 이슬람 근본주의자든 관계없이 상대방이 보기에는 악이다. 서로가 서로를 악마로 보는 것이다.

'우리'의 삶의 방식을 지키려는 사람들이 보기에 악은 결코 잠들지 않고 언제나 음모를 꾸민다. 또한 '우리'의 합리적이고, 정상적이며, 질서 있고, 만족스러운 생활방식을 파괴하려는 욕망에 사로잡혀 있다고 생각하지. 한때 공산주의자를 '침대 밑의 빨갱이'라고 묘사했듯이, '몬스터 주식회사'에서 괴물이 두려움에 떠는 아이의 옷장 안에 숨어 있듯이, 악마적 존재는 숨어서 우리를 위협한다.

과거에 마녀가 이웃 사람의 얼굴을 하고 친절한 미소 뒤에 숨어 있다고 생각했듯 지금은 테러리스트가 우리 대학에 '학생'으로 숨어 있다고 여긴다. 악마들은 대량살상무기를 사용하거나, 물에 독을 타거나(과거에 유대인이나 마녀가 사용했다고 알려진 방법이다), 동물과 인간에게 화학무기를 사용하거나, 애벌레나 메뚜기떼 같은 다양한 무기를 사용한다고 묘사되다.

악과 벌이는 싸움에서 일시적인 승리는 있을 수 있지만 휴전이나 종전은 있을 수 없다. 악마는 여러 개의 목을 갖고 있기 때문에 끊임없이 싸워야 한다. 아프가니스탄의 탈레반 같은 한 무리를 잘라내도 다른 곳에서 또 다시 생겨난다. 가장 골치 아픈 사실은 악

테러리스트도 인간이다.
하지만 그렇게 생각하는 사람은 많지 않다.
테러리스트는 악의 축이거나
혹은 자유의 투사일 뿐이다.
그 진실은 과연 무엇일까?

마적 존재가 국가 간의 전쟁에서 우리가 맞서 싸웠던 전통적인 적과 달리 외부의 위협으로만 존재하지 않는다는 점이다. 사람들은 악마의 앞잡이들이 우리들 안에 있다고 주장한다.

물론 과거와 현재의 공포 사이에는 분명한 차이가 있다. 우리가 아는 것처럼 마녀는 실제로 사람을 해칠 수 없었다. 그러나 현재 사용되는 폭탄과 각종 무기는 사람을 죽이거나 상해를 입힐 수 있다.

하지만 이보다 중요한 것은 과거의 경험에 비추어 우리가 얼마나 쉽게 공포의 악순환에 빠질 수 있는지 깨닫는 것이다. 그런 의미에서 뮈어의 시 한 구절을 깊이 음미해 볼 필요가 있다. '우리는 좋은 사람들이 악과 싸우면서 악해지는 것을 보았고, 정직한 사람들이 비뚤어진 마음을 가진 사람과 싸우면서 비뚤어지는 것을 보았다.'

테러리스트와의 싸움이 결코 끝나지 않는 이유

과거에 마녀 처단이 목표였듯이 현재 진행되고 있는 악과의 싸움은 테러리즘 종식이 목적이다. 서구 사회 사람들은 이 전쟁에서 반드시 승리해야 한다고 말한다. 그러나 잠깐만 생각해 봐도 그 목적을 영원히 달성하기 어렵다는 사실을 쉽게 깨달을 수 있다.

일부 사람들이 모든 자원의 4분의 3을 소비하고 나머지는 빚에 허덕이면서 노예처럼 살고 있는 불공평한 세상에서, 풍요롭게 사는 사람들에게 나쁜 일이 생기기를 바라는 사람들을 어떻게 없앨 수 있을까? 과거에 마녀로 몰렸던 사람들도 주위 사람들이 조금도 도와주지 않았기 때문에 오히려 마녀처럼 행동하면서 분노와 질투를 드러냈다. 지금은 잘사는 서구인과 아시아인들이 일부 특정한 사람들을 이슬람 광신도라고 부르면서 잠재적인 폭탄 테러범으로 몰아세운다. 그들은 망명 신청자들에게 왜 그렇게 못살고 고문이 일상생활이 된 나라에 태어났느냐고 비난하지.

테러에 대한 전쟁과 끝없는 전투, 편집증, 공격 성향, 그리고 그런 것을 원인으로 시민의 자유를 제한하는 일은 모두 국가의 권력을 강화한다. 우리가 얼마나 빠른 속도로 조지 오웰이 『1984년』에서 묘사한 세계를 향해 가고 있는지 깨닫는 것은 그리 어려운 일이 아니다. 그 세계에서는 빅 브라더Big Brother가 조금만 더 노력하면, 조금만 더 우리의 자유와 재산, 사생활, 존엄성을 일시적으로 제한하면, 사악한 자를 최종적으로 제거할 수 있다고 말한다. 패악을 제거하고 습지를 말리기 위해, 해충을 소탕하기 위해, 말살하기 위해, 파괴하기 위해 이번 한번만 더 공격하면 된다고 말이다.

이런 상징과 언어는 잡초, 해충, 기생충, 야생동물과의 싸움에서 빌려온 것들이다. 이런 것들은 인간이 이해하거나 존중할 가치가 없다고 분류해 버린 생명체들이다. 우리는 또한 중세에 사탄이나 마귀와 싸우기 위해 사용하던 언어를 여전히 사용하고 있지.

어떤 이는 만약 마지막 노력을 기울인다면 악몽은 끝나고, 우리 세계에 침투한 외계 생명체는 제거되고, 마침내 유토피아가 도래한 거라고 말한다. 하지만 어떤 사람에게 유토피아는 교활한 서구 자본주의가 끝나는 것을 의미하고, 반대편에 있는 사람에게는 폐쇄적이고 인권을 탄압하는 광신주의의 악몽이 끝나는 것을 뜻한다.

이런 희망은 현재와 같이 상호 연관된 세계에서는 이루어질 수 없다. 대중은 결코 부유하고 산업화된 사회에 사는 희망을 버리지 않을 것이다. 서구 사회가 악마라고 생각하는 사람들이 그들을 증오하지 않게 만들 수 없고, 서구 사회의 문명화된 능력이 세계의 부를 빨아들이는 것을 칭찬해 달라고 할 수도 없다.

할 수 있는 최선은 공포를 조절하는 것뿐이다. 나는 프랭클린 루즈벨트의 말에 동의한다. '우리가 두려워해야 할 것은 두려움 그 자체라고 나는 굳게 믿고 있다.'

○

교
육

학교는 왜
엉뚱한 생각을
싫어할까?

네 엄마가 어릴 때 내게 이런 말을 한 적이 있단다. 학교에서 어떤 선생님을 보면 새로운 생각을 하는 것을 적극적으로 말리는 것 같다고 말이다. 그러면서 학교 선생님은 안전하고 확실하고 이미 알려진 답만 원하며, 그저 사실만 알면 되고, 이미 알려진 지식만 배우길 강요한다고 말했지.

　예전에는 많은 사회에서 교육이 사람들의 생각을 통제하고 권위에 복종하게 만들고 기존의 생각들을 받아들이게 하는 방법으로 쓰였다. 생각하고 묻고 도전하여 기존의 지식체계에서 한걸음 발전한다는 교육의 이상적인 모습은 도무지 찾아볼 수가 없었지.

　사실 오늘날에도 교육은 제 기능을 하지 못하고 있다. 사람들은 처음 교육을 받을 때 새로운 주제를 배우는 것이 즐겁고, 처음 며칠이나 몇 주 동안은 많은 것을 배운다. 그런데 그 이상 더 배우려면 노력에 비해 실제로 새롭게 얻는 것이 갈수록 적어진다. 교육으로 인해 지식이 쌓이면 쌓일수록 창조적인 생각을 하기 어려워지지.

그렇다면 우리는 이런 질문을 던질 수 있단다. 왜 많이 배워 지식이 많아질수록 오히려 새로운 발견을 하기 어려울까? 생각의 나래를 달아줘야 할 교육이 오히려 창조적인 발상을 가로막는 것은 아닐까?

왜 엉뚱한 생각을 하면 안 될까

많은 사람들이 교육의 목적은 생각하게 하는 것이라고 말한다. 물론 우리는 그런 세상에 살고 있지. 릴리야, 그런데 우리가 역사적으로 흔치 않은 사회에 살고 있다는 것을 알고 있는지 모르겠구나. 교육은 생각을 통제하는 장치가 될 수도 있다. 그래서 때로 선생이나 사회가 적합하다고 여기는 생각만 통용되도록 만들기 위해 교육을 이용하기도 했지.

인류 역사에서 지식은 오랜 기간 구전으로 전수됐다. 그런데 구전을 통한 교육에서는 비판이 어렵다. 적혀 있지 않으면 서로 다른 판본을 비교할 수 없기 때문이다. 정통이 무엇인지 그리고 정통에서 벗어난 것은 무엇인지를 판단할 수 있는 외적인 진리나 방법이 없다는 뜻이다. 그러다가 문자의 발전과 함께 공식적으로 서로 다른 판본의 차이가 드러나기 시작했다. 하지만 문자 역시 현상을 유지하려는 집권자들이 독점하기 일쑤였다. 그러므로 문자는 결코 체제에 질문을 던질 수 있는 수단이 아니었다.

실제로 문자 체계를 발전시킨 사람들은 기존의 전통적인 지식을 대중에게 주입시키기 위해 문자를 사용했다. 교육자들은 코란, 성경, 토라, 불경 같은 종교적인 기록이나 아리스토텔레스나 공자의 이야기 같은 고전을 주로 가르쳤지. 그들은 진리란 이미 오래전에 모두 발견됐다고 가정했고, 자신의 임무는 진리를 단순히 반복하고 젊은이들에게 가르치는 일이라고 생각했단다. 그러다 보니 질문은 없고, 난해한 부분에 대해 약간 보충 설명을 하고 주석을 다는 일이 교육의 전부였지.

이런 경향은 사회적 부가 늘어나면서 더욱 강화됐다. 더 많은 성직자와 교육자가 생겨났고, 고전 시험을 통과하는 일이 권력과 지위를 얻는 열쇠가 됐으며, 교육 기간은 점점 더 길어졌다. 요즘은 더 심하더구나. 한때는 고등학교 성적만 좋아도 괜찮은 직장을 구할 수 있었는데, 어느덧 대학교 졸업장으로 변하더니, 요즘은 박사 학위가 있어야 하니까 말이다.

공식화된 교육이 이런 식으로 확장되면서 사고의 차이는 줄어들었고, 독립성을 권장하는 독립적이고 탐구적인 생각은 자리 잡기 어려워졌다. 정신세계는 점점 더 폐쇄적으로 바뀌었으며, 진실을 발견하기보다 고전에 근거해 주장만 하면 됐다.

소위 위대한 학자적 전통으로 발전한 이런 경향은 오랫동안 유지됐다. 새로운 생각이 들어설 여지도 없었으며, 교육의 목적은 기존 지식을 잃지 않는 것뿐이었다. 공자나 부처, 예수, 모하메드와 같은 위대한 성인들의 사상은, 이를 해석하고 전수하면서 편한 삶을 살아가는 후계자들이 계속 전파했다.

이런 경향은 권위에 의존하려는 태도, 이해보다 과거의 지식을 외우기만 하는 학습 방법으로 여전히 남아 있단다. 젊은이의 마음을 설득하고, 호기심을 불러일으키고, 정신을 자극하려면 부단한 노력이 필요하다. 그런데 교육자들은 노력하지 않고 권위를 앞세워 주장하고 지배하면서 그저 오래된 지식을 베끼라고 말하는 편한 방법을 택하지.

이런 풍토에서는 변화가 있어도 미미할 수밖에 없다. 지식의 변방이라고 생각되는 그리 중요하지 않은 주제를 다루거나 과거의 지식 체계를 이리저리 재조합하는 방법만 계속되기 때문이지. 여기에는 정신적 노력이 많이 필요하지 않고, 때로 부와 명예도 덤으로 얻을 수 있다. 이 때문에 요즘도 진정한 이해보다 그저 지식의 변방을 맴도는 일을 선호하는 사람들이 많다.

정말 창조적인 사상가에게 그보다 재능이 떨어지는 수많은 비평가가 따라붙는 경향도 있다. 자기 자신의 생각을 만들어내기보다 남의 생각을 파괴하면서 먹고사는 일이 때로는 훨씬 더 쉽기 때문이다. 이런 현상을 '우물 안 개구리' 증후군이라고 부를 수 있는데, 비평가들은 우물 밖으로 나가려는 개구리를 잡아끄는 개구리와 같다. 몇몇이 우물 밖으로 탈출하는 것을 보느니 차라리 함께 우물 안에 머물자는 식이다. 이런 경향은 '한정된 부'라는 생각과도 결합돼 있는데, 누군가의 성공은 다른 누군가의 실패를 뜻한다고 여기는 것이다.

이와 같은 요인이 지식의 확장을 방해한다. 학교에서도 많은 사람들이 이런 경험을 한다. 친구들의 압력으로 공부와 숙제를 하지 않는 분위기가 만들어지고 공부벌레는 따돌림을 당한다.

지식은 왜 고갈돼갈까

지식은 사유화되는 경향이 있다. 지적 재산이 지나치게 사유화되면 개인과 개인, 집단과 집단이 대립해 비밀과 과도한 경쟁 속에 살게 된다. 물론 찰스 다윈이 종교적 이단아라는 비난을 받을까 두려워 20년 넘도록 종의 진화 이론을 감춘 것처럼 여러 가지 이유로 개인이나 단체가 자신들의 지식을 비밀로 간직해야 했던 시기도 있지.

그러나 지식의 궁극적인 목적은 다른 사람들이 그 위에 더 많은 지식을 쌓을 수 있도록 결과물을 공표하고, 타인의 승인과 후원을 얻는 것이다. 그래서 현대 과학에서는 모든 발견을 공표하고 동료들이 가설을 철저하게 검증하지.

하지만 아직도 진정한 지식이란 비밀스럽고 전문적인 것이라고 여기는 사회가 많다. 이런 사회에서는 특정한 집안이나 종파, 조직만 지식을 발전시키는데, 이런 경우 신뢰할 만한 지식의 확장이 이루어지지 않는다. 거짓과 속임수, 비밀과 사유화의 세계에서 무언가를 신뢰하는 것은 어려운 일이기 때문이다. 사람들은 어떤 것도 믿지 않고, 특히 자기가 모르는 사람에게서 나온 정보는 더욱더 믿지 않는다.

지식은 습득하는 데 비용이 많이 들지만 일단 습득하고 나면 다른 자본과 마찬가지로 이익을 낳는다. 그러니 열심히 노력해서 지식이라는 나무의 상층부에 올라간 사람들은 자신이 올라선 나무의 기둥을 베어내려는 새로운 급진적 사상가를 좋아할 수 없다. 정착된 지식 체계는 합리적인 논쟁으로 사라지는 것이 아니라 이전 세대가 죽거나 케케묵어 유행에 뒤질 때에야 비소로 사라진다. 혹은 노인 세대가 후계자들을 철저하게 세뇌시켜서 감히 기존의 지식 체계를 위협하지 못하도록 만들기도 한다.

진정한 지식의 발전은 열린 시장을 통해 지식을 유통하고 감시하는 곳에서 이루어진다. 그러나 지식이 비밀과 사유화의 세계 속으로 빠져버리면 발전을 기대하기 힘들다.

세상을 이해하기 어려울 수밖에 없는 이유

수렵 채취 생활을 하던 사람들에게는 축적된 지식을 보관하는 거

학교는 안전하고 확실하고 이미 알려진 답만
추구하는 경향이 있다. 왜 그런 걸까?
왜 엉뚱한 생각을 격려하기는커녕 싫어할까?

대한 도서관이나 백과사전, 컴퓨터 데이터베이스 같은 것들이 필요 없었다. 왜냐하면 지난주에 일어난 중요한 일들을 대부분 기억할 수 있었기 때문이다. 새로운 동물을 잡고 싶거나 처음 보는 나무에 올라갈 일이 생긴다고 해도 어렸을 때부터 배운 지식을 모두 동원하면 충분히 그 일을 해낼 수 있었다. 그러나 현대를 사는 우리는 다르다.

릴리야, 너는 아마 인간이 지난 5000년 동안 무척 현명해졌으며, 개인적으로 보아도 전보다는 강력한 지적 도구를 사용해 새로운 것을 발견하기가 더 쉬워졌다고 생각할지 모르겠구나. 전체 사회로 보면 분명한 사실이다. 역사의 각 단계마다 지식을 얻고 저장하던 기존 방법은 한계에 이르곤 했지. 구전 문화는 아주 적은 양의 지식만 보관할 수 있었으니까.

문자는 정보의 도서관이라는 가능성을 열었다. 그러다가 인쇄술이 등장하면서 기록된 문서의 대량 생산과 함께 그 가능성은 더욱 커졌다. 하지만 19세기 말에 이르자 종이를 이용해 색인을 만드는 방법이 한계에 이르렀다. 1960년대에 들어서는 컴퓨터의 발전과 함께 엄청난 양의 지식을 저장하고 복구할 수 있는 새로운 가능성이 탄생했지.

하지만 개개인의 차원에서 보면 과연 진보가 있었는지 의심스럽다. 우리의 뇌가 커진 것도 아니고 우리의 정신에 큰 변화가 일어났다는 증거도 없기 때문이다. 오히려 개인 차원에서 보면 세상이 어떻게 돌아가는지에 대해 아는 것이 점점 적어지고 있다. 개인적으로 중요한 발견을 하는 것도 갈수록 어려워지고 있다. 역사상 그 어느 때보다 오늘날 더 많은 무지와 망각이 존재하며 수많은 연구를 낭비하고 있다. 도대체 왜 그런 걸까? 사람들은 왜 자신의 정신이 더 폐쇄적으로 변하는 길을 택하는 것일까? 그런 길에서 벗어나는 사람들은 과연 어떤 이들일까?

오늘날에는 하루 사이에도 엄청난 양의 지식이 빠르게 축적되고 증가하면서 전체를 보는 것이 더욱더 어려워지고 있다. 엄청난 지식을 가진 사람이라고 해도 실제로 새롭게 생산해내는 지식의 양은 놀랄 만큼 적고, 특히 나이 들수록 양이 더욱 줄어들지.

복잡하고 서로 얽혀 있는 어떤 체계에 새로운 정보가 더해지면 기존의 모든 정보가 바뀌는데, 그마저 갈수록 어려워진다. 예를 들어 사물을 정리한다고 가정해보면 이런 사실을 확인할 수 있다. 만약 10개의 물건을 하나의 서랍에 정리한다면 어떻게 정리할지 결정하기도 쉽고 찾기도 쉽다. 그러나 각각 20개의 물건이 들어 있는 10개의 서랍이 있다면 문제가 복잡해진다. 보관할 물건과 장소가 더 늘어나면 문제의 복잡성 또한 급격히 증가할 수밖에 없다. 1만 개 중에 하나를 찾는 일은 1,000개 중에 하나를 찾는 일보다 10배 이상 어렵다. 이런 이유 때문에 배움의 진전이나 지식의 확장이 갈수록 더 어려워지는 것이다.

어릴 때나 새로운 학문을 시작할 때는 비판적이기도 쉽고 큰 진전을 이루기도 쉽다. 모든 것이 열려 있고 유동적이며 조금만 노력해도 큰 성과를 거둘 수 있거든. 가장 쉬운 일을 먼저 하고 어려운 것은 피해갈 수도 있고. 그러나 조금만 시간이 지나면 쉬운 일은 사라지고 어려운 일만 남게 된다. 게다가 새로운 정보는 이미 존재하는 복잡한 정보와 조화를 이루어야 한다. 그에 따라 사소한 변화도 기존의 정보라는 거대한 방해물을 만나고 만다. 결국 기존 정보의 주변을 건드리는 것만이 유일하게 가능한 일처럼 보인다.

그렇기에 우리는 칼 포퍼의 말에 동의하는 거란다. '우리의 지식은 유한할 수밖에 없고 그런 이유로 우리의 무지는 당연히 무한할 수밖에 없다.'

혁신은 용기 있는 자의 몫이다

기존의 지식 체계를 이해하고 변화시키기 위해 필요한 전문적인 지식을 습득하는 데 드는 시간과 노력이 인간의 한계를 넘어서고 있다. 그러다 보니 혁신적인 지식을 발견하는 일이 무척 어려워졌다. 근대 학문이 처음 시작될 때는 취미 수준의 연구만으로도 커다란 업적을 이룰 수 있었지만 19세기 말에 이르러서는 중요한 연구를 진행하기 위해서는 고도로 조직화되고 훈련된 집단이 필요해졌지.

지식이 복잡해지면서 지식의 보수주의와 일상주의, 의식주의가 탄생했다. 이는 지식을 얻는 과정은 복잡해지는 데 비해 실제로 얻을 수 있는 신뢰할 만한 지식의 양이 비례하지 않을 때 발생하지. 일본도日本刀 생산의 역사에서 이런 예를 찾아볼 수 있다. 일본도를 만드는 복잡하고 정교한 기술은 1200년경 정점에 달했고 그후 500여 년간 거의 진전이 없었다. 이런 상황에서 복잡한 과정을 계속 이어가는 유일한 길은 그것을 바꾸지 않는 것이었다.

이런 고정화는 거의 모든 종류의 지식에서 일어난다. 물건을 만들거나 교육을 하는 세속적 지식에서는 물론이고 정치적, 종교적 지식에서도 일어난다. 그에 반해 지식의 내용은 제자리걸음을 하거나 심지어 줄어들기도 한다. 결국 선조들이 전수했고, 그 효력이 입증된 것으로 보이는 말과 행동을 기억하는 일이 유일한 목적이 된다. 이는 혁신이나 창조 즉 과거의 지식을 뛰어넘는 작업과는 정반대로 가는 길이다. 이런 보수주의 경향을 단 몇 백 년간이라도 피할 수 있었던 문명은 극히 소수였지.

한편 인지심리학자인 퍼킨스는 새로운 것을 발견하는 어려움을 '오아시스의 덫'이라고 불렀다. 지식은 많은 발견이 이루어진 오아시스를 중심으로 모인다. 생산성이 높고 물이 많은 그 지역을 떠나는 일은 대단히 위험하고 비싼 대가를 치러야 하기 때문에 사람들은 자신이 아는 것을 중심으로 그 주변에만 머무른다. 중국과 일본이 그 예다. 지식의 중심지 사이의 물리적인 거리가 너무 멀었고, 누군가 어느 한 중심지를 떠나 다른 곳으로 가는 수고를 치를 준비가 돼 있다고 해도 새로운 것을 발견할 가능성이 적었기 때문에 여행을 장려하지도 않았지.

지난 800여 년간 유럽에도 지식의 오아시스가 많았다. 오아시스는 수백 킬로미터씩 떨어진 여러 국가에 존재했는데, 서로 다른 독특한 지적 생태계를 지니고 있었다. 그런데 유럽에서는 오아시스 사이에 활발한 지적 교류가 있었기 때문에 새로운 사상이 발전하는 데 이상적인 환경이 마련됐다.

앞으로 나가기 위해 우리는 때로 뒤로 가거나 아래로 내려가야 한다. 지식의 경사로를 계속해서 평탄하게 올라간다는 것은 불가능하기에 때로는 수고가 많이 드는 우회로를 택해야 한다. 우회로를 택하기 위해서는 강인한 신념과 확신 그리고 풍부한 후원이 필요하다. 유럽인들의 경우 역사의 특정한 시기에 운 좋게도 이런 자원을 갖고 있었다. 그러나 인류 역사 전체로 보면 극히 예외적인 상황이었다. 새로운 무기나 배처럼 완전히 새로운 기술이 나타나 오래된 것을 대체하는 과정에는 아무리 새로운 것의 잠재력이 클지라도 오래된 것보다 훨씬 능률이 떨어지는 것으로 보이기 쉽다. 따라서 오래된 세계관이 새로운 세계관의 발전을 가로막는 기간이 늘 존재한다. 그 기간 동안 새로운 세계관을 발전시키는 데 드는 비용을 누가 감당하려고 하겠니?

이런 어려움은 학문적 발전에도 나타난다. 나이 많고 경험도 많은 지식인들은 후일 진실로 밝혀질지 모르지만 설익어 보이는 새로운 생각을 효과적으로 반박할 수 있다. 그러면 새로운 생각을 하는 사람은 용기를 잃고 포기하지. 혹은 실제적이거나 상징적인 십자가에 못 박히기도 한다. 물론 오스카 와일드가 말했듯이 '위험하지 않은 생각은 생각이라고 부를 가치가 없다.' 물론 위험한 생각을 할 때 우리는 대단히 조심해야 한다. 어쩌면 그 대가가 너무 클지도 모르기 때문이지.

○

전쟁

왜 전쟁을
막지 못하는 걸까?

릴리야, 너의 일상적인 관심사를 조금만 확대하면 우리가 살고 있
는 세상이 전쟁으로 가득 차 있다는 걸 금세 깨달을 게다. 전 세계
적인 전쟁은 아니라고 해도 사람들이 다치고 죽고, 소중한 자원이
파괴되고, 서로에게 증오의 씨를 뿌리는 소규모의 야만적인 전쟁
이 아무렇지도 않게 자행되고 있다.

　인간은 인류 역사의 초기부터 전쟁을 했다. 인간이 전쟁을 벌이
는 동기는 정복이나 복수, 탐욕 등 다양하다. 어떤 전쟁은 신을 명분
으로 내세우기도 하는데, 자신들이 벌이는 전쟁이 인간의 의지가
아닌 신의 명령이라고 합리화하지. 또 어떤 전쟁은 그 동기조차 찾
을 수 없어 마치 폭력적인 스포츠나 상품이 걸린 놀이처럼 보인다.

단순히 생존 본능이라고 말하기에는 인류가 벌여온 전쟁이 너무 많다. 그렇기에 역사적으로 어떤 전쟁의 양상이 있었는지, 그리고 지금 우리 사회에서 어떤 전쟁이 벌어지고 있는지를 파악하는 일은 인간이라는 종족을 이해하는 작은 열쇠가 될 수 있을 것이다.

사람들이 전쟁을 일으키는 이유

사람들은 인간이 원래부터 공격적인 성향을 지니고 있다고 생각한다. 인간이 천부적으로 공격적이라면 인류 역사에서 전쟁이 큰 역할을 해온 것도 자연스럽게 설명되기 때문이다. 인간은 먹고, 성관계를 갖고, 노는 데 많은 시간을 할애한다. 그 다음으로 다른 사람과 싸우고 사람을 죽이는 데 많은 시간을 쓴다. 인류 역사를 살펴보면 누구나 이렇게 결론지을 수밖에 없다.

다른 동물과 마찬가지로 인간도 생존 본능을 가지고 있다. 싸우고 죽여야 한다고 생존 본능이 말하면 인간은 대개 그렇게 한다. 또 많은 사람들이 쾌락을 위해 싸우기도 한다. 인간의 놀이나 단체 경기가 쾌락을 위해 싸우는 예다.

그런데 남미나 말레이시아를 비롯해 많은 지역에는 대단히 평화로운 수렵 채취 사회가 존재한다. 그들은 외부와 전쟁을 하지 않고 집단 내에서도 평화롭게 살지. 중국과 일본 같은 거대한 제국도 간헐적으로나마 몇백 년 동안 완전한 평화를 유지하기도 했다.

그러나 인류 역사 전체를 놓고 보면 타인을 포함한 다른 동물에게 물리적인 힘을 사용하는 것이 매우 보편적인 일이었음을 인정할 수밖에 없다.

단순히 공격성이나 싸움을 좋아하는 속성, 생존 본능 때문에 전쟁을 했다고 하기에는 이유가 충분치 않다. 대개 정치인과 장군이 전쟁을 결정한 다음 전혀 싸움을 원하지 않는 사람들을 몰아넣는 식으로 전쟁이 치러졌기 때문이지. 군인들은 공포와 필요, 충성심 혹은 전리품에 대한 욕심 때문에 적과 싸웠다.

개인적인 공격성은 전쟁과 별 관계가 없다. 히로시마에 원자 폭탄을 떨어뜨린 조종사가 개인적인 공격성 때문에 그렇게 했다고는 보기 어렵다. 그는 그저 자기 일을 했을 뿐이며, 자동차 속도를 조절하는 운전사나 씨 뿌리는 농부 이상의 '공격성'을 느끼지는 않았을 것이다. 물론 인간이 모든 육체적 폭력을 적극적으로 거부하는 기제를 갖고 있다면 전쟁은 일어나지 않았을 테지만 말이다.

전쟁과 기간의 함수관계

전쟁은 항구적 전쟁과 일시적 전쟁으로 구분된다. 항구적 전쟁은 여러 대에 걸친 가족, 종족 간의 싸움이다. 이런 싸움에서는 기독교 성경에 나오는 '눈에는 눈으로'라는 표현처럼 모든 폭력적 행동이 그에 상응하는 또 다른 폭력적 행동으로 이어진다. 마치 시소놀이와 같다. 하나의 살인은 균형을 깨뜨려 또 다른 살인을 불러오고 끝임없이 같은 일이 반복된다.

아프가니스탄과 중앙아시아에 사는 베두인족이나 알바니아, 발칸 반도 등지에서도 종족 간의 전쟁을 볼 수 있다. 흔히 정치적인 통제를 가할 중앙집권적 세력이 없는 산악 지대나 사막과 같은 곳에서 동물을 키우는 사람들 사이에 항구적인 전쟁이 일어난다.

필리핀 제도의 아삼 지방과 미얀마 국경 지대에 사는 머리사냥꾼head-hunters, 아마존에 사는 종족처럼 밀림에 사는 사람들 사이에서도 항구적 전쟁을 발견할 수 있다. 그런 곳에서는 끝임없이 다른 마을을 침범하고 약탈하고 때로는 머리를 사냥하는 일이 계속되지. 그곳 사람들은 '피에는 피로'라는 말을 신봉하고 인간의 머리를 대단한 기념물로 여긴단다.

도대체 왜 이런 싸움이 끝임없이 존재할까? 직접 싸움에 참여하는 사람들이 말하는 이유는 명예와 영광, 남자다움, 자기 집단의 보호, 모욕에 대한 복수다. 그런데 실제로는 지극히 한정된 목적을 갖고 싸운다. 남의 영토를 점령하거나 적을 섬멸하는 데는 관심이 없다. 오히려 집을 불태우고 식량이나 여자, 사람의 목과 같이 가치 있다고 생각하는 것을 약탈하는 데 몰두한다. 이때 전쟁은 아주 세련되고 폭력적인 놀이로, 그 안에는 나름대로의 복잡한 규칙과 반드시 지켜야 할 명예가 존재한다.

그러나 싸움이 끝임없이 벌어지는 근본적인 원인은 분쟁을 종결할 장치나 모든 사람이 인정하는 집중화된 권력이 없고 불신이 계속되기 때문이다. 오늘날 이스라엘과 팔레스타인에서 벌어지고 있는 전쟁도 항구적 전쟁과 공통점이 많다.

한편 시작, 과정, 끝이 있고 승자와 패자가 갈리는 일정 기간 동안의 싸움이 있다. 이런 일시적 전쟁은 시간적으로는 한정적일지 모르지만 파괴의 정도는 매우 심각하다. 그런 전쟁은 문명화된 사회에서 주로 일어나는데, 지금으로부터 약 5000년 전 영토국가가 탄생하면서부터 시작됐다. 그리스, 로마, 오스만제국, 몽고, 프랑스, 영국, 미국과 같은 국가가 그런 전쟁을 치렀다.

이러한 전쟁은 특정한 날에 시작해서 특정한 날에 끝난다. 싸움의 형태는 종족 간의 전쟁보다 훨씬 더 전면적이지. 다른 영토국가를 완전히 물리치거나 점령하려는 전쟁이기에 자연히 대규모 학살과 파괴가 일어난다. 그러다 보니 전쟁이 진행되고 있을 때는 물론이고 전후에 발생한 기아와 질병으로 인해 수백만 명이 목숨을 잃는 일이 흔히 일어난다.

항구적인 전쟁과 일시적이지만 전면적인 문명화된 전쟁은 기술과 조직에서도 차이가 난다. 항구적인 전쟁은 일정 기간 동안 멈췄다가 다시 시작되며 직업군인이 아닌 일부 남성들이 참여한다. 그에 반해 문명화된 전쟁은 날씨 때문에 불가능한 상황이 아니라면 끊임없이 지속되며 징집됐거나 용병 신분인 전문적 군인이 참여한다. 훈련의 강도나 교육 내용, 집단 내부의 위계질서도 완전히 다르다.

공포와 탐욕이 전쟁을 부른다

문명화된 사회에서 국가 간 전쟁의 가장 중요한 두 가지 이유는 공포와 탐욕이다. 공포는 대단히 강력한 힘이란다. 적이 위협을 가하면 공격당하기 전에 먼저 공격해야 하지. 이것은 최근까지 거의 모든 문명화된 전쟁의 동기였으며 정당성의 근거였다. 20세기 후반에 들어 주권 국가에 대한 선제공격을 금지하는 새로운 국제법이 제정됐다. 그럼에도 불구하고 서구 강대국의 일부 지도자들은 앞으로 위협이 될지 모르는 국가를 공격하는 것이 자국의 이해에 부합한다면 정당한 전쟁이라고 말하고 있다. 이는 이미 낡은 변명을 다시 사용하는 것이다. 이런 행위로 인해 세계는 군비 경쟁과 선제공격을 일삼던 시대로 되돌아가고 있다.

국가 간 전쟁의 또 다른 동기는 탐욕이다. 물론 대부분 전쟁에서 많은 것을 잃지만 전쟁을 통해 무언가 얻는 사람들이 있다. 바로 무기 생산자, 은행가, 장군, 정치인들이다. 전쟁 뒤에는 항상 권력을 향한 탐욕이 있는데, 전쟁은 정치적 권력을 강화하고 비판세력의 입을 막는다. 정복을 통해 얻을 수 있는 영토와 자원에 대한 탐욕도 전쟁의 이유가 된다.

바빌로니아, 중국, 로마, 합스부르크, 대영제국 그리고 미국에 이르기까지 제국들은 끝없는 공격 전쟁을 일으켰다. 이렇게 끊임없이 전쟁을 벌이는 경향은 '역 도미노 효과reverse domino effect' 현상 때문에 더욱 강화됐다.

도미노 효과란 베트남 같은 나라를 공산주의자에게 빼앗기면 근처에 있는 다른 도미노 패들(캄보디아, 라오스, 태국 등)이 함께 무너진다고 믿는 것으로, 주변 나라들까지 공산주의에 뺏긴다는 것이다. '역 도미노 효과'는 반대로 제국주의 국가가 한 나라를 제국에 통합시키면 그 옆에 있는 나라도 통합시킨다는 뜻이다.

로마제국이 대표적인 예다. 로마는 늘어나는 영토를 지키기 위해 영토를 계속 확장해 나갔지. 대영제국도 마찬가지였다. 대영제국은 인도를 보호하기 위해 아프가니스탄, 카슈미르, 네팔, 아삼, 버마 같은 인도 주변의 지역도 직접 혹은 간접적으로 통제해야 한다고 생각했고, 나아가 중국과 일본에까지 눈을 돌렸단다.

제국은 주변의 적과 아무 일도 없는 상태로 존재할 수 없다. 밖으로 뻗어나가거나 아니면 국경 지대 야만인의 공격을 받고 뒤로 물러설 수밖에 없다. 현재 미국이 처한 상황도 이와 비슷해 보인다. 베트남전에서 패배한 역사를 망각하고 미 제국주의를 위협한다고 생각하는 중동의 유목민들을 없애기 위해 전쟁을 벌이고 있지.

전쟁이 인류 발전에 도움이 됐을까

전쟁은 지난 5000년간 인류 역사의 보편적 현상이었다. 종족 간의 끊임없는 전쟁은 여러 가지로 문명 발달을 방해했다. 전쟁으로 인해 그 전까지 이룩한 미미한 진전도 파괴됐고, 인구밀도도 낮아졌다. 물론 일시적인 발전도 있긴 했지만 한 집단이 부유해져 호전적인 태세를 누그러뜨리면 곧바로 더 가난하고 전투적인 이웃 집단의 공격을 받았다.

또한 주변부의 호전적인 사회와 중심부의 농경 생활을 하는 정착 사회가 수천 년 동안 벌인 싸움도 있다. 그중 가장 큰 싸움은 중앙아시아의 이주 유목 민족인 몽골족이 중국, 인도, 러시아, 동부 유럽, 중동 등지에서 벌인 전쟁이다. 몽고족은 18세기에 이르기까지 거의 1000년 동안 아시아의 4분의 3정도를 지배했는데, 그들은 거대한 문명을 파괴하는 데 앞장섰다. 말과 몽고 활로 대표되는 그들의 파괴적 기술이 정착 사회의 전쟁 기술을 앞질렀던 게지.

아주 오랫동안 전쟁은 남성의 육체를 다듬고, 영웅담을 만들어내고, 전술에 대한 주석을 붙이고, 말 사육법을 발전시키고, 일부 사람들에게 영광을 안겨주었다. 그 외에는 인류 발전에 기여한 것이 없다. 결산을 해보자면 전쟁으로 얻은 것보다 잃은 것이 훨씬 많다.

단 한 곳, 전쟁이 기술적 진보를 이뤄낸 지역이 있는데 바로 서유럽이다. 서유럽의 작은 왕국들은 중세 이후로 끊임없이 전쟁을 해왔고, 그 결과 정치적인 적자생존의 법칙이 빠르게 정착됐다. 덕분에 건축, 조선, 항해, 금속가공, 물리학과 기하학 등 다양한 분야가 치열한 경쟁 속에서 발전했다.

만약 1400에서 1800년 사이의 유럽이 중국이나 일본처럼 평화로웠다면 그런 괄목할 만한 기술 발전을 이루진 못했을 것이다.

전쟁은 눈에 보이지 않는 희생과
드러나지 않는 상처를 남긴다.
명백해 보이지 않지만
치명적인 정신적 상처를 남기는 것이다.

이 시기에 대포의 포신을 파내는 기술이 개발되지 않았다면 증기엔진의 실린더는 발명되기 어려웠을 것이며, 증기기관에 기초한 산업혁명도 없었을 것이다. 또 자연을 통제하는 인간의 능력을 진보라고 본다면, 어떤 의미에서 서유럽의 전쟁으로 인류가 진보했다고 할 수 있다.

하지만 그렇다고 해도 이 역시 전쟁이 가져온 공포와 불행이라는 큰 맥락 속에서 엄중하게 평가해야 한다. 전쟁은 수많은 목숨을 앗아갔다. 전쟁터에서 군인들이 목숨을 잃는 것은 물론이고, 전쟁이 야기한 여러 부작용 때문에 수많은 생명이 목숨을 잃었지.

예컨대 30년전쟁 중에는 외국의 군대가 북유럽을 드나들면서 북유럽 인구의 약 3분의 1이 기아와 질병으로 죽었다. 군대는 속성상 약탈로 식량을 해결해야 하므로 저장된 곡물과 옥수수 씨앗을 빼앗아가고, 농사를 망치고, 닥치는 대로 가축을 죽였다. 심지어 농기구마저 마구 망가뜨렸다. 엎친 데 덮친 격으로 질병도 만연했다. 그렇지 않아도 영양 부족으로 신체의 저항 기능이 약화돼 있는데, 외부에서 들어온 수많은 군인들이 새로운 세균을 퍼뜨린 것이다. 장티푸스, 콜레라, 흑사병, 발진티푸스 같은 전염병이 돌았으며 이질과 말라리아도 엄청나게 증가했다. 결국 수십만 명 혹은 수백만 명의 사람들이 기아와 질병으로 죽어갔다. 외부 세계와 전혀 접촉이 없던 종족은 피해가 더욱 컸다. 스페인 군대가 현재의 멕시코 땅을 점령했을 때 인구 2,000만 명 중 1,900만 명이 죽었다. 대개 칼끝에서 죽은 것이 아니라 질병과 기아로 죽었지.

문명화된 사회가 일으킨 전쟁이 인간의 지능이나 육체에 어떤 식으로든 기여한 바가 있는지 대단히 의심스럽다. 나는 전쟁이 엄청난 비참함과 잔혹함, 비인간적인 행위만 보여주었을 뿐이라고 생각한다.

전쟁이 남기는 이면의 상처들

전쟁은 눈에 보이지 않는 희생과 드러나지 않는 상처를 남긴다. 강간, 죽음, 질병, 기아처럼 명백해 보이지 않을지 모르지만 전쟁에 참가한 문명에 치명적인 정신적 상처를 남기는 것이다.

종족 간에 끊임없이 이어지는 전쟁은 참여하는 집단들 사이에 균형을 잡아 평등한 상태로 만든다. 만약 한 집단이 일시적인 우위를 점하면 이웃 집단의 공격을 받아 결국 평균적인 상태로 돌아간다. 그러나 문명화된 전쟁은 싸우는 당사자는 물론이고 개개의 집단 내부에도 심각한 불평등을 만들어낸다.

전쟁의 즉각적인 결과는 점령자가 상대를 노예나 포로로 만드는 것이다. 과거에는 전쟁이 끝나면 비싼 무기를 소유한 무사 계급이나 기사들이 권력을 잡고 다른 사람들을 지배했다. 약하고 무장하지 못한 사람들은 무기와 성을 가진 무사들에게 짓밟힐 수밖에 없었다. 전쟁은 무사의 특권을 정당화했으며 무사가 무기를 잡을 권리를 의심하는 것은 일종의 반역 행위였다.

전쟁은 중앙집권화된 국가의 탄생을 합리화했다. 외부에 있는 적과 전쟁을 하려면 높은 세금과 상비군을 유지해야 한다. 이를 위해 세금을 관리하는 거대한 관료조직이 만들어졌고, 시민의 자유를 제한하거나 소멸시켰으며, 정부를 비판하는 반대파를 숙청했다.

로마는 전쟁으로 인해 생기 넘치는 공화국에서 전제적 제국으로 변했다. 결국 전쟁에서 이룬 승리도 패배 못지않게 파괴적이다. 국가에 대한 의심이나 반대는 모두 금지된다. 무조건적인 충성과 '옳건 그르건 내 조국'이라는 식의 반성 없는 애국심만 요구할 뿐이다. 자유와 평등의 핵심적인 요소들이 전쟁으로 인해 뒤로 밀려나고 만다.

9·11 테러가 우리에게 말해주는 것

외부의 침략을 당할지도 모른다는 공포가 상존하는 대륙 국가나 거대한 제국에서 반민주적인 경향은 더 강하게 나타난다. 그러나 잉글랜드와 일본 그리고 오랫동안 별개의 섬처럼 존재한 미국의 경우 상존하는 외부의 위협이 없었기 때문에 이런 경향이 나타나지 않았다.

물론 잉글랜드는 전쟁을 많이 했다. 그러나 잉글랜드가 참전했던 전쟁은 대개 다른 지역에서 일어난 것으로, 선택이 가능했다. 남의 전쟁에 참전하기 위해 추가로 세금을 걷어야 할 경우 상비군을 갖고 있지 않은 왕은 백성들에게 더 많은 자유와 권리를 주어야만 했다. 따라서 전쟁은 역설적으로 자유를 증진시키는 역할을 했다. 또 나폴레옹 시대 이후로 전쟁은 선거권을 확대하는 역할도 했다. 국가가 더 많은 군인을 징집하기 위해 선거권을 주었기 때문이다.

19세기까지만 해도 미국은 외부의 침략을 두려워할 이유가 없었다. 따라서 미국인들은 전쟁을 구실로 자유를 구속당하지 않았다. 그러나 2001년 9·11 테러는 미국이 유라시아 대륙의 나라들과 같은 상황에 들어서는 시발점이 됐다. 최소한 미국인들은 그렇게 느꼈지. 평화에 익숙하던 미국은 이제 영원한 전쟁 상태에 들어섰다. 비록 적이 대단히 불분명하다고 할지라도 말이다. 그래서 위협적으로 보이는 국가에 대해 선제공격을 해야 한다고 생각한다. 심지어 많은 민주적 견제 장치와 사상과 표현의 자유, 개인의 권리를 보호하는 사법제도들을 무너뜨리려는 유혹까지 빠진 것처럼 보인다. 민주주의가 위협당하고 있는 것이다.

대량살상무기가 동원되는 새로운 영구 전쟁에서 우리들 대다수는 패자다. 과거에 전쟁을 통해 혹시 얻은 것이 있다고 하더라도 새로운 전쟁에서는 과정과 결과에서 얻을 게 거의 없기 때문이다.

○
노
동

왜 아직도
힘들게 일하는
사람들이 많을까?

사람들은 일하기보다 노는 것을 좋아한다. 간혹 일을 좋아한다고 말하는 사람들도 남에게 일을 시키거나 나중에 일하는 것이 더 낫다고 생각하지. 그래서 제롬은 '나는 일을 좋아한다. 너무 좋다. 나는 가만히 앉아서 남들이 일하는 걸 몇 시간이고 구경할 수 있다'고 농담처럼 말한 적도 있단다.

그런데 역사를 살펴보면 대부분의 사람들이 심한 육체노동에 시달렸다. 물론 과거에 과학 기술이 덜 발달하고 산업화가 미비했기 때문일 수도 있다. 그러나 그때도 가축 등 인간의 노동력을 대체할 만한 것들이 분명 있었다. 그런데도 사람들은 그런 것들을 적극적으로 활용하기는커녕 오히려 시간이 지날수록 더 열심히 일하

지 않으면 안 되는 방향을 의도적으로 선택했다. 적어도 산업혁명
이 일어나기 전까지는 말이다. 왜 그렇게 됐을까?

사람들에게 일을 시키는 방법

사람들은 대개 시켜야 일을 한다. 특히 지루하고 육체적으로 힘든
일일 때는 더 그렇지. 그렇다면 어떻게 사람들에게 일을 시켰을까?
　첫 번째 방법은 네가 잘 알고 있는 임금 노동 즉 자유로운 시장
관계를 이용하는 방법이다. 두 번째 방법은 농노제serfdom다. 농노
는 임대료 형식으로 영주를 위해 일정한 노동과 가축을 제공한다.
농노는 영주의 법원을 통해 동의를 받지 않으면 토지를 팔거나 양
도할 수 없다. 어떤 곡물을 기를지도 이웃사람들과 상의해야 한다.
허가 없이는 자기 농지라고 해서 막아버릴 수도 없다. 아이들을 결
혼시킬 때도 세금을 내야 한다. 어떤 경우에는 영주의 허가 없이
농지를 떠날 수도 없다.
　그러나 그들은 노예와는 달랐다. 영주로부터 육체적인 학대를
당하지 않았기 때문이다. 또 그들은 사고팔 수 있는 대상도 아니었
으며 사유재산을 가질 수 있었다. 그들은 물건이 아니라 권리를 가
진 인간이었다. 다만 특정한 장소와 직업에 묶여 있을 뿐이었지. 농
노제는 잉글랜드에 15세기까지 존재하다가 갑자기 사라졌다. 그러
나 동유럽에서는 19세기까지도 농노제가 가장 두드러진 노동 형

태로 남아 있었다.

　그러다가 농노제와는 다른 형태의 노동이 확산되기 시작했다. 가족이나 식구 중심의 생산이 그것이다. 가족 중심의 생산 방식은 농노제에서 영주가 갖고 있던 권력을 가족에게 넘겨준 것과 같다. 여전히 엄청난 양의 노동을 해야 했지만 개인들은 가족에 대한 충성으로 노동을 합리화했다. 생활을 꾸려나가고 영주에게 임대료를 주어야 하는 압력도 있었다. 가족 중심의 생산 형태는 아프리카와 인도, 중국, 남아메리카, 많은 지중해 국가에 존재했다.

　사람들에게 일을 시키는 또 다른 형태는 고대 문명의 특징인 노예제도다. 노예는 사고팔 수 있는 물건과 같았으며 권리가 전혀 없는 소유물에 불과했다. 금속과 문자, 방직, 쟁기질이 발전하면서 노예를 이용하는 문화가 오랫동안 계속됐다. 노예제도는 3000년 이상 이어졌는데, 로마는 노예제도에 근거한 마지막 거대 문명이었다. 물론 미국 남부에서 일시적으로 노예제도가 부활되기도 했고, 북아프리카와 남아메리카, 중앙아메리카에 여전히 노예제도가 일부 남아 있지만 노예제도는 사라지는 추세이며, 더 이상 일반적인 노동 형태라고 볼 수 없다.

　그런데 노예제도나 가족 중심의 농경 제도는 가축이나 기계를 적극 이용하지 않았다. 가축이나 기계에 자본을 투자하는 것보다 사람이 일하는 것이 비용이 덜 들었기 때문이다. 대부분의 동아시아 지역과 인도, 유럽의 지중해 지역 일부에서는 그런 이유로 노동을 줄여주는 기구가 사라지기까지 했다. 노예제와 가족 중심의 농경 제도는 인간의 노동을 최우선적인 도구로 만들었다.

왜 사람들은 더 가난해졌을까

네가 만약 1750년경의 세상을 둘러볼 수 있다면 더 이상 부유해질 가능성이 없는 상태에 이르렀다고 생각할지도 모르겠구나. 실제로 당시에 많은 지역이 이전보다 더 가난해지기 시작했다. 당시에 알려진 기술로는 상황을 개선하는 것이 불가능해 보였고, 지구 위에 사는 5억이 넘는 인구를 먹여 살릴 수도 없었다. 왜 그렇게 됐을까?

대개의 사회나 문명은 시작할 당시에는 새로운 가능성을 갖고 출발한다. 사용하지 않은 땅과 숲, 풍부한 동물이 있으며, 바퀴나 불과 물을 이용하는 다양한 기술을 발전시킨다. 그때 사회구조는 상당히 튼튼하고 평등하지.

그러나 시간이 지나면서 나타나는 경향은 대다수의 삶을 향상시키거나 자연에서 더 많은 산물을 얻는 방법을 찾는 게 아니다. 오히려 가축은 늘어나지 않고, 눈에 보이는 석탄층조차 거의 사용하지 않으며, 풍력과 수력도 제대로 이용하지 못하고, 농기구도 발전하지 않는다. 많은 사람들이 자본이 부족해 앞으로 추수할 곡물을 담보로 비싼 이자를 무는 돈을 쓴다. 자연히 자본을 빌려준 사람의 권력은 증가하고 농민들은 빚에 쪼들리면서 갈수록 가난해진다.

그럼에도 불구하고 노동력이 늘어나면서 어쨌든 생활은 자연히 나아질 것이라고 기대할 수도 있다. 하지만 권력을 가진 자들은 늘 더 많은 권력을 원하고, 늘어나는 인구는 자원에 한계를 불러오며, 사람들은 생활고에 대한 공포에 시달리지. 결국 사람들은 자신과 후손들에게 해가 되는 방향을 선택하는데, 그렇게 되면 노동에서 탈출할 기회조차 갖을 수 없어진다. 인도와 중국, 일본 그리고 대부분의 유럽 대륙에서 그런 경향이 나타났어. 그것은 산업화에 역행하는 경향이라고 부를 수도 있는데 그 경향을 이해하지 못하면 세계 역사에서 어떤 일이 일어났는지 이해할 수 없다. 그 경향을 이해하기 위해 왜 사람들이 자신들과 가장 가까이 있고 경제적인 도구인 가축을 적극적으로 이용하지 않았는지 먼저 살펴보자.

인간이 가축 대신 일할 수밖에 없었던 이유

가축은 인간이 사용한 가장 효율적인 최초의 기계였다. 가축은 힘든 노동의 짐을 덜어주었지. 가축은 고기와 우유 같은 영양을 공급해주고, 쟁기질을 하거나 물을 긷거나 곡식을 가는 기계 역할을 할 수 있었다.

그런 명백한 장점이 있기에 우리는 인간이 당연히 가축의 수를 늘려 점점 삶의 질을 향상시켰을 것이라고 예상한다. 그러나 놀랍게도 그런 일은 거의 일어나지 않았다.

일본은 1600년대까지 소나 말 같은 가축을 상당히 폭넓게 활용했지만 인구가 증가하면서 가축은 오히려 줄어들었고 가축이 하던 노동을 인간이 대체했단다. 19세기 말에 이르러서는 일본 중부의 쌀농사 지역에서 큰 가축이 거의 사라졌지. 모든 땅을 농사에 사용해 가축을 기를 땅도 마땅치 않았을 뿐만 아니라 인간의 노동력이 가축을 사육하고 돌보는 것보다 더 경제적이었기 때문이다.

나는 네팔에서 이와 똑같은 과정이 단 두 세대 만에 일어나는 것을 직접 목격했다. 20세기 중반까지만 해도 네팔에는 소, 양, 염소처럼 우유와 고기, 거름을 제공하고 쟁기질을 하는 가축이 많았다. 그런데 20세기 후반 그중 약 75퍼센트가 사라졌다. 더 이상 가축을 기를 여유가 없어졌기 때문이다. 또 산꼭대기에 있는 마을로 짐을 나를 때 노새를 빌리는 것보다 사람을 사는 편이 훨씬 경제적이었다. 이런 일이 단지 동양에서만 일어난 것은 아니다. 서유럽에서도 같은 일이 수없이 일어났다.

사람들은 결국 여러 면에서 가축을 사치품으로 여기게 됐다. 경제적으로 유복한 사람들만 동물을 기를 수 있었지. 한마디로 가난이 가축을 몰아낸 것이다. 아이들이 당나귀나 소를 대신해서 짐을 지고 괭이로 땅을 팠다. 가축은 그 과정에 대해서 물론 한마디도 할 수 없었단다.

왜 '더 많이'가 '더 적게'로 귀결될까

가축은 한 예일 뿐이다. 풍력과 수력, 바퀴, 화약과 같은 도구도 인구가 증가하고 사회가 복잡해지면서 더 많이 사용되기는커녕 오히려 쓰임새가 줄어드는 기이한 경향이 나타났다. 많은 곳에서 인간의 노동이 다른 종류의 도구와 힘을 대체했지.

인간의 노동력만 집중적으로 이용하는 이런 경향은 특히 몇몇 주요 곡식이 갖고 있는 특성으로 인해 더 강화됐다. 가령 밀은 쟁기질을 해야 하고 밀밭을 갈 때 동물을 이용해야 한다. 그러나 쌀은 모내기를 하고, 잡초를 제거하고, 추수하고, 타작하고, 탈곡하는데 인간의 노동력이 필요하다.

또 쌀은 주로 물에서 경작하기 때문에 동물의 퇴비가 거의 필요치 않다. 가축이 줄어들어도 밀이나 보리, 옥수수처럼 생산에 직접적인 타격을 받지 않는다. 그래서 쌀을 재배하는 지역에서는 산업화보다는 인간의 노동력을 더 선호하는 사회 체계가 만들어지는 것이다.

쌀은 대단히 생산성이 높은 작물이었지만 산업화에는 별 도움이 되지 않았다. 대나무 역시 다른 나무나 금속에 비해 무엇이든 만들어낼 수 있는 유연성을 지니고 있었기 때문에 산업화를 방해했다.

서양에서는 제지용 넝마를 두드리기 위해 기계와 수력을 이용하는 방법이 발전할 수밖에 없었다. 그런데 동양에서는 한지의 재 사람들은 일하기보다 노는 것을 좋아한다.
그리고 자신이 일하지 않아도 먹고 살 수 있는
방향을 추구한다. 그런데 역사는 이상하게도 갈수록
놀기보다 일을 더 하는 쪽으로 흘러왔다.

료로 닥나무를 썼기 때문에 서양에서처럼 제지용 넝마를 이용해 종이를 만드는 복잡하고 어려운 기술을 개발할 이유가 없었다. 그 결과 대나무와 한지를 사용하던 중국 및 일본의 문명과, 나무와 돌을 사용하던 서유럽 문명 사이에 커다란 차이가 생겼다.

동양에서는 단순히 다듬기만 하면 사용할 수 있는 도구를 자연 自然이 제공했다. 그러나 서양에서는 자연이 그렇게 자비롭지 않았기 때문에 유리와 철과 돌로 대용품을 만들어야 했다.

자연히 서양에서는 더 많은 노력이 필요했고, 이는 장기적으로 더 큰 혜택을 주었다. 동양적 해결책은 아주 오랫동안 수많은 사람들에게 훨씬 더 효율적으로 일정한 수준의 생활수준을 제공했지만, 현대 산업 사회를 만들어낸 것은 석탄과 철, 증기를 사용해야 했던 서양적 해결책이었지.

노동의 해방을 이끈 증기 엔진의 발명

앞서 말한 것처럼 1750년경 지구상 대부분의 지역은 발전의 한계에 이르렀고, 오히려 퇴보하는 경향을 보였다. 하지만 난 두 곳만은 예외였다. 바로 북아메리카와 잉글랜드가 그랬지. 먼저 북아메리카를 보자. 그곳은 당시 지구상에서 가장 빠른 경제 발전을 누리고 있었다. 인구는 적었고 자원은 풍부했거든. 그러나 북아메리카의 삼림과 자연자원을 대량으로 소비하면서 발전은 밤췄다. 마치 중국과 인도, 지중해 지역에서 일시적인 발전이 있었던 것처럼 북아메리카도 1~200년 내에 비슷한 정점에 도달하게 될 것처럼 보였다.

또 다른 예외는 잉글랜드였다. 잉글랜드는 외국에서 주요 물자를 들여오는 무역국으로 아주 낮은 경제 수준에서 출발했다. 그러나 잉글랜드는 독특한 사회구조를 갖고 있었다. 다른 곳과 달리 농촌에 묶여 있는 대규모의 농민 계층이 없었고, 윤택하고 거대한 도시 문화가 존재했다. 대단히 효율적인 농업 체계도 갖고 있었다. 덕분에 잉글랜드는 차츰 부유해지기 시작했고, 1750년대에 이르러서는 지구상에서 가장 부유하고 기술적으로 발전한 나라가 됐지.

그러나 1750년을 기준으로 봤을 때 잉글랜드도 언젠가는 불가피하게 발전의 한계에 도달할 것으로 보였다. 식물과 가축을 통해 태양에너지를 변화시켜도 인간이 사용할 수 있는 것은 극히 일부에 불과했다. 100년 정도만 더 지나고 나면 잉글랜드도 과거의 모든 위대한 문명처럼 더 이상 발전이 불가능한 한계에 도달할 것이고, 더 이상 새로운 발전을 이룰 수 없을 것처럼 보였다.

물론 당시 잉글랜드에는 특별한 상황이 존재했다. 잉글랜드 사람들은 부를 창출하고 과학적 발견을 하는 데 관심을 갖고 있었으며, 생산기술을 발전시키기 위해 끊임없이 노력했다. 화석 연료의 사용은 계속 증가하고 있었으며, 해외의 식민지에서 부가 지속적으로 유입되던 상황이었다. 그러나 그 단계에서는 어느 누구도 곧 일어나게 될 혁명적 변화를 예측하지 못했다.

하지만 증기 엔진이 발명되면서 사정은 달라졌단다. 인간의 노동을 증기 엔진으로 대체했을 때 세상이 혁명적으로 바뀔 것이라고 예측한 사람은 별로 없었어. 왜냐하면 그것은 인간의 노동을 가축이나 바람 혹은 석탄을 이용해 대체하는 긴 발전 과정의 연장선상에 놓인 변화 중 하나에 불과했기 때문이다. 그렇다면 어떻게 증기 엔진이 모든 것을 바꾸고 역사상 가장 큰 경제 혁명을 일으켰을까?

만약 산업혁명이 없었다면

증기 엔진은 사실 로마인과 중국인이 수천 년 동안 이미 알고 있던 도구에 약간의 수정을 가한 것에 불과하다. 사람들은 증기 엔진을 오랫동안 별로 중요하게 받아들이지 않았지. 그러나 석탄을 불과 증기로 바꿔 에너지로 사용할 수 있게 되면서 모든 것이 바뀌었단다.

인간은 더 이상 태양에너지를 인간이 사용할 수 있는 에너지로 바꾸기 위해 다른 생물에 의존하지 않았다. 대신 마치 은행 적금처럼 화석 연료에 들어 있는 엄청난 양의 저장 에너지를 사용할 수

있게 됐지. 물론 저장된 형태의 에너지를 사용하는 일도 전례가 없던 일은 아니다. 전에도 인간은 신 개척지의 비옥한 토지나 삼림 등을 이용했다. 그러나 지구 표면 위에 나타나 있는 과거의 에너지 형태는 곧 고갈된다는 단점이 있었다.

이에 비해 엔진은 수백만 년 전에 지구로 내려온 태양에너지가 압축돼 보관돼 있는 거대한 양의 자원을 일상적으로 사용할 수 있게 해주었다. 땅에 묻힌 나무에 저장된 에너지는 석탄이 됐고, 그 과정이 반복돼 석유가 만들어졌다. 두 가지 자원 모두 개인이 사용할 수 있는 태양에너지의 양을 그 이전보다 엄청나게 증가시켰다. 뿐만 아니라 석탄과 석유를 통해 합금과 화학, 플라스틱의 새로운 세계가 활짝 열렸다.

18세기 중반까지만 해도 이런 상황을 예측하기란 거의 불가능했다. 심지어 19세기 중반에 들어서도 무슨 일이 일어났으며 그 의미가 무엇인지 잘 이해하지 못하는 경우가 많았다. 인류를 수천 년 동안 제한해 왔던 경제 법칙이 마치 일시적으로 정지된 것 같았다.

어쨌든 잉글랜드에서 최초로 증기에 기초한 산업 발전이 시작됐다. 역사책에서 말하는 산업혁명이 시작된 것이다. 그러나 산업혁명이 독일과 일본, 북아메리카 등지에서 비슷한 성공을 거두는 데는 무려 80년에 가까운 시간이 필요했다. 중국과 인도의 경우 산업화에 역행하는 경제 구조를 갖고 있었기 때문에 150년 후에야 비슷한 변화가 일어나기 시작했다. 이는 성공적인 모델, 이용 가능한 기술이 있다고 해도 산업화의 과정이 결코 쉬운 것이 아니라는 사실을 보여준다.

우리가 더 이상 들판에서 긴 시간을 일하지 않아도 되는 것은 커다란 축복이지만 동시에 우연의 결과라고 할 수 있다. 18세기 잉글랜드라는 유럽의 조그만 섬 지역에서 일어난 산업혁명이 농업혁명에 버금가는 큰 생산혁명을 일으킨 결과이기 때문이다. 그러나 그것조차 인류의 긴 역사에서 보자면 대단히 최근의 일이다. 게다가 그런 혜택을 받아 고단한 육체노동의 고통에서 조금이라도 해방된 사람은 지구상에 살고 있는 사람 가운데 절반도 채 되지 않는다.

○

디
지
털
시
대

어떻게 해야
좀 더 현명하게
살 수 있을까?

너는 아주 어렸을 때부터 텔레비전을 보며 살았다. 또 인터넷이 발
명되자 초기부터 인터넷을 사용했지. 지금은 네 홈페이지도 있고
디지털카메라도 갖고 있다. 네가 지금 흔히 말하는 정보 기술의 홍
수 속에 살고 있고, 예전 생활과 얼마나 다른지는 굳이 다시 말할
필요가 없을 것이다. 그렇지만 어떻게 이런 놀라운 디지털 세상이
탄생했고, 그것이 얼마나 최근의 일인지는 잘 모를 게야.

의사소통의 역사

디지털 세상의 탄생을 이야기하기 위해서는 우선 인간이 의사소통을 하기 위해 만들어낸 여러 가지 도구를 살펴봐야 한다. 인간의 역사에서 최초로, 가장 오랫동안 사용한 의사소통 도구는 목소리와 몸짓이었지. 사람들은 흔히 이 시기를 구전 혹은 행위 예술의 시대라고 부른단다. 그러다 5000년 전쯤에 중동에서 처음으로 간단한 형태의 글쓰기가 시작되면서 본격적으로 상징과 기호의 시대가 열렸지. 그 시대가 지금으로부터 약 200년 전까지 이어졌다.

목소리나 몸짓을 이용하지 않고 정보를 전달하는 방법은 그림이나 문자, 수학적 기호를 통해 정보를 뇌에 전달하는 것이다. 우리가 알고 있는 모든 위대한 예술과 문학, 과학이 그런 과정을 통해 만들어졌지. 상징과 기호의 시대는 1450년 금속활자 인쇄기의 발명을 전후로 다시 두 부분으로 나뉜다.

1830년대 사진 기술의 발명으로 기계를 통해 정보를 모으고 전달하는 것이 가능해지면서 기계 복제 시대 혹은 기록된 정보의 시대가 왔다. 이 시대는 현재까지도 이어지고 있는데, 다시 두 부분으로 나눌 수 있다. 1950년대까지는 사진과 영화의 시대이며, 그 이후는 텔레비전과 컴퓨터로 대표되는 전자 시대 혹은 디지털 시대다.

의사소통의 역사는 크게 구전, 재현, 기록 정보의 시대 세 부분으로 나뉘고, 다시 구전과 문자, 인쇄, 사진 그리고 전자 기술 시대로 세분화된다. 그런데 이 과정에서 새로운 의사소통 수단은 기존의 의사소통 수단을 완전히 대체한 것이 아니라 기존의 의사소통 수단 위에 누적됐다. 따라서 우리는 말을 하고, 춤을 추고, 그림을 그리고, 글을 쓰고, 인쇄를 하고, 사진을 찍고, 텔레비전을 보고, 동시에 컴퓨터를 사용한다. 각각의 의사소통 수단은 나름대로의 장점도 있지만 단점도 있다.

현대 생활에서 내 생각을 남에게 전달할 때 상황에 따라 수많은 의사소통 수단 중에서 가장 적절한 수단을 선택하는 일은 중요하다. 우리가 살고 있는 세상이 정보의 홍수 속에 빠져 있는 듯이 보이는 이유도 이런 다양한 기술이 공존하기 때문이다.

문자의 힘

문자는 여러 가지 면에서 말보다 훨씬 더 강력하다. 우선 문자는 쓰는 이와 읽는 이가 같은 시간이나 같은 장소에 있을 필요가 없지. 문자를 읽는 사람은 자기가 원하는 시간에 어디서든 문자를 읽을 수 있고 원한다면 자기 나름대로 수정도 할 수 있다.

한편 문자의 힘으로 세계적인 종교가 탄생할 수 있었다. 일단 문자가 도입되자 종교의 진리를 문자로 쓸 수 있었기 때문이지. 문자로 적은 완성된 진리가 생겨난 게야. 사람들은 그것을 신이 내린 보편적이고 변하지 않는 진리로 받아들였고 결국 힌두교와 불교,

도교, 유대교, 기독교, 이슬람교 같은 '책의 종교'가 탄생했다. 이처럼 우리가 알고 있는 종교는 문자의 부산물이라고 할 수 있다.

경제 또한 문자의 산물이라고 볼 수 있다. 회계와 세금, 임대료, 사유재산, 교환 등은 모두 각 개인의 머리 밖에 정보를 보관하고 전달할 수 있는 문자라는 방법이 없었다면 불가능했을 것이다. 초기 인류 문명의 거대한 무역망과 복잡한 관료제도도 문자 없이는 발전할 수 없었다. 지배자들은 문자를 통해 시간과 공간을 새로운 방법으로 통제할 수 있었으며, 자연적 인간을 국가의 구성원으로 변화시킬 수 있었다. 국가 공무원과 조직도 모두 문자를 필요로 했다.

문자는 법이 독립된 영역으로 발전하는 데도 영향을 미쳤다. 법 조문과 판례를 문자로 기록했고, 판사와 변호사가 그것을 해석하고 선고하려면 또다시 문자가 필요했거든. 사람들은 문자로 기록된 유언을 통해 재산을 넘겨줄 수 있게 됐으며, 계약서도 문자로 쓰고, 법정에 문자화된 증거를 제출할 수 있었다. 개인의 한정된 의견과는 달리 보편적으로 적용 가능한 외부적 진실이라는 새로운 개념이 문자와 함께 시작된 것이다. 이런 맥락에서 문자는 법뿐만 아니라 과학의 기초도 마련해주었다.

이 모든 발전은 그리스인들이 알파벳 문자를 만들어내면서 더욱 강력해졌단다. 이제 문자는 현상을 조그만 그림으로 재현한 것을 넘어 대단히 강력한 상징물이 됐다. 물론 상징물은 자의적인 것이었지만 그럼에도 불구하고 무척 의미 있는 도구가 됐지. 인간은 문자를 사용하는 글을 통해 진리를 탐구하고, 자신의 감정을 더 효과적으로 전달하게 됐단다.

인쇄술의 발명

1450년 독일에서 구텐베르크가 현대적인 인쇄기를 처음 발명하자 곧바로 서구 세계가 달라졌단다. 유명한 표현을 빌리자면 인쇄술은 '영혼의 화약'처럼 종교와 정치, 예술, 과학에 불을 붙였지. 인쇄 기술은 오늘날의 컴퓨터나 인터넷 혁명 못지않게 인간이 정보를 저장하고 교환하고 축적하는 방식에 일대 도약을 몰고 왔단다.

인쇄술의 발명은 유럽에서 정치적, 종교적 다변화와 함께 일어났으며 그 과정을 가속화시켰다. 교황청에 반대하는 서적을 배포하고 각 지역의 토착어로 된 성경을 출판하지 않았다면 종교혁명은 불가능했을 것이다. 하지만 이제 사람들은 하나님의 말씀을 자기 스스로 해석하고, 라틴어 대신에 독일어나 영어, 프랑스어로 읽을 수 있게 됐다. 이에 따라 지역 언어에 대한 관심이 형성되면서 민족주의가 성장했다. 사람들이 스스로를 독일인이나 프랑스인 혹은 이탈리아인으로 생각하게 된 것이다.

인쇄술의 발명은 인간이 사유하는 방식에도 많은 영향을 미쳤다. 인쇄술은 인간의 관점을 바꾸었으며 시간과 진실이 선형적이라는 생각을 하게 해주었다. 책을 읽을 때 서구에서는 순차적으로 즉 왼쪽에서 오른쪽으로, 다시 아래쪽으로 읽기 때문이었지. 인쇄술은 현실을 인식하는 방법을 바꾸었으며, 개인이라는 개념과 진실을 담고 있는 외부의 '텍스트'라는 개념도 만들어냈다. 사고의 변화나 진보, 지식의 확장과 같은 개념도 모두 인쇄술의 발전 때문에 가능해진 것이다.

유럽에서 인쇄술의 발전은 또한 우리가 르네상스라고 부르는 발전을 자극했다. 16세기와 17세기의 과학혁명도 인쇄술로 책자를 대량 복제할 수 있었기에 가능했다. 따라서 어떻게 보면 단순한 기술상의 변화라고 볼 수 있는 인쇄술은 15세기 이후 유럽의 정치적, 종교적, 지적 발전에 지대한 영향을 끼쳤다.

더욱 놀라운 사실은 모든 발전과 변화가 인쇄술 자체의 속성은 아니었다는 것이다. 인쇄술로 인해 서구에서 일어난 종교, 정치, 예술, 과학 분야에서의 변화에는 결코 인과관계가 없었지. 인쇄술도 다른 기술과 마찬가지로 또 다른 도구에 불과했단다. 혁명적인 변화를 가능하게 하고 촉진할 수도 있지만 오히려 변화를 방해할 수도 있었지. 인쇄술이 필연적으로 새로운 생각이나 발전을 만들어내는 것도 아니다. 이런 사실을 중국과 일본에서 확인할 수 있다.

중국에서는 유럽보다 약 300년 전에 활자 인쇄 기계가 발명됐다. 금속 활자나 목판을 이용한 종교서적도 많이 출판됐지. 그러나 그 후 500년이 지난 뒤에도 인쇄술은 거의 제자리걸음을 했다. 일본에서도 유럽의 어느 지역과 비교해도 뒤지지 않을 정도로 출판이 대량으로 이루어졌지만 인쇄 기술의 발전은 별로 없었다.

그 결과 중국과 일본에서는 서양에서 인쇄술의 영향으로 일어난 정치혁명(민족주의), 종교혁명(개신교) 혹은 지적 혁명(개인주의, 진화사상, 개방적 사고, 과학혁명) 등이 일어나지 않았다.

중국과 일본의 경우는 인쇄술의 발전과 함께 시작된 서구의 여러 가지 변화가 결코 인쇄술 자체의 필연적인 결과가 아님을 잘 보여준다. 인쇄술이 그런 여러 가지 변화의 중요한 동인이었음은 분명하지만 단지 그 이유로 변화가 일어났다고는 볼 수 없다.

사진과 영화가 만든 세상

자연 세계의 단면을 포착할 수 있는 재미있는 기계가 1830년대에 발명되면서 새로운 의사소통의 시대가 열렸다. 그 기계는 검은 통에 조그만 구멍을 뚫어 빛을 들여보내면 거꾸로 된 상을 만들어내는 '카메라 옵스큐라camera obscura'를 변형한 사진기였지. 또 사진기는 화학적 작용을 통해 사진판도 만들어냈다. 1890년대에는 이를 기반으로 영화가 탄생했단다.

사진은 어떤 위대한 예술가도 창조해 낼 수 없었던 현실의 단면도를 만들어냈다. 그리고 일시적인 것에 영원성을 부여하고 눈에 보이지 않는 것을 탐사할 수 있게 해주어 미생물과 질병에 대한 이해를 혁명적으로 증진시켰다. 사진기는 세계를 좁혔다. 멀리 있는 지역을 가깝게 만들고, 망원경과 결합해 우주 사진을 찍음으로써 우주 지도를 만드는 일까지도 가능하게 했다.

인류는 사진기의 발전과 함께 세상을 카메라 렌즈를 통해 보게 됐단다. 기능이 향상된 사진기 렌즈는 과거 어느 때보다 현실을 더 분명하고 밝게 보여주었지. 그 결과 인간은 욕망을 채워주고 또 새로운 욕망을 만들어내는 온갖 이미지의 홍수 속에 살게 됐다. 사진을 통해 인간은 현실의 여행자이자 환상의 소비자가 된 것이다.

정지된 이미지가 연속적으로 묶여 움직이면 복제 기술의 힘은 강화된단다. 1890년대부터는 사진에 소리와 색채가 더해져 현대적인 영화로 발전했지. 영화는 시간과 공간에 대한 인식을 완전히 바꿔놓았고 강력한 환상과 신화를 창조하는 예술 형태로 자리 잡았다. 1930년대에 출발한 텔레비전의 발전으로 영향력이 더욱 증가했다.

텔레비전이 바꿔놓은 것들

텔레비전은 영화와 달리 우리의 응접실 안에 들어와 있고, 속성상 사람을 대단히 열중하게 만든다. 또 다른 사람들의 삶의 모습을 즉각적이고 감정적으로 보여주고 사생활과 공적 생활의 경계를 무너뜨리고 불평등과 차별을 해소한다. 물론 동시에 역설적으로 불평등과 차별을 강화하기도 하지만 말이다.

대중매체 전문가인 마이오르위츠가 말한 것처럼 텔레비전은 공손한 검둥이를 자부심이 강한 흑인으로 만들었고, 미스와 미세

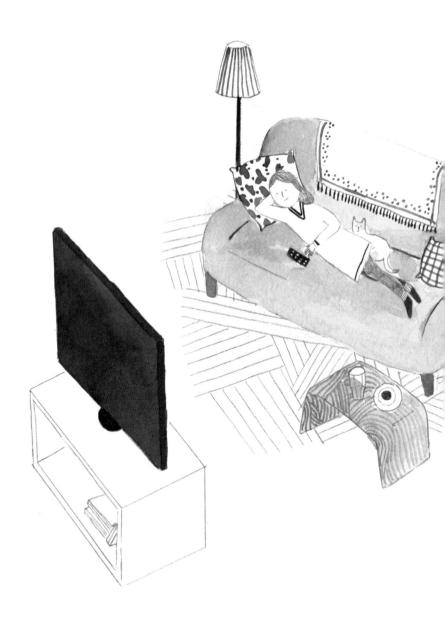

스를 합쳐 미즈로 만들었으며, 어린아이를 천부적 권리를 가진 독
립적 인간으로 만들었다. 또한 정치 지도자의 이미지와 권위를 실
추시켰고, 어린아이들에게는 어른의 실체를, 남자와 여자에게는
서로의 실체를 보여주었다.

텔레비전은 다양하고 넓은 세계를 하나의 지구촌으로 만들어
자본주의의 우월함을 보여줌으로써 공산주의를 무너뜨렸으며, 자
연을 보는 우리의 눈도 바꿔놓았다. 심지어는 처참한 빈민가에 희
망을 가져다주는 도구로서의 역할도 하고 있지.

그러나 텔레비전의 긍정적인 영향(혹은 부정적인 영향)은 과대평
가된 것일 수 있다. 많은 사람들이 텔레비전을 켜놓고 있지만 실제
로는 보지 않는 경우가 많기 때문이다. 마치 방구석에서 중얼거리
는 늙은 할머니처럼 텔레비전을 집안 한구석에 보관하고 있는 사
람들도 많다.

의사소통 수단의 거대한 변화, 전자우편

의사소통 수단의 또 다른 거대한 변화는 전자통신 수단에서 일어
났다. 19세기 중반까지만 해도 메시지를 전달하는 가장 빠른 방법
은 비둘기 같은 새나 동물을 이용하는 것이었지. 그러다 전보가 발
명되면서 육지와 바다에 전신망이 깔렸다. 나아가 전화가 보급되
면서 장거리 전화의 경우에도 시간당 950킬로미터에 가까운 빠른

속도로 메시지를 전달할 수 있게 됐다.

전화보다 더 빠른 통신 수단인 전자우편은 20세기 말에 등장했다. 이제 우리는 하루 종일 모든 사람과 연결돼 있다. 물리적이고 사회적인 접촉은 단절된 대신 온라인상의 가상 공동체를 만들어냈으며 바로 옆에 서 있는 사람보다 인도나 중국에 있는 사람과 더 가깝게 지낼 수도 있게 됐다.

사실 1990년대 초에 전자우편이 처음 등장했을 때만 해도 나는 그것을 별로 달갑게 여기지 않았다. 그 후로도 꽤 오랫동안 상당히 불편하고 위협적인 기술이라고 느꼈지. 그러나 일단 사용하기 시작하자 다른 사람들과 마찬가지로 어쩔 수 없이 중독되고 말았단다.

전자우편은 편지 쓰는 일의 좋은 점을 고스란히 갖고 있다. 생각할 시간을 가질 수 있고, 원하는 대로 수정이 가능하며, 직접적으로 다른 사람에게 말을 할 필요도 없다. 게다가 편지보다 훨씬 싸고 빠르며 그림이나 문서도 함께 보낼 수 있지. 아마 젊은 세대는 옛날 사람들이 전자 우편 없이 어떻게 살았는지 이해하기 어려울 것이다.

디지털 시대를 현명하게 사는 세 가지 방법

앞서 말한 것처럼 과거에 정보 기술로 엄청난 변화가 일어났다면 현대의 더 강력한 기술이 가져올 변화가 얼마나 클지 짐작하기란 그리 어렵지 않다. 현재는 정보 기술 없이 경제나 사회를 운영하는 것은 아예 불가능하다. 전자 매체가 없다면 은행과 증권거래소, 공항, 병원, 대학이 모두 움직이지 않을 것이다. 심지어 온라인에서 쇼핑을 하거나 바쁜 승강장에서 친구를 만나는 등 생활 속의 작은 일도 전자 기술과 밀접한 관련이 있단다. 이전의 매체가 서구를 변화시켰듯이 이제 초고속 통신망은 중국과 인도까지도 변화시키고 있다.

너는 거의 예측이 불가능한 거대한 진보의 입구에 서있다고 할 수 있다. 아직은 시작에 불과하지. 사람들은 이미 1970년대에 큰 도서관의 모든 책을 언젠가 사탕조각 하나만한 크기의 저장 매체에 기록할 수 있을 것이라고 예측하곤 했다. 그러나 그들도 그 사탕조각이 다른 사탕조각과 연결돼 손목시계에 달린 창을 통해 탐색할 수 있을 것이라고는 예측하지 못했단다. 왜냐하면 그때는 영국에서 가장 큰 컴퓨터가 현재 CD 한 장에 들어가는 정도의 정보만큼도 저장하지 못할 때였거든.

이제 수백만 개의 웹 사이트와 컴퓨터 게임, 문자메시지, 전화통화가 우리를 공격하고 있다. 그래서 자칫하면 그 안에 파묻히거나 가상세계에 중독될 수도 있다.

도대체 어떻게 해야 디지털 시대에 현명하게 살아갈 수 있을까? 어떻게 해야 사생활을 침해받거나 집중력을 잃지 않으면서 많은 기계와 정보를 잘 활용할 수 있을까?

오늘도 수백만 개의 웹 사이트와
컴퓨터 게임, 문자메시지가 우리를 공격하고 있다.
그래서 자칫하면 그 안에 파묻히거나 가상세계에
중독될 수도 있다. 도대체 어떻게 해야
디지털 시대를 현명하게 살아갈 수 있을까?

한 가지 방법은 한 번에 하나의 매체에 집중하는 것이다. 아이팟iPod으로 음악을 들으면서 노트북을 사용하고, 그 사이에 휴대폰이 울리고, 한쪽 구석에 있는 텔레비전에서 광고가 나오고 있는 상황은 매우 흔하다. 그런 상황에서 우리는 지칠 수밖에 없지. 말하는 것만으로도 많은 에너지가 소모되므로 어려운 주제에 대해 말을 하면서 동시에 운전을 하는 정도의 일도(네 할머니가 종종 내게 주의를 주는 일이기도 한데) 사실은 인간의 한계에 도전하는 것과 마찬가지다. 이런 이유 때문에 굳이 영화를 보러 극장에 가는 것이다. 휴대폰도 꺼놓고 오로지 영화에 집중하기 위해서 말이다. 그렇게 한 번에 하나의 매체에 집중하는 것은 그 매체를 진정으로 향유하는 길이 될 수 있다.

디지털 시대를 현명하게 살기 위한 두 번째 방법은 우리가 어떻게 매체를 받아들이는지를 이해하고, 또 어떻게 매체가 만들어지는지를 이해하는 것이다. 텔레비전과 사진이 어떻게 우리를 속이고 유혹하는지는 프로그램을 직접 만들어서 편집해보거나 사진을 찍어 인화해보고 수정해보면 잘 알 수 있지.

학교에서는 글쓰기와 읽기는 많이 가르치면서 우리의 생활을 완전히 지배하고 있는 강력한 시각 매체들이 어떻게 구성되고 그 것을 어떻게 이해해야 하는지에 대해서는 거의 가르쳐주지 않는 다. 따라서 우리는 스스로 배워야 한다. 결코 어려운 일은 아니다.

지난 세기에는 개인들이 매체와의 관계에서 단순한 수용자 역 할만 해왔다. 하지만 인류의 아주 초기 사회에서는 대부분의 사람 들이 노래나 춤, 연설을 소비했을 뿐 아니라 창조하는 데도 참여했 다. 그러다가 강력한 기술을 기반으로 하는 매체들이 등장하면서 창조자와 수용자 사이의 균형이 깨졌다.

불균형의 주요 원인은 기술 장비의 비용이다. 단순하게 설명하 자면 책을 사거나 비디오 한 편을 빌려보는 것이 그런 것을 생산하 는 것보다 훨씬 싸다. 내가 참여했던 한 텔레비전 연재물은 편당 제작비가 무려 5,000만 원가량 들었다. 그런 돈을 쓸 수 있는 사람 은 많지 않지. 그로 인해 생산자의 정보 독점과 정치적 조종, 검열 같은 것이 강화됐다고 볼 수 있다.

하지만 20세기 후반 들어 불균형을 교정하는 새로운 기술이 등장했다. 바로 인터넷이다. 물론 지금은 인터넷 상의 정보가 너무 방대해져서 그 안에서 다른 사람의 눈에 띄는 것이 어려울 정도가 됐지. 그럼에도 불구하고 인터넷 상에서 우리는 정보를 주고받는 생산자 겸 소비자가 될 수 있다.

우리는 이제 개인적으로 웹 사이트를 만들고, 사진과 동영상을 올리고, 소규모 방송국을 운영할 수 있다. 극히 소수의 사람만이 내 웹 사이트를 본다고 해도 그것이 존재한다는 사실은 변하지 않지.

또 그것을 만드는 과정을 통해 우리를 끊임없이 현혹시키는 다양한 속임수에 대해 배울 수 있다.

그러나 인터넷도 다른 기술과 마찬가지로 권력이 시민을 통제하거나, 상사가 부하를 지배하거나, 장군이 부하를 지배하는 데 사용될 수 있다. 즉 인터넷이 우리의 창의력을 말살시키고 권력자의 배만 부르게 만들 수도 있다는 말이다.

릴리야, 마지막으로 개인적인 충고를 하나 하려고 한다. 매체로 인해 받는 스트레스는 주로 너무 많은 시간 동안 화면을 보고 있기 때문에 생긴단다. 그래서 일정한 시간이 흐르면 즐거운 것이 아니라 정신이 멍해지지. 1시간 이상 눈과 정신의 집중을 요하는 일을 했다면 반드시 쉬어라. 그리고 그런 일을 반나절 정도 했다면 그 후에는 전혀 다른 일을 하렴. 세계에서 가장 큰 도서관을 갑자기 삼키면 반드시 소화불량에 걸린다는 사실을 명심하면서 말이다.

○
지
식

왜 끊임없이
공부를 해야만
하는 걸까?

릴리야, 인류가 생겨난 이래 이렇게 많은 지식이 있었던 적은 없었다. 과거에는 하나의 지식 체계로 분류되던 것들이 양적 팽창으로 인해 세부 항목으로 분류됐지. 그에 맞춰 인간은 점점 더 많은 것을 배워야 한다. 초등학생조차 여러 갈래로 나눠진 과목들로 인해 상당히 많은 양의 지식을 매일 배우고 익히지 않니? 또 대학에서는 하루가 멀다 하고 새로운 학과들이 생겨나고 말이다.

네가 이 책을 읽을 때쯤이면 네 머리는 이미 더 이상의 지식을 받아들일 수 없는 한계에 이를지도 모른다. 너는 아마 이렇게 외칠게야. 왜 인간은 끊임없이 지식을 습득해야 할까? 지식이 과연 우리의 실제 삶에 유용하기는 한 걸까? 더 재미있게 지식을 받아들일 방법은 없는 걸까?

　그러나 원하든 원치 않든 너는 평생에 걸쳐 새로운 지식을 받아들여야 할 것이다. 네가 속한 사회는 물론, 네 안에 잠재된 내적 본능 또한 그것을 요구할 것이기 때문이지. 그런 의미에서 할아버지는 네가 때로 지겹고 의미 없어 보이는 지식의 본질과 가치를 제대로 이해했으면 좋겠구나. 만일 네가 지식에 대해 오로지 부정적인 시각만 가지고 있다면 지금부터 내가 하는 이야기를 잘 들어보길 바란다.

우리를 공부하게 만드는 몇 가지 요소들

인간으로서 우리는 계속해서 새로운 것을 배워야 한다. 노력과 창조성은 인간의 생물학적 본능이지. 다른 동물도 마찬가지다. 종을 재생산하거나, 배고픔을 채우거나, 따뜻한 장소나 집을 찾는 본능 말이다. 이런 본능을 충족시키기 위한 노력은 분명 인간의 진보에 강력한 동인이 되었단다. 더불어 엄청난 경쟁도 야기했지.

　인간 사회에는 대부분 불평등이 존재한다. 운동 경기나 예술, 지식 분야에서도 그렇고 물질적인 부의 분배나, 지위나 존경 같은 상징적인 가치의 분배에서도 그렇지. 사람들은 경쟁을 통해 남보다 앞서려는 욕망, 남에게 뒤지는 것에 대한 불안감 등으로 인해 어렵고 때로는 유쾌하지 않은 일도 배워야 한다. 이런 자극은 현대의 서구 사회에만 국한된 것이 아니다.

다른 사람들에게 존경받고자 하는 욕구도 창조적인 힘의 원천
이다. 다른 사람들과 함께 조화롭고 성공적으로 일하면서 얻는 기
쁨도 창조적 활동에서 중요하다. 특별한 언어 능력과 함께 도구를
사용하는 인간은 어떤 사회적 동물보다 이런 활동에 유리하다. 인
간의 중요한 문화 발전은 상호보완적이고 협동적인 노력의 결과란
다. 혼자서는 이룰 수 있는 것이 거의 없지.

지식도 하나의 선물이다

선물이란 누군가에게 공짜로 무언가를 주는 행위다. 물론 실제로
는 선물을 받은 사람이 그에 대한 보답을 해야 한다고 여기기도 한
다. 어쨌든 더 넓은 의미로 선물이란 단순히 눈에 보이는 물건뿐
아니라 다른 사람을 즐겁게 만들고 다른 사람에게 좋은 인상을 주
기 위해 하는 일까지 포함한다.

어떤 선물이든지 그 안에는 여러 가지 요소가 포함된다. 음식이
든 시 구절이든 전쟁의 승리든 간에 선물에는 외적이고 물질적인
요소가 있고, 그 이면에는 언제나 선물의 정신, 즉 선물이 표현하는
사회적이고 상징적인 관계가 있다. 무언가를 주는 것과 받는 행위,
그리고 받은 선물에 대해 보답하는 것 등은 모두 사회적 관계를 나
타낸다. 그런 행위를 통해 우리는 존경을 표현하고, 자신의 개성을

표출하고, 또 남의 존경을 얻지.

지식을 추구하는 일도 큰 규모의 '선물 주고받기' 체계로 볼 수 있다. 이 체계 안에서 다른 사람에게 전달한 선물은 단순히 물질적인 의미 이상을 지니지. 과학자는 새로운 사실이나 이론을 발견해 자신의 동료에게 선물한다. 그 안에는 과학자의 정신이 일부 들어 있다고 할 수 있다. 이런 종류의 선물을 받으면 보답할 의무가 생긴다. 결국 새로운 과학적 발견은 새로운 이해의 지평을 열 뿐만 아니라 다른 과학자들에게 보답해야 한다는 의무를 부여하기 때문에 또 다른 새로운 과학적 발견으로 이어진다.

그러나 선물은 결코 계산적이어서는 안 된다. 만약 과학자들이 어떤 게 이득이 될지를 끊임없이 따진다면, 위험이 따르고 장기간의 노력이 필요한 기초과학 활동은 이루어지기 어렵겠지. 대부분의 위대한 과학자들은 남들이 보기에 미쳤다고 할 정도로 단기적인 이익을 완전히 포기한 채 오랜 기간 동안 매우 적은 대가를 받으면서 자신의 가설을 쫓아 연구를 한다. 도대체 과학자들은 누구를 위해서 그렇게 하는 것일까? 친구나 동료를 위해, 스승이나 제자를 위해, 자기의 이름을 기억할 사회를 위해 혹은 신의 영광을 위해…… 이유는 얼마든지 있을 수 있다. 중요한 것은 언제나 다른 사람에게 주는 선물로 연구에 몰두한다는 것이다.

지식의 원동력, 호기심과 경이

인간은 다른 영장류와 마찬가지로 호기심을 갖고 있고, 반복되는 유형을 만들기를 좋아하며, 무엇인가를 만들어내고 놀기를 좋아한다. 그런 일을 권장하거나 오랫동안 허락하기만 해도 과학적 실험과 창조적 문제 해결, 난관의 극복, 합리적인 문제 해결로 이어질 수 있다.

특히 어린아이들은 놀라움과 감탄을 아끼지 않는다. 릴리 네가 아주 어렸을 때 호주에서 조각 맞추기를 하면서 노는 모습을 카메라로 찍던 기억이 난다. 사물이 어떻게 움직이는지 이해하려는 너를 보면서 나는 거기에 아주 강한 생존 본능이 작용하고 있음을 느꼈단다. 실제로 갓난아이는 태어나서 사물을 보기 시작하면서부터 '왜'라는 질문을 시작하지.

'왜'라는 질문에 답하기 위해 아이들은 여러 가지 방법을 사용한다. 비교하기도 하고, 일반 원리에서 출발해 특별한 사건을 해석하는 연역법을 사용하기도 하고, 특별한 사건에서 일반 원리를 유추하는 귀납법도 사용하며, 실험도 하지. 아이들은 생존하기 위해 상당한 수준의 과학자가 돼야 한다.

어린아이의 세계는 화가나 시인, 과학자들과 마찬가지로 감탄과 경이로 가득 차 있으며 언제나 수수께끼를 탐구하고 풀려고 한다. 만약 차이가 있다면 어린아이는 타고난 지능만 활용하는데 비해 음악가는 음악계에 전해지는 전통을 활용하고, 과학자는 수학이나 다른 도움을 받는다는 것뿐이다.

과학은 '축적'되는 경향이 있으며, 과학적 지식은 '검증'되고, 과학적 질문은 '열린' 성격을 갖고 있어서 결코 최종적인 답을 얻을 수 없다. 그러나 이런 세 가지 특성이 함께 묶일 때 신뢰할 만한 지식 발전이 이루어진다고 볼 수 있다.

인간의 생존 본능에 가까운 호기심은 어릴 때는 왕성하다가 나이 먹으면서 차츰 줄어든다. 외부 압력이나, 답이 이미 나왔을 것이라는 생각 때문에 그렇지. 무척 안타까운 일이 아닐 수 없구나.

기술이 어떻게 지식을 발전시킬까

다른 동물과 비교해서 인간은 자신이 아는 지식을 외부에 전달할 수 있다는 특징을 갖고 있다. 대단히 정교한 문화 체계를 통해 자신의 생각을 저장하고 전달하지. 그에 따라 인간의 지식은 더 빠르게 성장한다. 인간에게 필수적인 문화는 말, 음악, 신화, 전통 같은 비가시적인 것이거나 문자, 도구, 의식, 생활방식처럼 가시적인 것일 수 있다. 이처럼 넓은 문화 영역 중에서 우리 생활에 가장 큰 영향을 미치는 것은 기술이다.

기술은 지식의 저장과 확대를 통해 세계를 변화시킨다. 새로운 생각이 도구를 발명해내고 새로운 도구가 다시 새로운 생각이 탄생을 돕는다. 이 과정에는 세 가지 단계가 있다.

첫 번째 단계에는 세상에 대한 신뢰할 만한 지식을 제공하는 이론적 사고가 증가한다. 새로운 지식을 발견하는 것이지. 세상이 어떻게 움직이는지에 대해 논리적으로 입증하는 정보는 언제나 객관적인 조사를 통해 얻어진다. 두 번째 단계에는 이 같은 정보를 새로운 도구나 실험 장비를 만드는 데 사용한다. 즉 새로운 지식을 가지고 새로운 도구를 만들어내는 것이다. 세 번째 단계에는 새로운 도구가 쓸모 있고, 사용하는 사람이 많으며, 생산하기도 쉽다면 대량으로 퍼져나간다. 그로 인해 결국 삶의 조건이 바뀌게 되고 다시 새로운 이론적 탐사가 가능해진다. 이 같은 세 단계는 삶의 많은 부분에서 실제로 일어난다. 우리가 발전이라고 부르는 것은 실상 이 세 단계가 빠르게 반복되는 것이다.

일반적으로 새로운 지식이 더해질 때마다 더 많은 새로운 것들을 만들어낼 가능성이 생긴다. 레고 놀이를 할 때 바퀴를 더하면 그 전보다 훨씬 많은 것을 만들 수 있다. 그와 마찬가지로 바퀴와 인쇄술, 시계, 유리, 사진, 컴퓨터 같은 새로운 기술도 그 이전의 문화와 결합해 전혀 다른 새로운 가능성을 열어주었다.

이런 과정을 방해하는 것이 없다면 세상에 대한 신뢰할 만한 지식과 삶을 개선하기 위한 효과적인 행동은 끝없이 확장될 것이다. 실제로 지난 300년 동안에 인류가 이룩한 성장이 그 증거라고 할 수 있지. 그 사이에 자연에 대한 인간의 지식과 통제 능력은 놀라울 정도로 증가했단다.

유리의 역사가 증명하는 것

유리琉璃는 세상을 바꿨다. 그러나 유리의 탄생은 우연의 결과였으며 다른 발전의 부산물이었다. 유리의 역사는 기술을 통한 지식의 발전이 때로는 전혀 무관한 일의 예기치 않은 결과일 수 있다는 사실을 잘 보여준다. 동시에 의도적인 목적을 갖고 지식을 바탕으로 어떤 물건을 생산하기 시작하면 대단히 빠른 발전이 이루어질 수 있음을 보여준다. 뿐만 아니라 새로운 기술이 생겨나면 종전의 다른 기술도 함께 변화한다는 사실도 잘 보여준다.

처음부터 유리가 세상을 바꿀 것이라고 생각한 사람은 아무도 없었다. 물론 이슬람 학자들은 9세기부터, 서유럽 학자들은 12세기부터 유리가 액체를 담는 아름다운 물질 이상의 가치를 지닌다는 것을 알았다. 말하자면 유리는 빛을 통과시키지만 냉기는 통과시키지 않는 속성이 있음을 알았던 것이다. 또 유리는 시야를 조작할 수도 있다.

그래서 사람들은 9세기부터 유리를 통해 미세한 물질을 보고, 빛의 속성을 관찰하기 시작했다. 빛의 본질과 유리의 화학적 구성에 대한 지식이 많아지면서 유리로 만든 도구도 발전했다. 그러나 우리에게 의미 있는 가장 극적인 발전은 16세기 말에 일어났다.

사람들이 멀리 있는 물건을 보거나 아주 작은 물체를 보기 위해 적절한 모양의 유리조각 두 개를 잇대어 놓을 생각을 어떻게 하게 됐는지는 아직도 풀리지 않는 수수께끼다. 어쨌든 망원경과 현

배워도 배워도 배울 것이 넘쳐난다.
더 이상의 지식을 받아들이는 것이 힘겨울 정도다.
그럼에도 왜 끊임없이 공부를 해야만 하는 것일까?
지식이 과연 우리의 실제 삶에
도움이 되는 것일까?

미경은 모두 16세기 초반에 네덜란드에서 개발되었다고 한다. 그때 망원경이 발명되지 않았다면 갈릴레오가 자신의 천체 이론을 개발하거나 입증하지 못했을 것이다. 또 현미경이 없었다면 박테리아의 존재는 결코 알려지지 않았을 것이다. 유리의 발전은 다른 분야에도 영향을 미쳤다. 광학을 발전시켰고 진공을 발견하는 데도 도움을 주었다. 커다란 유리 플라스크가 없었다면 진공을 만들어내고 관찰하는 것은 불가능했을 일이다.

유리는 쉽게 부식되지 않는 비활성 물질인데다 안에 있는 사물을 볼 수 있다는 특징이 있기 때문에 증류기와 플라스크, 온도계, 기압계 등을 사용하는 화학의 발전에 필수적이다. 현재는 거의 모든 과학 분야가 유리에 의존하고 있고, 대중교통 수단과 전기, 시계, 텔레비전같이 우리의 문명을 움직이는 대부분의 도구가 유리를 사용한다. 주변을 둘러보면 유리가 어디에나 존재함을 알 수 있다. 유리를 통해 우리의 삶이 굉장히 많이 바뀐 것이다.

좀 더 근본적인 차원에서 생각해보면 르네상스와 현대 과학의 기초가 된 철학적, 정서적 토대조차 유리가 없었다면 성립할 수 없었을 것이라는 주장까지도 가능하다. 시각은 인간의 가장 강력한 감각이기 때문이다. 유리는 맨눈으로는 볼 수 없는 작은 생물이나 멀리 있는 별을 볼 수 있는 새로운 도구를 만들어내 수많은 과학적 발견을 이끌어냈다. 뿐만 아니라 사람들에게 현상을 넘어 더 깊은 진리의 세계를 발견할 수 있다는 자신감도 안겨주었다.

사람들은 유리라는 도구를 통해 지식의 보물 창고를 열고, 사물의 표면 아래와 위를 보고, 전통적인 의견을 반박할 수 있게 됐다. 눈에 보이는 것이 전부가 아니라는 사실도 분명해졌지. 맨눈으로는 보이지 않는 숨겨진 관계와 감추어진 힘이 드러나기 시작한 거야. 또 유리 기술의 발전은 수학과 기하학에 영향을 주었고 예술에도 영향을 미쳤다.

지식 발전의 3단계는 새로운 지식을 발견하고, 그에 따라 새로운 도구를 만들며, 그 도구를 광범위하게 이용해서 다시 새로운 지식을 발견하는 과정이다. 유리는 그 과정을 잘 보여주는 사례다.

지식이 제대로 발전하려면

지식과 도구의 발전은 '경계 짓기'와 '누설' 사이의 균형을 필요로 한다. 만약 어떤 체제에 경계가 없다면 그 안에서는 어떤 것도 충분히 성장할 시간을 갖지 못한 채 새로운 생각이나 발명으로 인해 사라져버릴 것이다. 마치 바람이나 조류로 인해 모든 것이 쓸려가 버리는 평평한 표면이나, 식물이 자랄 수 있는 바위 턱이 없는 산과 같다. 그러나 만약 턱이 높아 넘을 수 없는 정도라면 반대로 정체된다. 변화와 개선에는 언제나 많은 반대자가 있으며 어떤 일을 하기보다 하지 않을 이유가 더 많다. 중국과 일본에서 오랫동안 그랬듯이 일정한 경계 내에서 거의 완전한 통제가 유지된다면 새로운 일이 일어나기는 무척 어렵다.

새로운 아이디어는 사람들을 창조적으로 만든다. 그러나 아이디어는 반드시 지속적이고 일정한 비율로 생겨나야 한다. 일본에서는 1868년부터 100년 이상 이런 상황이 벌어졌고 현재 중국에서도 다소 다른 방식이기는 하지만 비슷한 일이 일어나고 있다.

그러나 20세기 말 옛 소련에서 시장 자본주의가 그랬듯 새로운 아이디어가 너무 빠르게 밀어닥치면 한 문명을 압도해 버릴 수 있다. 9세기부터 19세기까지 유럽에서는 하나의 대륙 안에 다양한 정치적 문화적 경계들이 혼합돼 있었고, 덕분에 새로운 아이디어와 도구가 여기저기로 빠르게 움직일 수 있었다.

새로운 아이디어의 중심지가 서로 연결돼 있다는 것은 대단히 중요하다. 획기적인 발전은 독자적으로 일어나기 어렵기 때문이다. 한정된 경계 안에서는 정보도 부족하고, 학식이 뛰어난 사상가도 부족하고, 사람들의 사고에도 한계가 있다. 따라서 서로 떨어져 있는 과학자들이 활발하게 의사소통할 때 중요한 발전을 이룰 수 있다. 실제로 12세기부터 현재까지의 중요한 과학적 발견들은 유럽 전역에 걸친 폭넓은 지적 교류 덕분에 이루어졌지. 유럽이 기독교라는 하나의 종교와 라틴어라는 동일한 언어 그리고 다른 많은

공통의 전통을 갖고 있다는 사실이 교류에 큰 도움을 주었다. 유럽
에는 학자들과 발명가들 사이에 일종의 공동체가 존재했다고도 할
수 있다. 또한 아이디어를 전파하는 방법으로 인쇄 기술이 유럽 전
역에 빠르게 확산된 것도 과학 발전에 중요한 역할을 했다.

신뢰할 만한 지식을 찾는 중요한 동기는 호기심이다. 유럽의 경
험은 사람들에게 더 많은 의문을 제기했다. 15세기부터 원거리 항
해를 통해 아메리카, 인도, 태평양제도, 동아시아 등을 발견함으로
써 엄청난 양의 정보가 유럽으로 들어왔다. 새로운 지식은 기존의
생각을 바꿔놓았다. 또 오랜 기간 동안 지중해 지역의 좁은 공간에
서 이슬람 문화와 기독교 문화가 서로 섞인 것도 새로운 아이디어
를 자극했지.

그 결과물이 지금 우리가 살고 있는 세계란다. 내가 지금 편지
를 쓰면서 사용하고 있는 노트북 컴퓨터는 20년 전에는 상상하기
어려운 물건이었다. 세계는 앞에서 말한 지식 축적의 과정을 통해
그만큼 빠르게 변하고 있다.

굶주림

아프리카에서는
왜 4초에 1명씩
굶어죽을까?

가족과 둘러앉아 식사를 하며 텔레비전을 보는 저녁을 상상해보렴. 그런데 아프리카에서 또 기근이 일어나 수많은 아이들이 굶주림으로 허덕인다는 뉴스가 나온다면 식탁에 놓여 있는 음식을 보면서 여러 가지 생각을 하게 될 것이다. '내가 풍성한 식탁 앞에서 감사의 기도를 드리고 있는 사이 저곳에서는 몇 초에 1명씩 기근으로 죽어간다. 왜 아프리카는 지금도 그렇게 굶주릴 수밖에 없는 걸까? 이 믿을 수 없는 현실에서 내가 할 수 있는 일은 과연 무엇일까? 저녁을 굶고 내 용돈을 자선단체에 보내면 될까?'

할아버지도 너처럼 기근에 대한 뉴스를 접할 때면 가슴이 답답해진다. 도대체 왜 세상이 이렇게 됐을까?

기근이란 사람들이 실제로 굶어 죽거나 굶어서 질병에 걸리는 상황을 말한다. 기근은 사람을 천천히 죽게 만들지. 먹지 못하는 상황에서 몸 안에 축적된 지방을 조금씩 소비하면서 죽어가는 것이다. 참으로 무서운 일이 아닐 수 없다. 인류 역사를 돌이켜보면 인도, 중국, 러시아, 유럽에서 대규모 기근이 있었으며 현재는 아프리카가 가장 많은 기근을 겪고 있다.

아프리카의 기근에 대한 원인으로는 여러 가지가 거론된다. 비가 너무 많이 오거나 적게 오는 기후 문제, 전쟁이나 정치적 분쟁, 해충, 곡물 가격의 급격한 변동, 부패 같은 문제가 원인으로 꼽힌다. 과거 다른 곳에서도 그랬듯이 식량의 이동을 가로막는 높은 지방세 때문이라고 지적하는 사람들도 있다. 물론 그런 원인들도 나름대로 모두 중요하다. 하지만 더 근본적인 원인은 따로 있다.

왜 굶주림에 허덕이는 사람들이 생겨날까

대부분의 사회에서 기근은 인구 과잉과 직접적인 관련이 있다. 인구 증가는 자원의 일시적인 증가로 인한 경우가 많다. 이럴 경우 잠시 동안은 상대적으로 풍요로운 생활이 가능하다. 하지만 수요가 공급을 넘어서면 그동안 더 늘어난 사람들은 식량 부족으로 큰 고통을 겪지.

여러 종류의 곡물을 기르나가 한 가지 종류로 전환하는 경우에도 치명적인 결과가 나올 수 있다. 어려울 때 일종의 방어막이 돼 줄 수 있는 다양한 종류의 곡물과 가축이 사라지고, 단지 한두 가지로만 선택이 국한되기 때문이다. 모든 사람이 감자나 쌀, 밀, 목화, 커피를 재배한다고 해보자. 만약 그 작물에 문제가 생기면 보충할 길이 없다.

기근의 또 다른 원인은 강자가 약자를 수탈하는 구조에서 찾을 수 있다. 강자는 약자가 생산한 것을 가능하면 많이 착취하려고 하기 때문에 약한 사람들은 언제나 근근이 먹고살 수밖에 없다. 그러다가 흉년이 오면 꼼짝없이 기근에 시달리는 것이다.

이것은 국가와 국가 사이에서도 벌어지는 상황이다. 돈을 빌려준 나라가 돈을 꿔간 나라를 수탈하는 거지. 부유한 국가는 가난한 나라에 돈을 빌려주고, 가난한 나라의 국부는 이자 형태로 부자 나라로 빨려 들어간다.

세계은행이나 IMF가 부자 나라의 불공정한 행위를 돕는다고 비난하는 사람들이 많다. 그런 기구는 개발도상국가에게 전통적인 농업 방법을 포기하고 새로운 작물을 경작하라고 압력을 행사하거든. 그런데 그들이 권장하는 새로운 작물로는 세계 시장에서 부자 나라의 농민들이 정부 지원을 받아 생산하는 작물과 절대 경쟁할 수 없다.

이런 상황에서 가난한 나라 사람들은 당장 급한 마음에 기술을 개발하는 대신 더 많이 일하고, 가축처럼 노동을 절약할 수 있는 수단까지 더 값싼 인력으로 대체한다. 그러나 그런 미봉책으로는 발달된 기술로 승부하는 부자 나라를 결코 따라잡을 수 없다. 때문에 시간이 지나면 지날수록 더 가난에 허덕이게 된다. 그 결과 현재 세계 곳곳에서 심각한 가난에 허덕이는 사람들이 늘어나고 있다. 만약 그런 곳에서 약간의 기후나 정치 지형의 변동이 일어나면 바로 기근이 시작된다.

기근을 막는 두 가지 방법

상황이 이렇다면 누구나 '정부가 뭔가를 해야 한다'고 생각할 것이다. 그러나 많은 사람들이 이런 상황에서 정부가 개입하면 해가 득보다 더 크다고 주장하지. 시장의 법칙이 작동하도록 내버려두는 것이 더 좋다는 것이다. 그들은 공급이 부족하다면 결국 상품 가격이 오를 것이기 때문에 만약 밀이 부족하다면 밀을 생산할 가치가 충분하여 밀 생산량이 늘어날 것이고, 밀 부족 현상은 자동으로 해소될 것이라고 주장한다. 그런데 이런 상황에서 만약 정부가 나서서 농부들에게 생산물을 싸게 팔라고 하면 재앙이 올 수밖에 없다는 것이다. 생산자와 유통업자가 나중에 비싸게 팔기 위해 곡물을 저장할 것이기 때문이다. 또한 별로 이익이 남지 않는 곡물은 생산을 기피하게 될 것이다. 따라서 정부의 개입은 기근을 방지하거나 축소하기는커녕 기근을 오히려 부추긴다고 보는 것이다.

　이런 주장은 18세기경부터 잉글랜드와 네덜란드, 북아메리카

우리가 풍성한 식탁 앞에서 감사의 기도를
드리고 있는 사이 아프리카에서는 몇 초에 한 명씩
굶주림으로 죽어간다. 이 믿을 수 없는 현실에서
우리가 할 수 있는 일은 과연 무엇일까?

에서 시행된 상업화된 농업 체계에서는 설득력이 있을 수 있다. 그러나 모든 곳에 다 적용되진 않는다. 그 예로 1840년대의 아일랜드나 1940년대의 인도에서는 모든 것을 시장의 법칙에 맡기는 정부 정책으로 인해 엄청난 재앙이 닥쳤지. 고도로 발전된 상업 경제가 없는 곳에서 정부가 개입하지 않으면 몇 가지 문제가 생긴다. 우선 곡물 생산의 자연적 특징 때문에 문제가 생긴다. 물론 시장가격이 좋은 곡물은 생산량이 늘어난다. 그러나 굶어 죽는 사람들은 농부들이 더 많은 곡물을 재배해서 추수할 때까지 몇 년을 기다릴 수 없다.

또한 이런 주장은 서유럽에만 있는 지질과 생태, 좋은 수로 환경을 전제로 한다. 과거 서유럽에서는 기근의 위협이 닥치면 다른 지역에서 도와줄 수 있었다. 그 이유는 기근의 위협이 상당히 지엽적이었기 때문이다. 그러나 인도나 중국, 중부 유럽처럼 단일한 농경문화가 끝없이 펼쳐진 대륙 지역에서는 현실적으로 이루어지기 어려운 일이다. 그런 거대한 땅덩어리에서는 흔히 밀이나 쌀, 옥수수 중 한 종류만 경작한다. 따라서 어느 특정한 곡물이 흉작이면 가까운 곳에 대체할 만한 다른 곡물이 있을 수 없고, 자연히 사람들은 굶주리게 된다.

1940년대의 벵골과 1980년대의 에티오피아에는 외부에서 수송이 가능하거나 상점에 가면 살 수 있는 식량이 있었다. 하지만 보통 사람들은 식량을 살 돈이 없었다. 아무리 곡식 창고 주변을 기웃거려봐야 누구도 소중한 식량을 무료로 나눠주지 않았다. 결국 그들은 기근에 시달릴 수밖에 없었지. 고통 속에서 죽어가는 배고픈 사람들이라는 거대한 수요는 있었지만 경제 능력이 전혀 없었기 때문에 실제 수요를 창출해내지 못했다. 결국 수요와 공급의 법칙은 작동하지 않았다.

가난한 사람들에게 인위적으로 경제적인 구매 능력을 만들어주는 프로그램은 대부분의 사람들이 한 번도 실제 시장경제에 편입돼 본 적이 없는 지역에 필요한 해결책이다. 왜냐하면 그들을 소비자로 만들고, 그들에게 최소한의 경제생활을 시작할 수 있는 '입장권'을 주어야만 가난의 굴레에서 벗어나는 출발점에라도 세울 수 있기 때문이다.

따라서 기근을 줄이거나 예방하기 위해서는 시장의 법칙에 맡기거나 가난한 사람들의 구매 능력을 만들어주는 프로그램이 필요하다. 물론 앞서 말했듯이 시장의 법칙에 맡기는 것은 대부분의 사람들이 생존 수준 이상에서 생활하고 있고, 시장경제가 어느 정도 작동하고 있으며, 식량 부족이 지역적이고 곡물의 이동 수단이 잘 발달된 곳에서나 가능한 방안이다. 그리고 후자의 해결책은 식량은 있지만 사람들이 지불할 돈이 없어서 기근에 시달리는 곳에서만 적용할 수 있다.

그러나 이 두 가지 방안 모두 인간의 역사에서 가장 흔한 기근 즉 넓은 지역에 걸쳐 식량이 절대적으로 부족해서 생기는 기근을 해결할 수는 없다. 돈이 있다고 해도 식량을 살 수 없는 상황이기 때문이다. 이 경우 유일한 탈출구는 장기적인 계획을 세우고 다양한 곡물을 생산하는 적절한 제도와 저장 방법을 마련해서 사회 전체가 생존 수준 이상으로 생활할 수 있도록 만드는 것뿐이다.

아프리카의 고통은 계속될 수밖에 없을까

기근의 직접적인 원인은 식량 부족이다. 그러나 식량 부족을 만들어낸 원인은 대개 오랫동안 누적된 것이다. 마찬가지로 기근에서 탈출하는 길도 점진적인 변화의 누적을 통해서만 가능하다. 우리는 이런 사실을 20세기 후반의 역사에서 확인할 수 있다.

인도와 방글라데시가 기근에 시달리던 1960년대, 아프리카는 거의 기근에 시달리지 않았다. 그러나 현재는 정반대의 상황이 됐다. 인도와 방글라데시는 심각한 가뭄과 홍수에도 불구하고 기근으로부터 해방된 것처럼 보인다. 그에 비해 아프리카의 일부 지역은 지속적인 기근에 시달리고 있다. 이렇게 상황이 달라진 것은 두 지역의 기후 변화 때문은 아니다. 자연 환경이 기근을 앞당길지는 몰라도 기근은 근본적으로 인간이 만들어내는 것이기 때문이다.

기근은 인구수와도 별로 관계가 없다. 중국과 인도는 인구가 현재의 절반이나 4분의 1 정도밖에 안 되는 상황에서도 기근을 겪었다. 현재는 그보다 훨씬 많은 인구를 갖고 있지만 기근을 겪지 않고 있다. 그리고 18세기에는 인구가 많은 잉글랜드가 아니라 인구가 훨씬 적은 스코틀랜드에서 기근이 발생한 적도 있다.

결국 기근이 있고 없고의 문제는 인간들의 관계가 어떻게 설정돼 있느냐에 달렸다. 인간들 사이의 엄청난 불평등이 기근을 만들어낸다는 뜻이다. 잉글랜드처럼 사유재산권이 안정된 곳에서는 사람들이 자신의 노동으로 직접 이익을 볼 수 있기 때문에 자연히 중간 계층이 늘어난다. 그렇게 되면 기근은 자연히 사라진다.

오늘날의 아프리카 지역에서도 그런 선순환이 만들어질 수 있다. 먼저 질병, 열악한 토지와 교통수단, 정치적 불안정, 원조 프로그램의 구속적인 조건, 국제기구의 정책 같은 다양한 문제를 신중하게 분석해야 한다. 그런 다음 여러 다양한 문제를 동시에 해결해야 한다. 농업이나 교육, 정치적 안정, 에이즈나 말라리아 같은 질병 근절 중 어느 한 가지만 해결하는 것으로는 충분치 않기 때문이다.

기근을 완전히 해결하기 위해서는 사회 전체가 바뀌어야 한다. 정치를 개방해야 하고, 개인의 재산권도 확고하게 수립해야 하고, 다양한 권리를 보장해야 한다. 하지만 세계의 관심과 부가 테러와의 전쟁이나 이윤이 엄청나게 남는 군수물자 생산에 집중되고 있는 현실에서 그런 일은 쉽게 일어나지 못하겠지.

○

법

법대로 하는 것이
최선의
방법일까?

우리 주변에서는 거의 매일 사람과 사람 사이에 다툼이 일어난다. 다투고 있는 사람들을 옆에서 지켜보면 모두 자기가 옳다고 주장하지. 그런 다툼을 해결하기 위해 우리는 법을 만들었으며, 법정에서 옳고 그름을 판가름한다.

그러나 대부분의 사회에서는 누구나 법정 근처에 가기를 원하지 않는단다. 비용이 많이 들 뿐 아니라 자칫 소송에서 질 가능성도 있기 때문이지. 그래서 어떤 곳에서는 분쟁을 해결하려고 남자 형제들을 보내 상대방의 집을 때려 부수거나 재산을 뺏는다. 네팔에서는 동네 연장자를 모셔놓고 베란다에 앉아 음식을 먹으면서 편안한 분위기에서 분쟁을 중재해주기를 부탁한다.

어떻게 하면 사람들 사이의 다툼을 공정하게 마무리할 수 있을까? 사람들 사이에, 시민과 정부 사이에 그리고 서로 다른 이상이 충돌할 때 어떻게 해결할 것인지는 정의를 실현하는데 있어 대단히 중요한 문제다. 법치 국가에서는 법에 의거해 그런 분쟁들을 해결하지. 그래서 법치가 무엇이고 배심원 제도가 왜 중요한지를 살펴볼 필요가 있다.

우리는 법정에서 얼마나 진실할까

법은 여러 면에서 일상생활과는 동떨어진 특별한 과정이며 법정은 사람들이 평소와 다르게 행동하는 특별한 장소다. 사람들은 전혀 모르는 사람 앞에서 논쟁을 벌이고 묻고 답한 다음, 한 사람은 옳고 다른 한 사람은 그르다는 판정을 받는다.

일반적으로 법정에 가는 일이 특별하고 이상한 일이라면 영국이나 미국에서 법정에 가는 일은 더욱더 특별한 경험이다. 그곳 법정에서는 '진실만을, 그것도 완전한 진실만을' 말할 것을 선서한다. 그러나 대부분의 사회에서는 진실이라고 부를 수 있는 어떤 추상적인 것이 존재한다고 믿지 않는다. 대신에 실제적 진실, 사회적, 종교적, 신화적 진실과 같은 다양한 형태의, 때로는 서로 모순될 수도 있는 진실들이 존재한다고 생각하지. 나아가 대다수의 사회에서는 미친 사람이거니 배신자가 아니라면 법정에서 자기 가족이나 친구에게 해가 될 진술을 할 사람은 없을 것이라고 생각한다. 따라서 그런 곳에서는 사람들이 거짓말을 하거나 적어도 진실의 일부만 말할 것으로 생각한다.

영국의 경우 판결의 기준도 대단히 특이하다. 네가 말하는 것이 사실인지 아니면 네가 잘못을 저질렀는지를 판단하는 궁극적인 기준이 배심원들이나 판사가 자기 스스로에게 '과연 저 행동을 이성적인 인간의 행동이라고 볼 수 있는가?'라는 질문을 던져서 얻는 답이기 때문이다. 여기서 인간이란 남자와 여자, 하층민과 상류층 할 것 없이 모든 사람을 통칭하는 말이다. 즉 모든 개인은 합리적으로 행동해야 하고, 같은 기준으로 모든 행동을 평가할 수 있다고 가정하는 것이다.

그러나 다른 사회에서는 남자와 여자, 부자와 가난한 사람, 청년과 노인은 각각 다른 방법으로 나름대로 합리적일 수 있다고 여긴다. 그래서 합리적인 행동의 기준도 그 사람이 처한 사회적 상황에 따라 얼마든지 달라질 수 있지.

어떤 사회에서는 남자가 여자와 자기 아들을 때리는 것은 합리적일 수 있지만 여자나 아들이 남편 혹은 아버지를 때리는 일은 비합리적일 수 있다. 삼촌이 조카에게 자기 회사의 일거리를 주는 것은 합리적이지만 전혀 모르는 사람에게 일을 주는 것은 비합리적인 일이 되는 곳도 있다. 또 어떤 곳에서는 세관원이나 경찰관에게 뇌물을 주면 합리적이고, 권력이 없는 사람에게 뇌물을 주면 비합리적이라고 여길 수 있지.

근본적으로 법은 출생이나 지위로 인해 평등하지 못한 사람들의 행동을 판단하는 도구다. 그러나 영미법은 교육이나 성, 재산, 인종 등으로 인해 겉보기에 아무리 다르다고 해도 모든 사람을 동등한 차원에 놓고 판단한다.

현대 법에서는 모든 사람이 권리를 갖고 있다고 본다. 남자나 여자, 아이나 어른, 장애인 심지어 태아까지도 천부적 권리를 갖고 있다. 그러나 이런 생각을 공유하는 사회는 그렇게 많지 않다. 그런 곳에서 개인은 집단의 일부로만 존재하며 다른 사람과의 관계 속에서만 일정한 권리를 갖는다. 권리는 책임과 불가분의 관계가 있다. 출생과 함께 천부적으로 부여되는 권리란 존재하지 않는다.

미국 독립선언문에 나타난 '생명, 자유, 행복의 추구'라는 권리를 오늘날에도 상당히 급진적인 주장으로 여기는 사회도 있다. 영국인들이 19세기에 이런 생각을 인도에 소개했을 때 대단한 반대와 혼란이 있었지. 낮은 카스트 사람이나 여자, 아이들이 높은 카스트 사람이나 남자, 성인과 같은 권리를 가졌다고 한번도 생각하지 않았기 때문이다.

그러나 개인의 권리는 영국 법에서 무척 오래된 특징이다. 그것이 지금 전세계로 퍼지고 있고, 자유민주주의 보급이라는 새로운 선교 활동의 핵심 내용이 되고 있다.

여기에는 물론 많은 장점이 있다. 하지만 개인의 권리를 지나치게 강조해 공동체나 집단의 권리 혹은 권리에 따라오는 책임을 무시한다면 권리가 없는 것만큼이나 위험한 일이 된다.

법치가 실현되기 어려운 이유

흔히들 '법치法治'라는 말을 하는데 도대체 무슨 뜻일까? 법치란 모든 사람이 분쟁을 힘이 아니라 법적 절차를 통해 해결할 준비가 돼 있음을 뜻한다. 또 모든 행동과 권력이 궁극적으로 법 밑에 있다는 의미이기도 하다. 법은 지배자보다 위에 있고, 지배자라고 해도 법 밑에 있다.

그러나 현실에서의 법체계는 다르게 발전한다. 지배자는 '우리가 법을 만들고 우리도 법을 지킨다'고 말할지 모른다. 그러나 시간이 지나면서 지배자는 자기도 법을 지켜야 한다는 부분을 잊곤 하지. 법 위에 서려고 하는 게야. 따라서 법이 지배자를 지배하는 것이 아니라 지배자가 법을 지배한다.

스탈린 치하의 옛 소련이나 마오쩌둥 치하의 중국, 17세기 후반의 프랑스에서 그런 일이 일어났다. 권력과 부를 가진 사람들과 나머지 사람들에게 해당되는 법이 달랐던 것이다.

유일하게 잉글랜드에서만(스코틀랜드에도 전혀 다른 법체계가 있었다) 700년 이상 법이 최고의 위치에 있었으며, 왕과 측근들도 반드시 법을 지켜야 한다고 믿었다. 모든 사람에게 똑같은 규칙이 적용된 것이다. 잉글랜드 법은 최소한 이론적으로는 그 누구에게도 특혜를 허용하지 않았다.

'법치'라는 생각은 법과 법률적 절차의 보편적 적용에 기초하고 있다. 법적 절차는 정치와 분리되고, 판사나 법정 또한 정치로부터 독립적이어야 한다는 뜻이다. 물론 쉽지 않은 일이다. 경제적으로 부유하거나 정치적으로 강한 세력이 끊임없이 법을 자기 편으로 끌어들이려고 노력하기 때문이다.

법치를 하는 데 가장 어려운 문제는 법률적 절차를 모든 사람이 받아들이도록 설득하는 것이다. 법은 연극적이고 때로는 매우 복잡하다. 사람들은 고전적인 복장을 하고, 판사는 법정의 높은 곳에 앉아서 이상한 법률 용어를 특이한 방식으로 표현하거든. 또 법률적 절차는 사람들을 분쟁이 생긴 일상적인 생활에서 분리시켜 전혀 다른 시공간으로 옮겨놓는다. 법률적 절차는 사람들의 삶을 재구성하기도 하며 이해에 반하는 결정을 따르게 하기 위해서 상당한 압력을 행사하기도 한다.

그런 점에서 법은 테니스 경기와 무척 비슷하다. 사람들은 '코트court'*로 간다. 거기서 자기 스스로 혹은 누군가를 내세워 서브를 하고 받아 넘기면서 어떻게든 이기려고 하지. 이때 심판을 판사다. 경기가 끝나면 한쪽이 이기고 다른 한쪽은 진다.

약한 개인을 보호하는 배심원 제도

대부분의 심각한 법률 사건에서는 국가와 시민이 대립한다. 국가

---

* 법정이라는 뜻과 테니스 경기장이라는 뜻을 모두 갖고 있다

는 거의 모든 권력을 갖고 있고 개인은 약하다. 그런 국가가 '당신
에게 범죄의 의혹이 있다'고 말한다면 약한 개인이 도대체 어떻게
자신을 변호할 수 있을까?

　이 경우 우리와 같은 처지에 있는 시민들이 우리가 유죄인지
무죄인지를 결정하는 배심원 제도가 있다면 큰 도움이 된다. 배심

원들은 심판받는 입장이 아니라 관찰자와 중재인으로 재판 과정에 참여하지. 혐의를 의심받는 개인의 의견은 무시하기 쉽다. 그러나 12명이나 되는 배심원들을 설득하기는 쉽지 않다. 게다가 그들은 자유롭고 경제적으로 풍족하고 상당한 수준의 교육을 받은 사람들이다. 또 배심원들은 어떤 경우에도 두려움과 온정주의에 빠지지 않고 가능하면 공정하게 판결하겠다는 선서를 한다.

따라서 배심원 제도는 국가 권력으로부터 개인을 보호하는 중요한 장치다. 그것은 민주주의 제도의 핵심이기도 하다. 서유럽의 많은 사회에는 한동안 배심원 제도와 유사한 제도가 존재했다. 그러나 18세기 들어서 대부분 배심원 제도를 포기했고, 잉글랜드만 유일하게 현재까지 그 제도를 유지하고 있다. 물론 잉글랜드에서도 많은 정치인이 특별한 사건일 경우 배심원 제도를 폐지해야 한다고 지속적으로 주장하고 있기는 하다.

잉글랜드 법체계의 장점

잉글랜드 법의 대표적인 특징은 개인의 자유와 언론의 자유, 신체와 개인적 공간에 대한 자유, 소유에 대한 자유를 보호하는 것이다. 소유권은 집이나 땅 등 눈에 보이는 것뿐만 아니라 저작권처럼 눈에 보이지 않는 것에도 해당되지.

다른 사회에서 법은 대부분 사회적 지위의 문세나 신체적 부상 법정이 진실을 왜곡하는 경우도 많다.
그럼에도 불구하고 많은 사람들이
법이 정의를 구현하는 최선의 수단이므로
법을 지켜야 한다고 말한다. 정말 그럴까?
법 없이는 살 수 없는 걸까?

과 같은 개인 간의 문제에 집중돼 있다. 그런데 유난히 잉글랜드에서는 소유권의 문제, 즉 어떤 권리가 누구에게 속하는가 하는 문제를 특히 민법에서 집중적으로 다뤄왔다.

현재 오래된 영국식 제도가 영연방 국가들과 미국을 거쳐 전세계로 퍼져나가고 있어서 영국식 제도를 마치 모든 곳에서 늘 있어왔던 보편적인 법률 제도라고 여기는 사람들이 많다. 고문 금지, 정치와 법의 분리, 증거 우선주의와 같은 법률적 절차도 유럽과 다른 나라 헌법에 널리 파고들었다. 이런 이유 때문에 우리는 잉글랜드가 1750년까지만 해도 얼마나 유별난 법체계를 갖고 있었는지를 잊기 쉽다.

재산법을 포함해 개인의 경제적 이익을 보호하는 다양한 장치의 발전은 잉글랜드와 미국의 경제 발전에 도움을 주었다. 사람들은 서로를 신뢰할 수 있었고, 만약 신뢰가 깨지면 법에 호소할 수 있었지. 초기의 산업 자본주의는 잉글랜드 법이 보장하는 신뢰가 없었다면 발전할 수 없었을 것이다.

영국식 법률 제도의 또 다른 장점은 대다수 사람들이 그 안에서 안전함을 느낄 수 있다는 것이다. 판사의 영장이 없이는 경찰이라고 해도 개인의 집이나 사무실을 수색할 수 없다. 망명 신청자나 소수 인종에 속한 일부 사람을 제외하고는 대부분의 사람이 근거 없는 구속이나 심판을 당하지 않을 것이라는 확신을 가질 수 있다. 또 만약 구속되더라도 변호사를 부를 권리가 있고, 어떤 혐의를 받고 있는지 알 권리가 있고, 일정한 시간 내에 기소되지 않으면 풀려날 권리를 갖고 있다. 그리고 개인은 사상과 행동의 검열로부터 자유롭다. 권력과 현재의 제도에 대한 합리적 비판이 용인된다.

그런데 법치주의의 좋은 점들 중 일부가 사라지려고 한다. 정부 관료들이 망명 신청자나 테러리스트에게는 법적 보호를 적용하지 말아야 하며, 기소나 재판 없이 오랫동안 구속할 수 있어야 한다고 주장하거든. 그러나 만약 그런 사람들에게 기본적인 법적 보호 장치를 해주지 않으면, 모든 사람이 스탈린이나 마오쩌둥 치하의 악몽 같은 세상에 살게 되는 때가 오지 말라는 보장은 어디에도 없다.

법대로 하는 것이 최선의 방법일까

사람들은 잉글랜드의 법제도가 더디고, 돈이 많이 들고, 복잡하고, 때로는 비효율적이라고 불평한다. 작가인 스위프트는 '법은 마치 거미줄과 같다. 작은 파리는 잡을지 모르지만 큰 벌들은 빠져나간다'고 불평할 정도였지.

가끔은 명백하게 유죄인 사람을 처벌하는 것조차 불가능할 때도 있다. 판사가 피의자를 불러 직접 심문할 수 있다면 이런 문제를 일부 해결할 수 있을지도 모른다.

그러나 잉글랜드 법제도의 가장 큰 단점은 사람들 사이에 적대적인 태도를 만들어낸다는 것이다. 잉글랜드의 법체계는 마치 모든 분쟁을 한 사람이 이기고 다른 사람이 지는 방식으로 해결할 수 있고, 옳고 그름을 정할 수 있다고 믿는 것처럼 보인다. 그래서 문제를 해결하는 최선의 방법은 판사라는 주심이 보는 앞에서 당사자들이 치열한 논쟁을 벌이도록 하고 그것에 근거해 판단을 내리는 것이라고 생각한다.

하지만 이런 식의 대결적이고 경쟁적인 법적 절차는 당사자들에게 더 심한 고통을 줄 수 있다. 또한 인생의 많은 문제들은 대결을 통해서가 아니라 조정과 화해를 통해 더 잘 해결될 수 있다. 네팔에서는 모든 분쟁이 법정 밖에서 해결된다. 일본에서도 거의 대부분이 조정과 화해를 통해 해결된다. 영국과 미국식 법제도의 목적은 마치 인간관계를 끊고 승자와 패자를 만들어내는 것처럼 보인다.

분쟁을 해결하는 제도의 궁극적인 목적은 화해다. 법정을 나온 후에도 사람들은 계속해서 생활을 해야 하며, 다양한 식으로 얽혀서 살아갈 수밖에 없다. 어느 한쪽을 승자나 패자로 만드는 대신에 중재나 화해를 통해 분쟁을 해결할 수 있다면 가장 좋은 해결책일 것이다.

○

병

언제쯤
아픈 사람이 없는
세상이 올까?

할아버지가 어릴 때 심한 독감에 걸린 적이 있단다. 한 일주일 이상을 앓았다. 그런데 나중에 1917년에 지독한 독감에 걸려 죽은 사람이 수백만 명에 이르렀다는 사실을 알고 깜짝 놀랐다. 왜 그때는 그렇게 많은 사람이 독감 따위의 병에 대처하지 못했는지 무척 궁금했지.

아직도 지구상 많은 곳에서 쉽게 예방할 수 있는 병에 대처하지 못해 많은 사람이 죽어가고 있다. 또 앞으로 에볼라Ebola나 사스SARS 같은 새로운 신종 질병이 인류 전체를 위협할지도 모른다. 더 절망적인 사실은 병의 원인을 알고 그에 대처하기 전에 세균이라는 놈이 그보다 먼저 앞서 나간지도 모른다는 데 있다.

어떻게 병에 걸릴까

인간의 육체를 포함해 이 세상은 아주 조그만 유기체로 가득 차 있다. 유기체가 너무 많거나 너무 적으면 인간에게 해로울 수도 있지. 다양한 박테리아나 미생물처럼 생명이 있는 것들은 물론이고 바이러스나 프리온prion˙처럼 생명이 없는 것들도 마찬가지란다. 어떤 질병은 인간과 늘 함께 있어 왔고 어떤 것들은 갑자기 나타났다 사라진다. 말라리아나 이질, 한센병 같은 풍토병은 늘 있는 병이다. 그러나 독감과 홍역, 콜레라, 페스트 같은 병은 몇 달 혹은 몇 년간 지속되다가 숙주가 사라지면 잦아드는 유행병이다.

질병은 주로 네 가지 통로를 통해 전염된다. 먼저 오염된 음식이나 음료수를 통해 몸으로 들어오는 박테리아성 질병이 있다. 이질과 장티푸스, 콜레라 등이 해당된다.

해충에 의해 전염되는 질병도 있다. 파리나 이, 모기, 벼룩, 달팽이 같은 곤충과 벌레가 인간의 몸에 세균을 주입해 생기는 병이다. 페스트와 발진티푸스, 말라리아 같은 질병이 이에 속한다. 이런 질병은 주거 환경과 의복, 신발, 개인 위생 등과 관련이 있다.

신체 접촉을 통해 퍼지는 병도 있다. 성병이나 다양한 피부질환, 안질환 따위가 그런 병이다. 에이즈도 이에 포함된다.

공기를 통해 전염되는 질병도 있는데, 기침을 하거나 숨을 쉴

˙ 전염성이 있는 단백질 입자

때 바이러스가 짧은 거리를 이동하면서 병을 옮긴다. 천연두나 홍역, 결핵, 독감이 이에 속한다. 이런 질병은 암처럼 원인을 잘 모른다. 원인을 모르는 질병은 대체로 예방하기가 무척 힘들다.

인간의 문명이 발전하면서 대도시 인구가 늘어나고 시골 마을도 자연히 복잡해졌다. 이에 따라 천연두, 홍역 등이 계속 전파됐다. 또한 먼지와 수질오염이 증가해 콜레라와 발진티푸스, 이질과 같은 질병의 발생률도 높아졌지. 그러다보니 도시와 마을은 거대한 '인간 도살장'이 되곤 했다.

아주 최근까지 이런 상황을 불가피한 것으로 여겼다. 인구가 일정한 수준까지만 늘어나다가 이런저런 질병으로 인해 다시 자동으로 줄어들곤 했기 때문이다. 고대 문명이 붕괴하고 지난 1000년 동안 유럽과 아시아 사회가 정체와 붕괴를 반복한 원인 중에는 질병도 있었다. 그런 추세에서 벗어나는 것은 거의 불가능해 보였다.

사람들의 건강이 극적으로 좋아진 이유

현재까지 발견된 질병의 탄생과 소멸의 역사는 상당 부분 풀리지 않은 수수께끼다. 가령 1750년에 이르러 잉글랜드와 서유럽에서 페스트가 소멸된 것이 그러하다. 이전까지 페스트는 주기적으로 나타났지. 그러나 아무도 그 이유를 정확히 알지는 못했다. 왜냐하면 그렇게 짧은 기간에 유럽 전역의 주거 환경이나 생활 수준,

의복, 기후가 바뀌었다거나 벼룩이나 세균의 특징이 완전히 바뀌었다고 보기 어렵기 때문이다. 그나마 지금까지 유럽 전체를 놓고 볼 때 가장 근거 있는 원인은 터키에서 유럽 항구로 들어오는 페스트균이 엄격한 검역 과정을 통해 차단됐다는 것이다.

말라리아도 마찬가지다. 1700년에는 런던 사람 20명 중 1명이 말라리아로 죽었다. 그런데 1800년에는 런던에서 말라리아로 죽은 사람이 없었다. 이전에 말라리아가 창궐했던 이스트 앵글리아나 켄트, 서섹스의 습지대도 더 이상 말라리아의 온상이 아니었다. 그 원인으로 하수 시설이나 주거 환경의 개선, 목축 기술의 변화를 드는 것은 별로 설득력이 없어 보인다. 그러나 분명한 사실은 18세기에 남부 유럽 특히 이탈리아에서는 말라리아가 더 번창한데 비해 잉글랜드는 말라리아로부터 거의 해방됐다는 사실이다.

세 번째 변화는 천연두였다. 천연두는 사라지지 않았고 어린이에게 예방접종을 하는 것이 과연 효과적인지에 대한 논란도 지속되고 있다. 그러나 천연두를 앓는 대상이 달라졌다. 1750년대 들어 주로 아이들이 천연두에 감염됐으며 사망률도 줄어들었다.

왜 이런 변화가 나타났을까? 유해한 세균이 인간의 몸 속으로 들어오는 중요한 통로는 입이다. 모든 인간은 생존하기 위해서 매일 1~2리터 정도의 물을 마셔야 하는데, 물을 통해 많은 질병에 감염된다. 1리터 정도의 물에는 조그만 도시의 주민을 모두 죽일 수도 있는 유해한 박테리아가 살 수 있지. 그런데 과거에 인간이 마시던 물과 우유는 오염돼 있었다.

말라리아와 더불어 수많은 사망자를 낸 질병인 이질도 같은 방식으로 퍼졌단다. 이질에 걸린 사람은 배설물을 통해 세균을 다시 분비한다. 배설물이 손과 옷, 상수원을 오염시키고, 그로 인해 다른 사람들도 병에 걸렸지. 과거에는 유아 사망의 원인 가운데 절반 정도가 설사로 인한 탈수였다.

인구가 증가하면 인간의 배설물로 인한 상수원의 오염도 심각해질 수밖에 없다. 18세기에 급격하게 성장한 런던이 전형적인 예다. 그래서 런던의 경우 이질 발생률이 인구 증가와 함께 계속해서 증가할 수도 있었다. 그런데 이질로 인한 사망률은 꾸준히 증가하다가 1749년부터 갑자기 떨어지기 시작했다. 다시 말해 당시로서는 지구상에서 가장 큰 도시였던 런던에서 이질로 인한 사망률이 다른 지역에 비해 상대적으로 낮아진 것이다. 이것은 인류 역사상 가장 큰 반전이었다.

어떻게 런던이 이질에서 해방됐을까? 이 의문을 풀기 위해서는 1740년대 이후 런던 사람들이 무엇을 마시기 시작했는지 살펴봐야 한다. 만약 사람들이 계속해서 물을 마셨다면 제대로 된 하수시설과 정화시설이 없었으므로 이질 발병률이 분명히 더 높아졌을 것이다. 그런데 많은 사람들이 물 대신 차를 마시기 시작했다.

차茶는 잉글랜드에서 18세기 중엽 이후부터 가장 보편적인 음료수가 됐다. 차를 타기 위해 물을 끓이게 되면 위험한 아메바와 박테리아가 죽는다. 또 차에는 타닌이라는 성분이 포함돼 있는데, 타닌은 가장 강력한 항균물질로 알려져 있다. 발진티푸스와 콜레라, 이질을 일으키는 균은 뜨거운 차는 물론이고 차갑게 식은 차 속에서도 몇 시간 안에 죽는다. 차를 마시기 시작하면서 사람들은 물을 끓여 소독하게 됐고, 강력한 항균제로 입과 위를 씻게 됐다.

중국인과 일본인들은 이미 차의 효과를 알고 있었다. 이제 영국 인들도 차의 도움을 받게 된 것이었다. 그러나 그런 효과는 사실 부수적인 것이었다. 사실 영국인들이 차를 마신 이유는 차가 입맛 에 맞고 원기를 돋우어주었기 때문이다. 그런 부수적인 효과가 결 코 빠져 나올 수 없을 것처럼 보이던 질병의 덫에서 탈출하는 데 결정적인 도움을 주었다. 또 차를 마신 엄마의 젖에 함유된 항균 성분은 신생아에게도 유익했다.

언제쯤 아픈 사람이 없는 세상이 올까

잉글랜드는 거의 1000년 동안 외부에서 대규모 공격을 받은 적이 없다. 또한 내전도 거의 없었다. 기근과 식량 부족도 다른 농업 사 회와 비교해 볼 때 적었다. 그래서 대부분의 사람들은 생존 수준 이상의 여유로운 생활을 했다. 다른 문화권 사람들과 비교해 상대 적으로 잘 먹고 잘 입고 안락한 집에서 살았으며, 과도한 노동으로 지치지 않았지.

이런 요인과 차 마시기 같은 우연적인 요소가 결합돼 잉글랜드 는 인구가 증가하면 질병이 늘어난다는 일반적인 자연 법칙을 일시적으로나마 피할 수 있었다. 잉글랜드의 안정되고 상대적으로 풍요롭고 잘 조화된 인구는 결국 여러 가지 사회적, 경제적, 정치적 제도와 우연의 산물이었다고 말할 수 있다.

물론 잉글랜드도 새로운 질병에 노출되곤 했다. 예를 들면 과거에는 콜레라와 독감에 시달렸고 현재는 에이즈가 우리를 위협하고 있다. 그러나 잉글랜드는 대도시나 중소 도시에 사람들이 많이 모여 살면 엄청난 질병의 위험에 시달린다는 경향에서는 탈출했다.

이론적으로는 60억 정도의 인구가 지구상에서 평화와 풍요를 누리며 살 수 있다고 한다. 물론 실제로 그렇게 살 수 있는 숫자는 절반에도 미치지 못할 것이다. 어쨌거나 이런 상황은 1750년대에는 상상조차 불가능했다. 그러다가 질병에서 탈출하는 일이 일어났다. 최초의 단계는 잉글랜드에서 1800년대까지 완성됐다. 두 번째 단계는 19세기 후반에 세균에 대한 이해가 깊어지고 주요 질병에 대한 효과적인 처치 방법을 개발하면서 시작됐다.

그러나 아직 이야기가 끝난 것은 아니다. 에이즈나 사스 그리고 MRSA* 같은 새로운 질병과 말라리아, 결핵 같은 오래된 질병이 다시 유행하는 것을 보면 서로 다른 종들 간의 전쟁이 여전히 계속되고 있음을 알 수 있기 때문이다. 인간은 다른 종에게는 약탈자이지만 세균에게는 지금도 아주 쉬운 사냥감에 불과하다.

질병의 고통은 여전히 남아 있다. 현재 전세계에서 사용하고 있

---

* 메치실린 내성 포도상구균증

는 군수 비용의 10분의 1만 있으면 모든 사람들에게 더 나은 식량과 상하수도를 제공할 수 있다. 그것만으로도 우리가 알고 있는 질병의 절반은 줄일 수 있다. 다른 행성에서 온 외계인이 있다면 아마도 이런 상황에 경악을 금치 못할 것이다. 인간은 소중한 자원을 질병에 시달리는 수백만 명의 고통을 줄이는 데 쓰기보다는 서로를 죽이고 위협하는 데 쓰고 있기 때문이다.

시민사회

자유가 왜
소중한 걸까?

태어날 때부터 많은 자유를 누리고 사는 사람들은 자유가 왜 소중한지를 모른다. 그래서 그들은 무의식 중에 자유를 아무렇게나 써버린다. 그들은 자유를 빼앗기고 난 다음에나 그 가치를 알게 될 것이다. 하지만 릴리야, 나는 네가 그렇게 되지 않기를 바란다. 그래서 나는 네가 도대체 자유가 어디로부터 왔는지를 알았으면 한다.

사람들이 '시민사회'에 대해 말하는 것을 듣고 그게 무엇인지 궁금하게 생각한 적이 있을 것이다. 또 '민주주의'와 '자유', '개방되고 관용적인 사회'의 가치를 지켜내야 하며, 그런 가치를 공격하는 사람들이 있다는 사실도 들었을 것이다. 그러나 자유와 개방성 같은 특이한 것들이 도대체 어디서 왔는지 설명해주는 사람은 별로 없다.

시민사회란 흔히 국가와 개인 사이에 존재하는 조직과 집단을 말한다. 많은 사회에서 그 공간은 가족과 종교 단체들이 차지하고 있다. 그러나 현대 서구에서 가족과 종교 단체의 중요성은 상대적으로 줄어들고 있다. 대신에 국가 권력과 관계 없는 다른 다양한 단체가 폭넓게 형성돼 있다. 학교, 대학, 노동조합, 정치 모임, 스포츠클럽, 연구 모임, 경제 단체가 이에 해당된다. 이런 조직은 가입한 사람들의 숫자와 그 조직이 사용할 수 있는 다양한 자원을 통해 힘을 발휘하고 있다.

전체주의 국가와 공산주의 국가 그리고 과거 대부분의 문명은 이런 종류의 조직을 허용하지 않았거나 국가가 철저하게 통제했다. 시민사회를 금지했었다는 말이다. 그렇다면 언제부터, 어떻게 시민사회가 활발히 움직이게 됐을까? 그리고 그 결과는 무엇일까?

신탁제도가 가져온 예상치 못한 결과

14~16세기에 유럽 대륙 전체에 로마법이 부활하면서 유럽은 법률적으로 동일한 체제를 유지하게 됐다. 그에 따라 유럽 전체가 새로운 길에 들어서게 됐지. 이 중요한 기간 동안 잉글랜드만 게르만적인 불문법 체계를 간직하고 있었다.

바로 그때 잉글랜드에서 일종의 '법률적 사고'라고 부를 수 있는 사건이 일어났단다. 그로 인한 변화는 지금까지 이어지고 있지. 당시에는 부유한 사람이 죽으면 봉건제도에 의해 왕에게 하사받은 토지를 왕에게 다시 반납해야 했다. 만약 유족들이 그 땅을 되찾으려면 상당히 많은 상속세를 내야 했지. 당연히 부자들은 그 제도를 탐탁해하지 않았다. 그런데 변호사들이 상속세를 회피할 방법을 찾아냈다. 죽은 사람이 사망 당시에 토지 소유자가 아니면 세금을 피할 수 있다는 편법을 찾아낸 것이다. 왕도 토지 소유자가 아닌 사람의 토지를 빼앗거나 물려주지도 않은 토지에 세금을 내라고 할 수는 없었다.

그래서 법률가들이 만들어낸 것이 신탁제도였다. 먼저 토지 소유자가 가까운 친구들에게 자신의 토지를 법적으로 넘겨준 다음 '다른 사람이 사용할 수 있도록 신탁됐다'고 주장하는 거야. 이렇게 되면 법적으로 토지는 신탁 관리자들의 재산이 된다. 그러나 실제로는 원래의 토지 소유주가 자기가 죽으면 가족에게 상속해주라고 신탁하는 셈이었다. 혹은 토지 소유주가 원하는 다른 방법으로 토지를 사용하도록 부탁할 수도 있었다.

신탁제도는 이상하고 특이한 상황을 만들어냈다. 신탁 관리를 맡은 사람들은 신탁된 재산을 소유하고 관리하고 집단적인 결정을 내릴 수 있었다. 신탁은 나름의 이름을 갖는 독립된 존재로 인정받았지. 법적으로 보자면 '법인'이나 하나의 '인격'으로 대접받는 것이다. 그러나 국가의 공식적인 문서를 통해 허가를 받거나 현대적 의미의 회사로 설립된 것은 아니다. 신탁은 개인들이 만들었으면서도 법률로 인정받는 특이한 조직이 됐다.

그런 조직의 힘이 강해지면 자기들 마음대로 규칙을 만들어 국가를 위협할 수 있다. 시민들이 함께 모여 국가의 이익과는 상관없이 자기들만의 목적을 위해 뜻을 모을 수도 있기 때문이지. 그 결과 혁명기의 프랑스, 러시아, 중국은 신탁제도를 금지했다. 히틀러와 무솔리니도 마찬가지였다.

자유는 어디에서 왔을까

신탁제도는 초기부터 단순히 상속세를 피하기 위한 수단 이상으로 퍼져나가기 시작했다. 어떤 목적에라도 신탁제도를 이용할 수 있었다. 경제 영역에서 보면 국가와 관련 없는 협동 단체를 만들고자 하는 사람들이 늘어났다. 동인도회사처럼 거대한 무역회사든 로이드해상보험과 같은 보험사든 증권거래소든 간에 신탁제도를 활용해 만들 수 있었다. 실제로 영국의 경제 성공은 대부분 이런 종류의 단체가 이루었다고 해도 과언이 아니다. 현재 세계를 지배하고 있는 미국의 거대한 기업들도 영국의 신탁제도를 차용했다.

종교 영역에서 보면 신탁제도는 새롭게 부상하는 개신교도의 독립을 보장해주었다. 퀘이커교나 침례교, 감리교 그 밖에 비국교도 종파들은 신탁제도를 통해 회합 장소를 만들고 독립적인 조직을 만들 능력을 키웠지. 우리가 종교의 자유라고 부르는 것도 대부

태어날 때부터 많은 자유를 누리고 사는 사람들은 자유가 왜 소중한지를 모른다. 그래서 그들은 무의식중에 자유를 아무렇게나 써버린다. 그들은 자유를 빼앗기고 난 다음에나 그 가치를 알게 될 것이다.

분 사실상 신탁제도 덕분에 가능했다. 신탁제도가 없었던 일부 가톨릭 국가의 유대인과 프리메이슨, 루터교도는 거의 사라질 정도로 박해를 받았다.

강력해진 국가는 대개의 경우 경쟁자를 용납하지 않는다. 그럼에도 불구하고 신탁제도는 정당과 정치 조직을 만들어냈다. 초기의 휘그당과 토리당, 노동자 정치 집단, 노동조합 운동은 모두 신탁이라는 법적 제도 때문에 가능했다. 그와 비슷하게 지방 권력을 가진 주州나 다양한 지방 분권 제도, 교구들도 모두 신탁제도를 통해 강화됐다.

흔히 지배자들은 권력을 자신의 사유재산으로 생각한다. 그에 반애 민주주의의 특이한 점은 권력이 민중을 위해 신탁돼 있다는 사실이다. 현재의 지배자는 피신탁자에 불과하다고 보는 것이다. 그들은 그저 일시적인 권력을 부여받았을 따름이다. 그러므로 권력은 결코 지배자의 것이 아니며 다른 사람들에게 이양돼야 한다. 지배자가 제 역할을 못하면 다른 피신탁자 즉 다른 정부가 수립돼야 한다.

국제 정치에서 신탁이라는 개념은 대영제국의 핵심을 이루기도 했다. 역사상 모든 제국은 지배국의 목적에 따라서 대개는 지배를 위해 유지됐다. 그래서 로마와 스페인, 프랑스 등은 모두 자신들의 제국을 소유했다. 그러나 대영제국은 달랐다. 비록 시간이 지나면서 많이 퇴색하기는 했지만 대영제국은 방대한 영토를 신탁으로 통치한다는 생각을 통해 성장했다. 영토를 빼앗긴 사람들의 자식이나 손자들이 어른이 돼 책임을 맡을 수 있게 되면 신탁은 끝날 수도 있는 것이었다. 따라서 점령지에서 얻은 재산도 신탁제도와 마찬가지로 맡긴 사람들의 미래를 위해 잠시 맡아놓은 것으로 여겼지. 따라서 대영제국은 권력만 갖고 있었던 게 아니라 책임감도 느끼고 있었다. 물론 그런 생각이 사실이 아니거나 위선이나 속임수일 수도 있지만 어쨌든 대영제국의 전횡을 막는 강력한 힘으로 작용했다. 실제로 간디 같은 사람은 인도의 독립을 얻기 위해 영국인들의 논리를 역으로 이용하기도 했단다.

신탁제도가 만들어낸 유명한 제도들

신탁제도는 유명한 두 가지 영국식 제도를 만들어냈다. 하나는 박애주의적 사회단체인데, 영국여성연구소, 소년소녀단, 옥스팜, 국제인권위원회, 사마리탄, 구세군, 내셔널 트러스트, 동물학대 방지협회, 조류보호협회, 아동학대 방지협회, 라이온스 클럽, 로터리 클럼 등이다. 또한 수없이 많은 노동자 단체와 조직, 장의사협회, 비둘기 애호가 협회, 파 재배 동호회, 토론 모임 등도 활발하다. 이처럼 영국에서 시작돼 전세계로 퍼져나간 많은 사회단체는 모두 비정부 단체라는 특징을 갖고 있다.

신탁제도가 만들어낸 두 번째 영국식 제도는 다양한 단체 경기다. 그 중에서도 크리켓과 축구, 럭비, 하키 등은 이제 전세계 사람들이 즐기는 스포츠가 됐지. 그런 경기는 모두 신탁제도가 운영하는 개별적인 경기 단체를 중심으로 조직된다. 경기 단체는 경기가 발전할 수 있는 보호막을 제공한다. 그 가운데 MCC라고 알려진 메리번 크리켓 클럽Marylebone Cricket Clubs과 19세기 영국에서 가장 강력한 정치 단체라는 별칭까지 얻었던 경마클럽Jockey Club은 특히 유명하다.

대학과 왕립학회, 대영학사원 등의 엘리트 교육기관은 물론이고 노동자 단체와 공공도서관 같은 대중 교육시설도 모두 신탁이라는 제도에 기초해 있다. 신탁제도가 없었다면 찻집이나 월야회Lunar Society *에서 기술자나 철학자들이 만나지 못했을 것이며 수없이 많은 작은 규모의 모임도 불가능했을 것이다. 그랬다면 영국에서 과학 발전은 무척 느리게 진행됐을 것이다.

* 18세기 영국의 유명한 과학자 단체

국가 VS 시민사회

신탁제도는 인간 사회에서 찾기 힘든 '신뢰'라는 상품을 만들어내고 발전시켰단다. 신뢰가 없이는 현대 민주주의가 존재할 수 없지. 그러나 신뢰는 문명 발전의 일반적인 경향과는 어긋난다. 어떤 사회에서 부와 권력이 증가하면 얼마 지나지 않아 중심부가 그것을 삼킨다. 지식도 권력이기 때문에 중심으로 모이고, 사회적 지위나 경제적 부 역시 한 곳으로 모이게 된다. 종교적 충성도 국가와 성직자와의 동맹을 통해 국가로 집중되는 경향이 있다.

결국 이 과정에서 국가를 위협하는 모든 제도는 소멸되거나 약화된다. 그런 이유로 로마나 중국, 합스부르크 왕조, 오토만 제국, 프랑스 등에서 제국의 마지막 단계까지도 주변부의 권력이 그토록 약했던 것이다. 그런 제국은 전지전능한 권력을 추구하는 중앙집권적 권력을 발전시켰으며 갈수록 비대해지는 관료제도와 상비군이 권력을 유지했다. 20세기에 전체주의가 등장했을 때는 감시 기술과 통제 기술이 발달하면서 심지어 가족마저 해체됐다.

국가는 칼날을 최대한 땅에 붙여 잔디를 깎는 기계와 같다. 조금이라도 머리를 치켜드는 것이 있으면 잘라서 삼켜 버린다. 대학, 수도회, 상인, 제조업자, 그 누구라도 눈에 띄게 부와 권력을 축적하거나 자신들만의 규칙과 독립적인 단체를 주장하기 시작하면 정부 관료가 잔혹하게 싹을 자르고 소멸시켜 버리지. 눈에 띄는 재산을 모두 압수하고 대안적인 권력 구조를 모두 파괴하는 체제에서는 단 두 가지 종류의 조직만 살아남을 수 있다.

하나는 정부가 구성원들을 파악하지 못하는 비밀스럽고 금지된 조직이다. 마피아, 야쿠자, 삼합회 그리고 다소 다른 형태이기는 하지만 프리메이슨 같은 조직은 모두 지하세계의 시민사회로 존재해왔다. 그런 조직은 불법이기는 하지만 어떤 경우에는 정부 관료의 도움까지 받아가며 개인들에게 정부가 제공하지 못하는 용역을 제공한다.

또 다른 생존자는 강력한 가족이다. 인류 역사 전체를 통해 평범한 사람들은 출생으로 만들어진 혈연적 유대나 의형제나 대부모제 같은 사회적 유대를 통해 국가의 착취에서 벗어나 안도감을 느꼈다. 이탈리아나 중국, 남아메리카에서 보듯이 세상이 의심으로 가득 차게 되면 가족끼리의 유대는 더 강해진다.

자유가 소중한 이유

앞서 살펴본 것처럼 우연한 법률 사건을 통해 국가와 시민 사이에 두터운 시민사회가 시작되고 발전됐다. 그러면서 시민의 자유와 단결권, 사상의 권리 등을 더욱더 가치 있는 것으로 여기게 됐지.

물론 시민사회가 발전하거나 중앙 권력에 대항하는 대안적인 권력이 싹트는 일은 이전 시대에도 가끔 있었다. 아테네가 융성했던 때나 이탈리아에서 도시 국가들이 발전했던 때가 대표적이다.

그러나 대부분 실험은 단명했고 규모도 작았다. 신뢰는 최소한 다른 두 가지와 합쳐져야 새로운 문명을 만들어낼 수 있다.

하나는 흔히 과학혁명이라고 하는 자연세계에 대한 신뢰할 만한 지식을 얻는 새로운 방법의 발전이다. 다른 하나는 얻어진 지식을 새로운 권력과 부를 만들어내는 데 사용하는 새로운 방법의 발전인데, 산업혁명이라고 부른다. 이 두 가지가 신뢰와 결합해 '개방사회'*라는 대단히 강력한 형태의 사회 경제 체제를 발전시킨 것이다.

그러나 개방사회 창조에는 그밖에도 수많은 요인이 작용했다는 것을 반드시 기억해야 한다. 결코 어느 한 민족이 다른 민족에 비해 우월한 덕성이나 월등한 지능을 갖고 있었기 때문에 개방사회가 생긴 것이 아니지. 또한 개방사회는 오른쪽과 왼쪽에서 끊임없이 압력을 받고 있다는 것도 기억해야 한단다.

공산주의처럼 국가라는 잔디 깎는 기계가 너무 땅에 가까워 모든 독립적인 권력을 파괴할 위험도 경계해야 하지만 과도한 자본주의도 그에 못지않게 위험하다. 현재 일부 지역에서는 잔디 깎는 기계의 칼날이 너무 높아 엄청난 부가 소수에게만 집중되면서, 비대한 기업과 상상을 초월할 정도의 부를 가진 개인들로 인해 국가 전체가 고통받고 있다.

시민사회가 계속 유지된다는 보장은 어디에도 없다. 큰 노력 없

* 사회 성원들에게 기회가 균등하게 주어지며, 사회적 이동이 보장되는 사회

이도 시민사회는 훼손될 수 있으며 어쩌면 완전히 사라질 수도 있지. 인류의 역사를 통해 우리는 중앙집권화와 자유의 하향평준화 경향을 수없이 목격했다. 유럽 통합과 유럽의 중앙집권화라는 명제 뒤에서 그런 경향을 다시 느끼는 사람들도 많다. 흥미로운 사실은 테러리스트나 그와 비슷한 사람들이 개방사회를 공격하는 것을 가장 격렬하게 비난하는 사람들 중에 자신이 방어하고 있다고 주장하는 언론의 자유나 정당한 법적 과정 같은 앞선 제도를 침해하는 사람들이 오히려 많다는 것이다. 그런 사람들이야말로 자신의 의도와 상관없이 개방사회의 적으로 행동하고 있다고 봐야 할 것이다.

인류의 미래

○

우리의 미래는
과연
어떤 모습일까?

만약 한 여자가 16세에 결혼해서 40세까지 살고 정기적으로 성관계를 갖는다면 아마 12명 정도의 아이를 낳을 수 있을 것이다. 그중 반 정도가 태어나자마자 죽는다고 해도 한 쌍의 부부는 평균 6명 정도의 아이를 만들 수 있다. 만약 이런 일이 정말로 일어난다면 몇백 년도 지나지 않아 인구가 엄청나게 늘어날 것이다.

다른 동물과 마찬가지로 인간도 인구를 기하급수적 혹은 비선형적으로 늘릴 수 있는 잠재력을 갖고 있다. 말하자면 1, 2, 4, 8, 16, 32 같은 식으로 인구가 늘어날 수 있다는 말이다. 그래서 지구상의 인구가 60억이 되는 데 10만 년이 걸렸다고 해도 한 세대만 더 지나면 인구가 90억이 될 수도 있다. 하지만 현실은 결코 그렇지 않다. 인류의 무한 증가나 성장을 가로막는 것은 과연 무엇일까? 그것은 실제 어떤 위협으로 나타나고 있을까? 만약 위협을 제대로 막지 못하면 인류가 이대로 멸망할 수도 있는 것일까?

인구가 일정하게 유지되는 까닭

역사를 돌이켜보면 인구는 세 가지 원인 그러니까 전쟁과 기근, 질병에 의해 주기적으로 줄어들었다. 그 과정은 다음과 같은 형태로 반복해서 나타난다. 우선 우연히 쌀이나 감자, 옥수수 등 새로운 식량을 발견하거나 작물을 기르고 수확하는 새로운 기술을 발명한다. 그러면 식량 공급이 급격히 늘어난다. 사람들의 건강 상태도 좋아지고 신생아의 생존율도 높아지지. 그래서 인구가 갑자기 늘어난다. 어느 정도까지는 그런 상태가 지속된다. 그러다가 일정한 시점에 이르면 인구가 너무 많아져서 '부정적인 힘'이라는 것이 작동하게 된다. 사람들은 서로 다투기 시작하고 과다한 폭력과 전쟁이 잇따른다. 또 바다나 땅을 지나치게 착취해 약간의 기후 변화만 있어도 곧바로 기근으로 이어진다.

인구 증가가 만들어내는 문제는 또 있다. 미생물은 인간처럼 오래 사는 동물보다 훨씬 더 빨리 대량으로 늘어나는 경향이 있다. 따라서 인구가 증가할수록 자연히 인간에게 기생하는 미생물의 수 또한 늘어난다. 숙주인 인간은 옷, 음식, 음료수, 대량의 배설물을 통해 다른 동물이나 미생물에게 풍부한 생존 환경을 제공한다. 이런 환경에서는 파리, 이, 빈대처럼 박테리아와 미생물을 전파하는 곤충도 늘어난다. 또한 인구 밀도가 높은 곳에서만 생존할 수 있는 바이러스도 창궐한다. 먹잇감인 인간의 수가 증가함에 따라 다른 생명체의 숫자도 늘어나는 것이다. 이런 환경으로 인해 결국 원인 모를 다양한 질병이 계속해서 나타난다.

이 법칙은 모든 인간 문명의 발전을 정지시킬 수도 있는 자연 법칙이다. 실제로 과거에는 페스트, 말라리아, 이질 때문에 문명이 정지할 뻔한 적도 많았지. 현재도 에이즈나 다른 질병이 언제든지 이런 상황을 만들어낼 수 있다. 게다가 이런 재앙 때문에 사람들은 서로 싸우게 된다. 그 결과 군대가 일어나고 군인들이 기근을 초래하거나 질병을 더 넓게 퍼뜨린다. 이런 과정은 계속해서 반복된단다. 그렇기 때문에 자연적인 인구 증가 잠재력은 폭발적임에도 불구하고 실제 인구 증가는 오랜 세월에 걸쳐 서서히 일어났지. 그러나 인구가 증가하는 과정은 고통에서 고통으로 이어지는 처참한 순환이었다. 절대숫자는 늘어났기 때문에 재앙이 생길 때마다 고통은 더 커지고 전쟁이나 기근으로 죽는 사람의 숫자도 그만큼 더 늘어났다.

수확체감의 법칙

자연 법칙만 인구 증가를 막는 게 아니다. 수확체감의 법칙이라는 경제 법칙 또한 인구 증가를 막는 요인이다. 수확체감의 법칙은 다음과 같다. 대부분 어떤 일에 투입할 수 있는 이상적인 노동량이 있다. 그 양을 넘어서면 일을 아무리 열심히 해도 결과물은 오히려 줄어든다. 예를 들어 일정한 넓이의 땅에서 5명이 일을 해서 5톤의 식량을 얻는다고 가정해보자. 이때 같은 땅에서 50명이 일한다고 하면 50톤이 아니라 훨씬 더 적은 양을 얻게 될 것이다.

　수확체감의 법칙은 지속적인 인구 증가의 부정적 측면을 설명해주는 중요한 요인이다. 행운이 작용하든 발명을 하든 인간은 늘 새로운 자원을 개척해왔다. 처음에는 새로운 자원을 통해 얻을 수 있는 이득이 엄청나다. 물고기가 풍부한 바다와 곡식이 잘 자라는 화전火田이 인간의 노동만 기다리고 있는 셈이다. 그러나 조금만 지나면 그곳에 아무리 많은 노동력을 투입해도 산출량이 줄기 시작한다. 이것은 인구 증가가 일정한 시점을 지나면 추가 혜택을 줄 수 없음을 의미한다. 그 다음부터는 오히려 손해가 발생할 뿐이다.

왜 미래가 낙관적일 수만은 없는 걸까

태양에너지를 비롯한 지구상이 모든 자원은 그 양이 한정돼 있기 때문에 사용하면 할수록 줄어들 수밖에 없다. 지금도 중국과 북아프리카, 중동, 아마존 지역에서 엄청난 생태계 파괴가 계속해서 일어나고 있다. 과도하게 생태계를 착취하면 자연이 주는 산물이 더욱 줄어들고 결국 자원이 고갈된다. 사람들이 태평양의 한 섬에서 다른 섬으로 이동할 때마다 섬을 하나씩 황폐화시킨 것은 하나의 예에 지나지 않는다. 인간이 계속 생태계를 파괴한 탓에 이제 공기와 물까지도 위험한 지경에 이르렀다.

한정된 자원이 고갈되는 것을 막는 방법은 기술을 발전시켜 새로운 자원을 개발하거나 에너지 효율성을 높이는 길뿐이다. 그러나 그 방법에도 문제는 있다. 감자나 쌀, 밀처럼 오래된 작물을 개선하거나 새로운 작물을 만들면 대개 당장은 생산량이 늘어난다. 그러나 새로운 자원도 곧 한계에 부딪히고 만다.

왜냐하면 너무 많거나 풍부한 자원은 부족한 것만큼이나 위험한 상황을 초래할 수 있기 때문이다. 지금 현대인들이 석유에 지나치게 의존해서 생기는 현상처럼 어떤 자원이 한계점에 이르렀을 때 그에 대한 의존에서 탈출할 수 없는 상황이 생기는 것이다. 19세기 중반 아일랜드가 겪었던 '감자 기근'과 같은 상황은 언제라도 일어날 수 있다. 당시 아일랜드에서는 새로운 작물인 감자에 대한 의존도가 최고로 높아진 상태에서 감자마름병이 창궐해 감자의 수확량이 줄어들었다. 그 결과 100만 명에 가까운 사람들이 굶어 죽었지.

인류가 앞으로 풀어야 할 숙제

우리는 다른 종들과 경쟁하면서 성공을 거두었고 그 결과 다른 종들을 멸종시키기도 했다. 그러나 세균은 예외였다. 인간은 박테리아로 구성돼 있고 쉽게 다른 형태로 변화하는 바이러스에 포위돼 살고 있다. 유전공학의 발전으로 인해 세균에 대해 전보다 훨씬 더 잘 알고는 있지만 최종적인 승리를 거둔 것은 아니다. 그래서 언젠가는 인간이 다른 동물을 멸종시키거나 감소시킨 것처럼 미생물이 인간을 멸종시키거나 상당수 감소시킬지도 모른다.

또 다른 문제는 에너지다. 열역학 제1법칙에 따르면 에너지의 총량은 변하지 않는다고 한다. 에너지가 어느 날 갑자기 사라지지 않는다고 위로해주는 내용이다. 그러나 열역학 제2법칙은 에너지가 힘으로 변할 때마다 유용성이 떨어진다고 말한다. 에너지의 총량은 변하지 않지만 에너지를 사용할 때마다 유용한 에너지의 양이 줄어든다는 뜻이다. 우리는 산업혁명 결과 지구에 저장된 탄소에너지를 활용할 수 있게 됐고 일시적으로는 에너지의 한계를 극복했다. 그리고 고온전도체나 나노기술, 태양열 사용 기술 등을 통해 최종적인 에너지 고갈을 어느 정도 연기할 수 있을지도 모른다. 그러나 어떻게 해도 에너지 고갈을 영원히 막을 방법은 없다.

아니 어쩌면 그 전에 너무 많은 에너지를 사용해서 지구를 회복 불가능한 상태로 오염시켜버릴지도 모른다. 에너지를 사용하는 인간의 모든 활동은 이른바 '외부효과externalities'를 낳는다. 우리가 하는 모든 일은 아무리 일시적이라 해도 흔적이나 침전물을 남긴다는 말이다. 쓰레기, 땅과 물의 오염, 온실 가스가 그런 흔적들이다.

그러므로 물질과 에너지를 더 많이 빨리 소비해서 삶의 질을 높이려는 사람이 많으면 많을수록 문제는 더 심각해질 수밖에 없다. 결국 에너지 부족과 에너지를 사용하고 남긴 흔적이 우리를 곤궁에 빠트릴 것이다. 물론 인간은 창조적인 동물이기 때문에 그런 문제를 극복하기 위해 노력할 것이며, 자신이 갇혀 있는 덫에서 빠져나가려고 더 열심히 발버둥칠 것이다. 그러나 그런 노력이 우리를 새로운 별로 안내할지 아니면 더 빠른 멸종으로 인도할지는 아무도 모른다.

너의 꿈이
꼭 이루어지길
소망하며

릴리야, 나는 지금부터 네가 읽어보았으면 하는 책들을 권해주려 한다. 물론 독서만이 네가 누구인지를 알고, 어떻게 살아갈 것인가를 배우는 길이라고 할 수는 없다. 낯선 곳으로 떠나 그곳을 여행하면서도 많은 것을 느끼고 생각할 수 있으며, 신문과 텔레비전, 영화, 만화, 미술을 통해서도 네가 얻고자 하는 해답을 얻을 수 있다. 무엇보다 너는 네가 존경하고 좋아하는 친구들의 가치와 취미를 통해 많은 것을 얻을 것이다. 그러므로 독서는 너 자신과 세상을 파악하는 하나의 수단일 뿐이다.

　하지만 내가 그랬듯, 한 권의 책이 세상을 이해하는 방식을 근본적으로 변화시킬 수도 있다. 더 나아가 네가 믿고 있는 것을 송두리째 바꿔놓을지도 모르지.

　네게 권하는 책이 일반적인 권장 도서 목록과는 좀 다를 것이다. 사랑, 결혼, 가족, 우정, 폭력, 신 등 다양한 삶의 주제에 대해 진지하게 연구한 책은 많다. 그렇지만 그런 책을 소개한다면 마치 대학의 전공 도서 관련 목록처럼 될 것이다. 그래서 내가 정말 재미있게 읽은 책들을 추천

해주려고 한다. 네가 꼭 한번 읽어보기를 바라면서 말이다. 물론 그 중에는 네가 이미 읽은 책도 있을 게다.

언뜻 보면 아이들을 위한 책처럼 보이지만 사실은 삶의 다양한 문제에 대해 아주 진지하게 고민한 책들을 우선 권하고 싶다. 톨킨의『반지의 제왕』, 롤링의『해리 포터 시리즈』, 루이스의『나니아 연대기』, 필립 풀먼의『황금나침반』등이 그에 포함된다.

또 밀네의『위니 더 푸 시리즈』, 그레이엄의『버드나무에 부는 바람』, 키플링의『정글북』과『바로 그 이야기들』, 화이트의『과거와 미래의 왕』, 스미스의『내가 성을 손에 넣다』, 오스카 와일드의『요정 이야기들』, 생텍쥐페리의『어린 왕자』같은 책을 아직까지 읽어보지 못했다면 꼭 읽어보기를 권한다. 지금도 나는 종종 그 책들을 통해 삶의 지혜를 얻곤 한단다.

이런 책들과 가까운 지점에 미스터리와 추리 소설이 있다. 그 중에서도 나는 제임스의『유명한 유령 이야기들』, 코넌 도일의『셜록 홈스 시리즈』, 체스터턴의『브라운 신부 전집』, 포의 '황금풍뎅이'가 들어 있는 단편집 등을 권해주고 싶다.

한편 초서와 예이츠, 셰익스피어가 쓴 시와 희곡, 소설 등은 인간에 내한 여러 가지 수수께끼를 깊이 탐구하고 있다. 그 밖에 인간 조건에 대해 탐구한 책으로는 페르시아 시대 시인인 우마르 하이얌이 쓴 『루아이야트』와 수많은 사람들이 인용하는 알렉산더 포프의 『인간론』이 있다.

우리가 살고 있는 세계를 풍자적으로 그려 더 깊은 이해를 하게 만드는 작가들의 작품도 놓치지 않았으면 한다. 루이스 캐럴의 『이상한 나라의 엘리스』, 다니엘 디포의 『로빈슨 크루소』, 조나단 스위프트의 『걸리버 여행기』, 윌리엄 골딩의 『파리대왕』, 더글러스 애덤스의 『은하수를 여행하는 히치하이커를 위한 안내서』가 바로 그런 책들이다.

시간 여행에 관한 책을 읽어보는 것도 좋은데, 나는 그 중에서도 조지 오웰의 『1984년』, 헉슬리의 『위대한 신세계』, 사무엘 버틀러의 『에레혼』, 토머스 무어의 『유토피아』, 콘래드의 『암흑의 핵심』을 권해주고 싶다. 시간과 공간을 아주 흥미로운 방식으로 다루고 있는 보르헤스의 『미궁에 빠지기』도 괜찮다.

인간 존재에 대한 가장 깊은 질문은 흔히 소설에서 찾아볼 수 있다. 그 중에서도 제인 오스틴과 찰스 디킨스, 톨스토이 같은 유명한 사람들의 작품은 시간 날 때마다 읽어보았으면 좋겠구나. 그다지 유명하지 않기 때문에 놓치기 쉬운 책 중에 퀘스틀러의 『정오의 암흑』이 있는데, 공산주의에 대한 뛰어난 묘사가 돋보이는 책이다. 또 제임스 혹스의 『정당한 죄인』은 종교적 광신도의 정신 세계를 보여준다. 사랑의 덧없음에 대해 알고 싶다면 포위스의 『사랑과 죽음』을 읽어보아라.

그 다음으로는 깊은 내면의 경험에 관한 훌륭한 자서전적 저술을 권해주고 싶다. 고세의 『아버지와 아들』과 프리모 레비의 강제 수용소에 대한 책, 카를로 레비의 『에볼리에 들린 예수』, 노만 더글러스의 『남풍』과 같은 작품이 해당된다.

철학자의 깊은 통찰이 담겨 있는 단상집과 책도 읽어보면 좋다. 그 중에서도 프란시스 베이컨의 수필과 격언집, 라로슈푸코의 격언, 볼테르의 『철학사전』, 몽테뉴의 에세이, 체스터필드의 『아들에게 보내는 편지』, 사무엘 버틀러의 『소로의 숲 속 생활에 대한 해설』을 읽어보길 권한다.

20세기의 풍자와 유머를 담은 고전도 있다. 조셉 헬러의 『캐치 22』는 전쟁의 어리석음을, 파킨슨이 쓴 『파킨슨의 법칙들』은 관료주의의 본질을, 허버트의 『이상한 법』은 법의 우스꽝스러운 본질을 잘 보여준다. 그 외에 사키의 작품은 잉글랜드의 가식적인 생활상을 파헤치며, 제롬의 『배 안의 세 남자』는 일상생활의 기이한 모습을 잘 묘사하고 있다.

　최근에 출판된 책 중에는 가아더의『소피의 세계』와 스테판 로의『철학 파일』이 세계의 작동 원리를 흥미롭게 설명하고 있다. 그 연장선에 있는 책으로는 존 그레이의『화성에서 온 남자, 금성에서 온 여자』, 그레일링의『존재의 이유』, 빌 브라이슨의『거의 모든 것의 역사』등이 있다.

　데카르트의『방법서설』은 어떤 문제든 해결하는 데 도움을 줄 책이다. 제임스 모나코의『영화 읽기』는 미디어 전반에 대한 훌륭한 입문서이다. 루이스 멈포드의『기술과 문명』은 기술에 대한 설명서 중 가장 뛰어난 책이다. 곰브리치의『예술과 환상』은 나로 하여금 예술에 눈뜨게 해주었으며, 매튜 아놀드의『문화와 무정부주의』는 문화에 대해 다시금 생각해보게 해주었다.

　블로흐의『역사가의 기술』은 역사란 무엇이며 역사학자가 어떤 일을 하는지를 잘 보여준다. 야스퍼스의『역사의 기원과 목적』은 세계사에 대해 짧지만 인상 깊게 풀어놓은 해설서이다. 인류학, 고고학에 관심이 있다면 다이아몬드의『총, 균, 쇠』, 호카르트의『인간의 진화』를 읽어보거라. 겔너의『자유의 조건』은 귀조의『유럽 문명사』와 함께 읽어보면 좋은 책이다. 헨리의『인간에 반하는 문명』, 듀보스의『그래서 인간은 동물인가』는 인간을 생물학적 관점에서 다루고 있는 재미있는 책이다.

마지막으로 너에게 소개할 책들은 다음과 같다. 찰스 다윈의 『비글호 항해기』, 카잔차키스의 『희랍인 조르바』, 러셀의 책들, 마크 트웨인의 『허클베리 핀』, 하퍼 리의 『앵무새 죽이기』, 칼 마르크스의 『공산당 선언』, 베리의 『피터 팬』, 크릭과 왓슨의 『이중 나선』, 샐린저의 『호밀밭의 파수꾼』. 열거한 책들은 네게 편지를 쓰는 동안 다른 사람들이 나에게 추천해준 목록이다.

마지막으로
들려주고 싶은
이야기

지금까지 나는 네게 편지로 여러 가지 이야기를 했다. 그런데 내가 한 얘기는 결론이나 요약이 가능한 게 아니다. 그래서 나는 마지막 편지를 통해 네게 못다 한 이야기를 하려고 한다.

우리가 사는 세상에 대하여

많은 사람들이 사물이 발전하는 길은 하나님이나 신이 규정한다고 믿는다. 하나님은 매우 복잡한 체계를 설계한 위대한 기술자이자 공학자, 예술가라는 게지. 그렇게 주장하는 사람들은 현재와 같은 복잡한 세계가 단지 우연의 산물일 수는 없다고 말한다. 만약 그렇게 믿을 수만 있다면 많은 수수께끼가 풀리고 세상의 혼란스러운 일들도 받아들이기 쉬워진다.

하지만 나는 세상에 대단한 수준의 질서가 존재한다고 생각한다. 물론 그렇다고 해서 하나님과 같은 존재가 있다고 믿지는 않는다. 나는 현재의 세상은 생물학적, 물리학적 법칙들이 수백만 년 이상 작동한 결과라고 생각한다. 오랜 세월 동안 아주 작은 변화들이 끊임없이 일어났다. 인간을 포함해 모든 생물의 생존 가능성을 높이는 변화가 계속됐지. 거기에 인간은 의식적인 실험과 문화를 통해 세상을 지금과 같은 모습으로 변화시켰다.

물론 그러는 사이에 클레오파트라의 코와 나폴레옹의 탄생, 쿠빌라이칸을 물리친 신풍과 같은 우연 역시 세계를 변화시켰다. 또 네게 설명한 인구나 경제, 정치의 법칙 같은 다양한 법칙들이 거기에 더해졌다. 따라서 우연과 의도하지 않았던 결과들, 그리고 다양한 사회적, 정치적, 경제적 법칙들이 세계를 변화시키는 데 모두 한몫을 했다고 말할 수 있다.

복잡한 문제를 풀 때는 가능하면 문제를 쪼개어 조금씩 풀어나가는 것이 도움이 된다. 학교에서 학문을 경제학, 생물학, 사학, 문학, 물리학 등으로 나누어 가르치는 이유도 바로 그 때문이다. 그러나 우리가 사는 세상을 더 깊게 이해하기 위해서는 모든 사물을 상호 연관 관계 속에서 봐야 한다. 그러므로 각각의 학문을 별도로 배운 다음에는 다시 그 조각들을 묶어서 함께 생각해 볼 필요가 있다.

가족이 어떤 역할을 하는지 이해하기 위해서는 가족을 법과 경제, 종교, 정치와의 관계 속에서 봐야 한다. 인구의 변화는 생물학과 경제학,

법, 종교에 대해 모른다면 이해하기 어렵다. 다른 것들도 다 마찬가지다. 따라서 한 번에 한 가지씩을 배우는 게 보통이지만 각각이 전체의 큰 그림 속에서 어떤 역할을 하는지도 늘 생각할 필요가 있다.

일상을 벗어나야 하는 까닭

편지를 쓰면서 세상의 다른 곳들, 특히 내가 자주 갔던 네팔이나 일본의 예를 든 것을 기억할 것이다. 우리 자신을 이해하기 위해서는 좁은 일상에서 벗어나 좀더 넓게 볼 필요가 있다. 가장 좋은 방법은 지금까지 존재했거나 현재 존재하는 다른 많은 사회와 우리가 사는 사회를 비교하는 것이다. 실제로 여행을 하거나 책, 영화, 텔레비전을 보거나, 다른 문화권 사람과의 교류를 통해 비교해 볼 수 있다.

우리 자신의 생활과 세계를 객관적으로 보기란 결코 쉽지 않다. 모든 것이 너무나 당연해 보이거든. 그러므로 다른 곳을 본 후에 우리를 돌아볼 때만 우리가 얼마나 많은 것을 아무 근거 없이 당연하게 받아들이고 있는지를 깨달을 수 있다. 실상 우리가 사는 세계의 많은 부분은 역사와 문화를 통해 인공적으로 구성된 것이다. 그러나 그것이 우리 것이기 때문에 자연스럽게 보이고 마치 유일한 것처럼 보일 뿐이란다.

인간, 그 모순에 대하여

이성과 감정, 육체와 정신 사이의 모순을 포함해 인간은 정말로 무척 특이한 동물이다. 그 중 많은 것들은 수필가인 해즐릿이 지적한 한 가지 핵심 모순에서 비롯된다. "인간은 지적인 동물이기 때문에 영원히 자기 자신과 모순된다. 인간의 감각은 자신의 육체에 국한돼 있지만 생각은 우주 끝까지 닿아 있다. 그래서 인간은 탈출할 수 있는 가능성도 없는 채 그 사이에서 늘 조각조각 찢기고 있는 것이다."

다른 한편으로 인간은 가족과 사랑, 우정, 놀이에서 볼 수 있듯이 사회적인 동물이다. 그런데 또 다른 측면에서는 전쟁과 학살 같은 폭력적 행동도 서슴지 않는다. 인간은 더 나은 세상을 만들어내기 위해 지식과 이해를 추구한다. 그러나 다른 한편에서는 권력과 지배를 원하기도 한다. 이런 식으로 인간의 모순은 끝이 없다.

그러므로 인간의 본성을 어떤 한 가지로 정의한다는 것은 처음부터 불가능하다. 인간은 모순으로 가득 차 있고, 선과 악을 동시에 행할 수 있는 잠재력을 갖고 있다. 흔히 인간의 바보짓을 보고 실망하면서도 때로는 인간이 만들어낸 아름다움과 인간이 발견한 진리에 경탄하면서 숨을 돌릴 수 있는 이유도 바로 그 때문이다.

우리가 어떻게 여기까지 왔을까

나는 네게 보내는 편지를 통해 우리가 살고 있는 이 세상이 어떻게 현재와 같은 모습이 됐는지를 설명하려고 노력했다. 또 그 과정에는 오랫동안의 진화와 급격한 변화가 함께 작용했다는 것도 보여주려고 했지. 잉글랜드는 천 년이 넘는 세월 동안 기나긴 점진적 발전 과정을 겪었다. 물론 아주 가끔씩은 1780년대의 산업화와 도시화처럼 급격한 변화도 있었지만 모든 것이 한꺼번에 변한 적은 거의 없었단다.

혁명이란 경기 규칙뿐만 아니라 사람까지도 바뀌는 변화라고 정의할 수 있다. 그런 의미에서 보자면 잉글랜드는 거의 같은 경기를 해왔다고 말할 수 있다. 앵글로 색슨 시대부터 지금까지 잉글랜드 사람들은 거의 변하지 않는 법적 제도와 언어, 가족 제도를 유지해왔다. 물론 세부적인 규칙은 변하는 시대에 맞춰 조금씩 변했다.

그러나 다른 사회와 문명에는 불연속적인 역사도 흔히 존재한다. 불연속적인 역사란 사회가 어떤 한 방향으로 가는 것처럼 보이다가 갑자기 전혀 다른 방향으로 가는 것을 말한다. 크리켓을 하다가 축구를 하고 그러다가 하키를 하는 식으로 말이다. 1789년의 프랑스 혁명과 1917년의 러시아 혁명, 1940년대의 중국 혁명 등이 바로 그 예이다. 그러나 혁명의 시대에도 생각보다 훨씬 더 많은 연속성이 유지됐다.

지금 우리가 살고 있는 세상도 세계화와 새로운 기술로 인해 전에 없는 혁명적 변화를 겪고 있다. 하지만 여전히 많은 연속성이 존재한다. 마치 프랑스인들이 프랑스 혁명으로 일부만 바뀌었을 뿐이라고 느끼고, 중국인들이 마오쩌둥을 또 다른 황제에 불과했다고 주장하는 것처럼 말이다.

일본 역사도 중국 문화권에서 봉건제로, 유교로, 그리고 유럽과 미국의 영향력 아래 있는 시대로 바뀌며 다양한 변화를 겪었다. 그러나 이런 변화 뒤에는 대단히 연속적인 행동 법칙과 사고의 연속성, 깊은 구조적 일관성이 존재하고 있다.

따라서 잉글랜드와 일본은 모순적이기는 하지만 '변화하는 동일체'라는 말로 표현할 수 있다. 그것은 마치 철학적 우화에 나오는 오래된 신발과 같다. 오래된 신발에 새로 가죽을 대고 굽을 간다. 그래서 완전히 새로운 재질로 다시 태어나지만 모양과 기능은 여전히 오래된 신발과 같다. 그래서 현명한 철학자조차 오래된 신발인지 새 신발인지 구분할 수 없었다.

어떻게 살아야 좋을지 내게 묻는다면

나는 역사의 표면 아래에서 더 깊이 흐르는 것을 설명하려고 노력했다. 매일 일어나는 일 뒤에는 지속적인 구조와 강한 경향이 있다. 다르게 표현하자면, 가끔씩 벗어나는 경우가 있기는 하지만 대개의 경우 인간의 문명이 따르는 특정한 길이 있고, 몇 가지 강제적인 요인과 규칙 때문에 그 길은 유지되는 경향이 있다는 말이다.

물리적, 생물학적, 경제적, 정치적, 사회적인 힘이 경향 혹은 길을 결정하고 제한한다. 그래서 그런 힘은 마치 언어처럼 우리의 삶을 구속한다. 그렇다고 해서 우리의 생각과 말을 완전하게 결정하지는 않는다. 그런 힘을 길들이는 최선의 방법은 그것이 무엇인지 이해하는 것이다. 앎 속에 자유가 있기 때문이다. 파리가 병에 빠진 것을 깨닫는다면 병에서 빠져나올 가능성이 생기는 것처럼 말이다.

문명이 걷는 길은 각각 다르기에 어떤 문명도 도덕적으로 좋다고 말할 수 없다. 모두들 장점과 단점이 있지. 가령 현재 체계는 실제로 많은 사람에게 물질적으로 더 나은 삶을 제공한다. 그래서 우리는 모두 평등하고 스스로 삶을 통제할 수 있다는 느낌을 갖지. 또한 그 체계는 공포와 억압을 피할 수 있게 해줘서 수많은 사람이 그 길에 깊이 공감하고 있단다.

그러나 분명 단점도 있다. 그 길에 서 있는 개인들은 외롭고 혼란스러울 수 있다. 그리고 죄책감에 시달리거나 자신이 부적합하다고 느끼게 될 수도 있다. 현재 체계는 개인에게 상당히 큰 부담을 준다. 또한 평등을 약속하지만 엄청난 불평등을 야기할 수도 있다. 인생에서 의미를 빼앗고 특히 노동을 지겨운 노역으로 만들기도 한다. 생태계를 위협하고, 세상을 마약과 포르노로 가득 채울 수도 있다. 따라서 현재 체계가 제공하는 풍요와 개방성에도 불구하고 많은 사람들이 그 길을 공허한 쾌락을 추구하는 문명에 불과하다고 폄하하는 것이다.

한 가지 분명한 것은 인간에게 지상에서 고통이 끝날 수 있다고 약속하는 신념은 모두 거짓이다. 인간은 경쟁하는 동물이며 다른 생물과 다른 인간을 착취하며 생존해왔다.

물론 우리는 세상을 더 나은 곳으로, 덜 잔인하고 덜 혼란스럽고 덜 불공정한 곳으로 만들려고 노력해야 한다. 그러나 세상을 상상 속의 낙원으로 만드는 것은 불가능하다. 단순히 그런 황금시대가 존재한 적이 없었다는 사실 때문만이 아니다. 지상의 낙원을 건설하려는 시도는 그 뜻이 아무리 좋다고 해도 결국 공산주의와 전체주의 같은 비극으로 끝나기 마련이다. 그런 시도가 낙원이 아니라 지옥을 만들어내는 이유는, 인간과 사회에 대한 전적으로 비현실적인 개념에서 출발하기 때문이다. 결국 무엇을 하건 우리는 우리 자신의 모순적인 속성을 받아들이며 살아가는 수밖에 없다. 그러면서 우리가 바랄 수 있는 일이 있다면 지구라는 조그만 행성을 함께 나눠 쓰고 있는 다른 인간과 생물들에게 최소한의 피해를 주면서 살아가는 것이다.

　편지의 마지막 말을 애덤스가 쓴 『은하수를 여행하는 히치 하이커를 위한 안내서』의 한 구절을 인용하면서 끝내려고 한다.

　　은하계 서쪽 소용돌이 끝, 아무도 관심 없는 후미진 구석에 별 볼일 없는 조그만 황색 태양이 있다. 그 태양을 약 9,200만 마일쯤 떨어져서 돌고 있는 아무런 의미도 없는 조그만 녹색 행성이 있는데, 거기에 원숭이에서 진화한 생명체 한 종류가 살고 있다. 그들은 깜짝 놀랄 정도로 원시적이어서 아직도 디지털 손목시계가 대단한 발명품이라고 여기고 있다.

릴리에게,
할아버지가

3판 1쇄 발행 2015년 7월 13일
3판 4쇄 발행 2018년 11월 22일

지은이 앨런 맥팔레인
옮긴이 이근영

발행인 양원석
본부장 김순미
편집장 김건희
해외저작권 황지현
제작 문태일
영업마케팅 최창규, 김용환, 정주호, 양정길, 이은혜, 조아라,
　　　　　　신우섭, 유가형, 임도진, 김유정, 우정아, 정문희

펴낸 곳 ㈜알에이치코리아
주소 서울시 금천구 가산디지털2로 53, 20층 (가산동, 한라시그마밸리)
편집문의 02-6443-8902　　**구입문의** 02-6443-8838
홈페이지 http://rhk.co.kr
등록 2004년 1월 15일 제2-3726호

ISBN 978-89-255-5672-7 (03840)

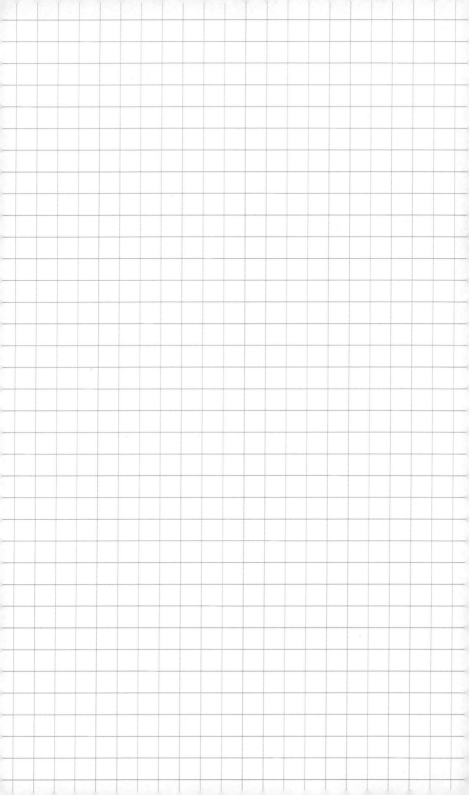